E. MARTIN REL.

ORAISONS FUNÈBRES

HOMÉLIES et DISCOURS

PAR

MONSEIGNEUR PHILARÈTE

MEMBRE DU SAINT SYNODE DE RUSSIE, MÉTROPOLITAIN DE MOSCOU

TRADUITS

PAR

ALEXANDRE DE STOURDZA.

PARIS

CHERBULIEZ, LIBRAIRE, 6, PLACE DE L'ORATOIRE

LIBRAIRIE, 2, RUE TRONCHET

LAUSANNE   GENÈVE

G. BRIDEL, LIBRAIRE   CHERBULIEZ, LIBRAIRE

1849

ORAISONS FUNÈBRES

HOMÉLIES ET DISCOURS

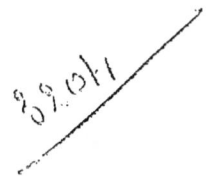

PAU, IMPRIMERIE DE É. VIGNANCOUR.

ORAISONS FUNÈBRES

HOMÉLIES et DISCOURS

PAR

MONSEIGNEUR PHILARÈTE

MEMBRE DU SAINT SYNODE DE RUSSIE, MÉTROPOLITAIN DE MOSCOU

TRADUITS

PAR

ALEXANDRE DE STOURDZA.

PARIS

CHERBULIEZ, LIBRAIRE, 6, PLACE DE L'ORATOIRE
LIBRAIRIE, 2, RUE TRONCHET

LAUSANNE   GENÈVE
G. BRIDEL, LIBRAIRE   CHERBULIEZ, LIBRAIRE

1849

Leur apprenant à observer toutes les choses que je vous ai commandées. (*Ev. de S.ᵗ Math. Ch. XXVIII. v*. 20.)

Si je prèche l'Evangile, ce ne m'est point un sujet de gloire, puisque j'y suis obligé. Malheur à moi si je ne prèche pas l'Evangile. (*I. Ep. aux Cor. Ch. IX. v*. 16.)

AVERTISSEMENT DU TRADUCTEUR.

E~ 1846, nous avons offert à l'Europe Occidentale deux traductions destinées à lui faire mieux connaître l'Orient Chrétien et l'Eglise de Russie. C'était la liturgie de saint Jean-Chrysostôme, traduite du grec en français sur le texte original et précédée d'un aperçu historique ; puis un recueil d'Homélies sur la première semaine du grand Carême, prononcées à Kief par Innocent, aujourd'hui archevêque de Kharcoff. Ceux qui pensent que rien de ce qui est chrétien ne leur est étranger, ont accueilli avec faveur ces

manifestations d'un culte et d'un genre de prédication peu connus hors des limites de notre
Eglise. Aussi la traduction de la liturgie fut-elle
bientôt réimprimée à Paris * , et les Homélies
obtinrent le suffrage de plusieurs hommes éclairés et fervents, entre autres de l'illustre M.
Vinet, dont la religion et les lettres déplorent
également la perte.

Désirant donner plus d'étendue à des publica-
tions entreprises dans un esprit de paix , nous
présentons, aujourd'hui, un nouveau travail du
même genre, aux hommes de foi de tous les
pays, sans nous laisser décourager par le bruit
confus des passions , les clameurs des partis,
malgré l'abus de la raison et l'appel à la force,
car il y a *guerre* en Europe , et guerre acharnée
des intelligences, au sein même de la paix et
sous les faux semblants d'une prospérité toute
matérielle.

---

* Sans compter l'édition de Pise et celles de Paris, une traduction plus complète parut à Saint-Pétersbourg, dans la même année,
sous les auspices du Saint Synode de Russie. A cette troisième version française est joint un vocabulaire de tous les termes liturgiques
empruntés à la langue grecque.

Mgr Philarète * , métropolitain de Moscou , est l'auteur des Sermons, Discours, Homélies et Oraisons funèbres que nous venons de traduire. Voué à la prédication de la parole de Dieu dès sa première jeunesse, c'est-à-dire depuis 1811 , cet illustre pontife n'a jamais failli dans l'exercice de ses saintes fonctions ; et sa voix retentit encore du haut de la chaire de vérité jusqu'à ce jour , où , couronné de cheveux blancs , il ajoute le témoignage de sa vie à l'autorité de sa parole. Dans cette vaste série d'enseignements chrétiens , graves , onctueux et profonds , qui remplissent déjà plusieurs volumes , nous n'avons pu choisir , nous avons dû glaner , en nous bornant à suivre le métropolitain de Moscou pas à pas , dans sa longue et laborieuse carrière ; c'est-à-dire que nous avons traduit des Sermons de toutes les époques , comme autant de monuments de la croissance spirituelle de l'orateur , sous la main de son Dieu , et sous l'inspiration de l'Esprit de vérité, qui éclaire et embrase les intelligences.

* Drozdof.

Malgré les défauts nombreux d'une traduction ardue et difficile, nos lecteurs d'Occident (si nous en obtenons), suivront aussi avec quelque sympathie notre grand évêque, tantôt courbé sous sa douleur devant le cercueil de l'empereur Alexandre, tantôt agenouillé auprès de la crèche ou au pied de la croix du Sauveur des hommes, tantôt méditant avec une incomparable onction sur le mystère de l'élection de la Très-Sainte Vierge Marie et de sa vie cachée en Dieu ; tantôt debout, au milieu de la nuit pascale et proclamant les joies de la résurrection ; ailleurs, appelant les fidèles à la pénitence, durant les ravages causés par le choléra ; ici présidant au sacre des Evêques ; puis occupé à consoler et à instruire les détenus ; prêchant enfin, dans les occasions les plus diverses, toutes les vérités de l'Evangile.

Sur trente discours que nous offrons au public, on n'en trouvera que deux qui traitent de la controverse. Partout, les mâles accents d'une éloquence chrétienne sont adoucis par la charité, et pour ainsi dire, maîtrisés par la parole de vie. Ce qui distingue, à notre avis,

Mgr Philarète entre tous les orateurs sacrés, c'est qu'il *écoute* et recueille les enseignements de la révélation, bien plus qu'il ne *parle* de son propre fonds. Ce qu'il communique à son auditoire, n'est qu'un écho religieux du *Verbe fait chair*. On peut lui appliquer justement cette parole du prophète-roi : *j'écouterai ce que dira audedans de moi, le Seigneur.* Voilà ce qui, dans les Sermons de Philarète de Moscou, prête la grâce d'une poésie divine, aux plus sévères leçons. Disciple des Pères de l'Eglise, notre orateur possède quelque chose de leur suave autorité.

Notre version n'est qu'un avant-goût de la nourriture substantielle qui est répandue dans le Recueil entier des Sermons de Mgr Philarète ; ceci n'est qu'un joyau dérobé à tant de trésors de science divine, science où notre esprit ne fait de progrès qu'autant qu'il est secondé par notre cœur.

Le traducteur a connu et révéré le pontife dès le début de sa carrière, alors que celui-ci n'était encore qu'archimandrite et recteur de l'académie ecclésiastique de Saint-Alexandre-

Newsky. Trente-sept ans se sont écoulés depuis ; le temps, qui entraîne dans son cours les générations, a passé entre le maître et le disciple ; tous deux ont survécu à la foule pressée de leurs contemporains. Aujourd'hui le digne successeur de Platon de Moscou a encore une grande tâche à remplir. Elle se compose non seulement du ministère pastoral dans son diocèse, mais encore de la coopération aux travaux de tant d'autres évêques qui réclament sans cesse le secours de ses lumières, depuis les régions qui furent le berceau de notre salut *, jusqu'aux îles qui séparent la Russie du continent américain. L'œuvre de nos missions, la publication des ouvrages des Saints Pères, la catéchisation et l'histoire de l'Eglise lui doivent en grande partie leur développement actuel. Puissions-nous jouir encore long-temps du fruit des travaux de ce pieux génie ! Puissent nos descendants, moins heureux que leurs pères, s'édifier du moins les uns les autres par la lecture et la méditation des

---

* Il existe plusieurs versions du grand catéchisme de Philarète, en grec, en moldave, en allemand, en français, en polonais et en arabe.

paroles du pontife, long-temps après que les voutes de nos temples auront cessé de retentir à sa voix !

DISCOURS

Prononcé dans la cathédrale des Saints Archanges, à Moscou, devant le cercueil d'Alexandre I.er, empereur de Russie.

⸺⬥⸺

« Il n'eut point de pareil entre les Rois, ni qui se soit converti comme lui au Seigneur de tout son cœur et de toute son âme et de toute sa force, et néanmoins le Seigneur ne s'est point désisté de son terrible courroux. » II. Rois, XXIII, 25, 26.

⸺

O Dieu ! Ton courroux est-il donc inexorable ?..... Un Monarque pieux, incomparable pour sa piété, un Monarque dont *les œuvres étaient droites et pures aux yeux du Seigneur*, ardent à exterminer l'idolâtrie, à faire resplendir le culte véritable non seulement dans les confins de la Judée qui lui était soumise, mais encore aussi loin que s'étendait la terre d'Israël, qui ayant recouvré le Livre de la Loi divine, se hâta de confesser ses propres péchés et les iniquités de son peuple, et dès-lors ne cessa jamais d'être le disciple, le défenseur et le héraut de cette sainte Loi. Ce Monarque, nonobstant la fervente fidélité de son âme, s'est trouvé impuissant à détourner ta colère! Elle éclate par la mort imprévue et prématurée de ce même roi Josias. O Dieu! ton courroux est-il donc inexorable!.....

Russes! n'est-ce pas là le coup fatal qui nous a frappés? Que signifie en effet ce trépas subit que n'a précédé nulle menace? Cette mort d'un Potentat vraiment pieux? Mort que son âge semblait éloigner de nous, que l'état de ses forces et les commencements de sa maladie n'annonçaient nullement. Que signifient toutes ces choses, sinon que nous avons encouru les justices de Dieu et que le Seigneur ne s'est point apaisé dans sa redoutable colère?

Le peuple d'Israël ne sut point estimer à sa juste valeur le trésor qu'il possédait dans la personne de Josias; il ne profite pas de ce bien méconnu. Cependant, *Judas tout entier et Jérusalem pleurèrent Josias; et Jérémie poussa des lamentations en pleurant Josias. Et les princes et les nobles femmes firent entendre sur Josias les accents de la douleur.* * Or, la plupart des plaintes étaient tardives; il eût mieux valu pleurer naguère avec Josias, lorsque son cœur contrit se brisait et se répandait en larmes de pénitence et s'humiliait devant les jugements de Dieu, alors qu'il pleura devant Dieu et se sentit exaucé. Certes le pro-

* II. Chr. XXXV. 24, 25.

phète Jérémie savait mieux qu'aucun autre ce qui lui arrachait des lamentations, pendant que la foule ne laissait échapper que des larmes; c'est qu'avec la perte du juste couronné, le prophète déplorait encore et doublement, les regrets tardifs de la nation.

Peuples à qui Dieu, au jour de sa miséricorde, fit don d'Alexandre le béni (car ce Prince fut donné aux nations non moins qu'à la Russie), peuples de la terre, avez-vous justement apprécié le trésor de cette âme royale ? L'avez-vous mis à profit pour vous enrichir moralement ? Mais où est le prophète capable de résoudre de pareils doutes ? Le temps seul y répondra un jour par de grands événemens. L'Eternel, qui embrasse et domine tous les temps, accordera sa paix, nous l'espérons, au successeur des vertus et de la puissance d'Alexandre I.er, afin que les accents de la joie et de l'allégresse du salut, montent en se renouvelant jusqu'à la demeure des justes !

Pour nous, faut-il à cette heure que nous vous parlions, mes frères, du trésor ravi à notre amour ? Faut-il que nous déplorions notre perte, en donnant un libre cours aux flots d'amertume qui remplissent nos cœurs contristés? Ou bien imposerons-nous silence à notre douleur, à défaut de paroles dignes du sujet ? Ah! donnez-m'en qui expriment notre affliction, ou bien, enseignez-moi le silence du recueillement ; car je ne sais en ce moment ni bien dire ce que je sens ni refouler ma douleur dans le sanctuaire de l'âme; je recule avec terreur devant la tâche qui m'est imposée, de louer dignement Alexandre, déjà béni et marqué du sceau divin ! Toutefois, comment ne point méditer en présence de l'Eglise assemblée, sur la vie d'un souverain, qui, semblable à Josias, a mérité que les prophètes pleurassent devant son cercueil !

Représentez-vous, mes frères, un homme debout sur la rive d'un torrent et qui voit son trésor plonger et disparaître dans l'abîme. Un son s'échappe du contact avec les eaux, et des cercles courant à la surface s'élargissent avec rapidité et ne laissent après eux qu'un léger frissonnement de l'onde, à peine perceptible au spectateur attristé. De même, essayons de nous placer à portée du torrent des âges et de la succession des peuples, que le langage des prophètes désigne sous le nom de *grandes eaux*. Voyons, comment cette vie si précieuse s'épanouit ; comment elle imprime le mouvement aux nations et répand son activité en tout sens par des cercles qui se succèdent et s'agrandissent ; comment elle éveille au loin les sonores échos de la gloire : puis, tout-à-coup, la voilà qui s'abîme et disparaît dans l'éternité, en ne laissant d'elle-même qu'un vague frémissement de stupeur parmi les nations épouvantées d'un changement si inattendu !

Alexandre, dès le berceau, devenu l'objet des prédilections et des espérances de la patrie ; Alexandre, encore enfant, l'amour et la joie de son auguste famille ; Alexandre, porté au trône sur l'aile d'un siècle naissant ; Alexandre, père de ses peuples et sauveur de la monarchie en péril ; Alexandre, au centre de l'Europe, appelé à réhabiliter les rois, à pacifier les royaumes de la terre, à présider les conseils des souverains ses alliés ; Alexandre, dans ses rapports avec le règne de Dieu ici-bas, devenu l'élu du Christ, du Roi de gloire, qui se sert de lui pour relever et consoler de ses pertes la vraie religion dans les contrées mêmes où naguère un peuple entier la rejetait en l'outrageant ; Alexandre, armé comme l'Archange, de cette puissance qui vient d'en haut et dispense ici-bas la victoire, par la vertu du sang de l'Agneau, source de toute humilité et de toute mansuétude ; que de spectacles divers, empreints de majesté et rayonnant de splendeurs éclatantes ! Mais pour les ternir et les effacer toutes, il a suffi d'un seul trait, d'un seul mot : *Alexandre est dans la tombe !*

S'il existe dans la nature physique certains signes précurseurs destinés à présager à toute créature l'approche de ce qui est grand et surnaturel, de même que le monde des esprits a ses révélations d'avenir et ses voix prophétiques, il demeure certain que la vie d'Alexandre fut marquée plus d'une fois par des coïncidences et des manifestations merveilleuses.

En effet, n'était-ce pas un présage que le jour de sa naissance ait été celui où le soleil commence à se rapprocher de la terre, en lui lançant de nouveaux rayons ; que son avènement au trône, le jour des équinoxes, ait été marqué par la première conquête que le soleil remporte annuellement sur les ténèbres, alors qu'il nous ramène le printemps et donne une nouvelle vie à notre hémisphère? On nous dira peut-être : — Tout cela est l'œuvre du hasard. Ainsi répondent d'ordinaire tous ceux qui trouvent que ce n'est pas la peine de réfléchir, ceux qui redoutent les choses surnaturelles ou qui tremblent de rencontrer la divine Providence en leur chemin! Mais le sage ne dédaigne point d'observer les signes des temps, car il sait que tout pouvoir sur la terre est entre les mains du Seigneur, et qu'il suscite, lorsqu'il le faut, l'homme nécessaire[*]. Aussi Saint Ambroise, prêchant sur la Nativité du Sauveur, déjà si féconde en miracles, ne laisse pas néanmoins de faire remarquer un signe naturel de l'époque, savoir : que la croissance des jours coïncide avec la Nativité de Jésus-Christ [**].

Que voulait dire, dans le temps, la joie unanime que fit éclater la Russie à la naissance d'Alexandre et que les vieillards peuvent encore attester? Allégresse populaire, disons-nous, qui tenait du pressentiment, puisqu'alors le royal enfant n'était encore que l'héritier éloigné de la couronne? Enfin, comment expliquer la prédilection passionnée de Catherine II pour Alexandre, bien que cette auguste Princesse se vit entourée des rejetons de sa race, tous richement doués et donnant les mêmes espérances? A quoi faut-il attribuer les transports d'allégresse qui saluèrent Alexandre sur le

[*] Sirach X, 4.
[**] Saint Ambr., sermon de Nativité.

trône impérial ? L'expérience nous autorise à affirmer
que ce furent autant de présages accordés à une grande
souveraine et à une grande nation.

Conformément à ces signes révélateurs de la matu-
rité des temps, Alexandre, parvenu à la couronne,
signala le début de son règne, par la diffusion des lumières dans les régions septentrionales, soumises à son
sceptre. Il augmenta le nombre des écoles publiques,
leur imposa des règles, les répartit en arrondissements
et les gradua de manière à ce que le centre commun
de tous ces foyers d'instruction nationale s'appuyât
sur le trône ; il agrandit la sphère de l'enseignement
des sciences, lui fournit d'abondants secours et lui
accorda de nouvelles prérogatives destinées à encourager le corps enseignant et à lui attirer des disciples.
C'est aux esprits éclairés à juger les résultats de tant
d'efforts et de royales sollicitudes et à définir l'influence
salutaire qu'elles ont exercées sur le pays. Car la tâche
imposée au chef de l'Etat, consiste à créer des éta-
blissemens d'instruction, à les asseoir sur une base
large et solide, à les protéger efficacement, sans se
perdre dans les détails de l'enseignement élémentaire,
ni s'arroger les fonctions minutieuses de mentor de
la jeunesse.

Quoiqu'il en soit, l'époque précise pour laquelle
celui qui a toute puissance ici-bas prédestinait et pré-
parait spécialement Alexandre, ne devait point coïn-
cider avec les clartés nationales d'un nouveau jour
pour la Russie ; ce devait être plutôt le soir orageux

de la vieille Europe que le jeune Monarque était appelé à rendre plus serein. Une terrible révolution avait renversé le trône et les autels du Christ, chez une nation célèbre, qui jusqu'alors ne respirait en apparence que la gloire et le plaisir. La tempête amoncela sur le sol français de vastes ruines et les arrosa de sang. Du sein des orages, du combat des éléments sociaux sortit, comme un tourbillon, la puissance concentrée d'un usurpateur, qui, tantôt déplaçant les trônes, tantôt en créant de nouveaux, parvint à étreindre et à soulever l'Europe entière, dans le but d'écraser la Russie sous cet énorme poids.

Or, que serait-il advenu, mes frères, si vers le même temps, où surgit l'homme qui se sentait à l'étroit sur la terre, Dieu n'eût pas suscité pour le combattre l'homme nécessaire, l'antagoniste élu et prédestiné? Quel eût été le triste sort des nations européennes qui, rangées l'une après l'autre sous un même joug, devenaient à leur tour des instruments de servitude pour leurs voisins, grossissaient chaque jour la masse des ressources de leur oppresseur et n'obtenaient une garantie d'existence qu'en acceptant la triste mission de coopérer à l'asservissement universel? Où en serait aujourd'hui la majesté royale, doublement outragée par un usurpateur, qui tantôt abaissait les princes légitimes, tantôt élevait des soldats de fortune à leur niveau? A quel degré d'avilissement l'esprit public en Europe ne fût-il pas descendu, entraînant avec lui la civilisation et le mouvement des intelligences, sous l'influence d'un seul homme dont l'orgueil effréné voulait que tout ici-bas obéit à ses caprices, qui demandait à la vertu de servir ses desseins, à la vérité, de l'encenser, aux sciences, d'inventer à son profit; aux arts, de lui élever des monuments, ou de rendre un culte à son image? A quoi pouvait s'attendre la religion chrétienne, sous l'influence d'un conquérant, qui feignant de lui rendre sa splendeur en France, d'une main relevait les autels profanés, pendant que de l'autre il s'efforçait de réédifier les synagogues d'une race déicide? Quel déluge de calamités déchaînées sur la terre à qui elles présageaient le plus sombre avenir !

Plus on réfléchit à la profondeur de l'abîme entrouvert sous les pas des nations, plus on se sent pénétré de reconnaissance envers Celui à qui toute puissance a été donnée sur la terre et qui commit à Alexandre le soin de fermer cet abîme! L'œuvre qu'il fut chargé d'accomplir fut d'autant plus salutaire que nos désastres étaient plus grands et nos terreurs mieux fondées.

Dieu, disons-nous, ayant ainsi suscité Alexandre dans ces jours de luttes atroces et de combats acharnés, se plut à l'instruire dans l'art d'opposer aux armes de la chair d'autres armes spirituelles protectrices d'une résistance légitime; l'art de combattre (nous pouvons le dire sans faire injure à qui que ce soit), la puissance de l'enfer par celle du ciel, la ruse par la droiture, l'audace de notre ennemi par une fer-

meté inébranlable, son orgueil par une dignité humble et courageuse, enfin sa confiance dans les ressources de l'homme, par le plus sublime abandon à la
volonté et à la protection divines. Et quel a été le
résultat de la lutte? L'idole des Français est venue se
briser au sein de la Russie; la liberté fut rendue à
tous ceux qui servaient notre adversaire par crainte
ou par erreur; leurs chaînes, qui passaient pour les
liens d'une alliance volontaire, furent rompues. Alors
Alexandre entra victorieux dans la capitale de nos ennemis, qui naguère avaient détruit la sienne, aujour-
d'hui sortie de ses cendres; oui, le vainqueur infligea
aux vaincus *le châtiment du Juste*, en leur rendant
le bien pour le mal *; il ne s'approprie, ni ne demande rien pour prix du triomphe, pas même la
gloire dont il refuse le tribut et repousse le vain éclat.
Il se borne à rendre aux prisonniers de guerre leur
liberté, à la mémoire du Roi-martyr, des honneurs
religieux sur le lieu même de son supplice; il convie
la France à rappeler librement de l'exil son souverain
légitime et l'aide à relever le trône abattu. C'est bien
là une victoire à nulle autre pareille puisqu'elle ne
put ébranler dans l'âme du vainqueur le solide fondement de l'humilité chrétienne, et le fit ainsi triompher du prestige de ses propres succès.

Mais ce n'est pas tout; cette gloire militaire, que
l'on est si loin de s'attribuer, on en fait hommage au

* Psaume, CXL, 5.

Dieu des armées, et l'on enchaîne pour long-temps l'esprit de conquête devant les autels du Dieu de paix. L'alliance des trônes et des générations entre elles, qui ne reposait jadis que sur des intérêts et des combinaisons jalouses, Alexandre Ier l'établit par son exemple, sur une base plus durable : celle d'une bienveillance mutuelle inspirée par la vraie religion. Les discordes politiques s'évanouissent ou s'apaisent ; les factions, sinon anéanties, sont réduites au désespoir. Les différents, entre États, qui renaissent sans cesse, comme les têtes de l'hydre sous le tranchant du glaive, se concilient et s'aplanissent par de sages et pacifiques conseils. Nos armées, immobiles, veillent au maintien de la paix, tant en Russie que dans le reste de l'Europe. Ainsi délivré et garanti de toute agression du dehors, Alexandre mettant tous ses soins à réprimer dans son empire l'injustice, la licence et l'impiété, s'applique à les combattre en parcourant ses vastes états, en y donnant partout le précepte et l'exemple de la foi, de l'équité et de la miséricorde. Nous goûtions alors, mes frères, toutes les douceurs d'une paix et d'une sécurité profonde ; nous aspirions à la félicité sociale.

Mais peut-être nos vœux impatients tenaient-ils trop peu de compte des obstacles qui entravent la marche de quiconque gouverne les nations? Peut-être nos prétentions étaient-elles immodérées, en raison de notre indignité, car nous déjouons nous-mêmes l'accomplissement de nos plus belles espérances, en professant pour le bien public un zèle hypocrite, en nous abandonnant à tous les excès du luxe, en arrêtant le cours des meilleures lois, par le débordement de nos iniquités ! Et le Seigneur vit nos prévarications ; et *sa colère éclata sur nous*; sans que rien fût capable *de l'apaiser !...*

Où est-il maintenant ce nouveau Josias, qui *s'était converti au Seigneur, de tout son cœur, et de toute son âme, et de toute sa force?* Que nous a-t-il apporté de si loin, ce funèbre cortège, et qu'avons-nous rencontré, en allant au-devant de lui? Rien que la dépouille mortelle de ce qui est incorruptible et immortel. *Pleurez donc, peuples de Juda, et vous cité de Jérusalem,* et que les grands de la nation, et leurs épouses, fassent entendre les accents de la douleur ! Que les ministres de l'autel exhalent des lamentations, comme Jérémie, et pleurent avec David !

Oui, les plaintes du chantre d'Israël viennent en ce moment frapper mon oreille : *Montagnes de Gelboë,* a-t-il dit, *que la rosée du ciel, ni la pluie, ne descendent plus sur vos cîmes !* Que signifie cette malédiction lancée sur la nature qui n'est point complice de nos maux? *C'est,* nous répond le chantre de Sion, *c'est que là fut jeté à terre le bouclier des forts !* *
Mais ce furent de vaillants hommes qui y jetèrent leurs boucliers, après avoir été vaincus par de plus vaillants qu'eux; en est-ce assez pour maudire le lieu

* II Sam, I. 21.

témoin de leur défaite? Ah! suis-moi plutôt chantre d'Israël, et je te montrerai un lieu plus fait pour exciter une juste douleur. Viens inspire-moi des paroles de deuil et de regret et je m'écrierai, à ton exemple : *Montagnes de la Chersonèse, puisse la rosée du ciel et la pluie ne jamais descendre sur vos sommets!* car vous n'avez point vu tomber des guerriers par le glaive; c'est la froide haleine de vos gorges qui a touché, comme un souffle de mort cette tête auguste.

Vous avez contemplé une chute plus fatale que celle de quelques boucliers épars sur un champ de bataille, le grand bouclier à l'ombre duquel prospérait la Russie, le bouclier protecteur du repos de l'Europe entière, vous l'avez vu percé de part en part d'un trait invisible et mortel. Ce n'était point un nouveau Saül venant chercher dans vos vallées une mort prompte, qui déjà le serrait de près, comme une proie; c'était David venu de loin, chercher la santé d'une épouse chérie, et qui demandait à votre ciel de ranimer sa vie languissante, à l'instant même où le trépas l'épiait sans pitié, pour le ravir à notre amour!

Montagnes de la Tauride que la rosée du ciel, ni la pluie de la terre n'humectent jamais vos cîmes! Vains transports d'une douleur stérile et téméraire! Imposons-lui silence et hâtons-nous plutôt, mes frères, de nous humilier, devant la main puissante du Seigneur, qui s'est appesantie sur nous *. Pour nous, comme

---

* I. Pierre. V. 6.

pour celui que nous pleurons, mieux vaut l'oraison que la plainte !....

Roi des rois ! Il t'a plu de susciter Alexandre, pour un temps, et de rappeler ensuite dans le sein de ton éternité ce ministre de tes miséricordes. Daigne accueillir et reprendre celui que tu nous avais donné, mais n'abandonne point ceux que tu prives de ce don inestimable. Tu viens d'enlever ce monarque, ton serviteur, parce qu'il fut *juste*, *du milieu de l'iniquité* *, à la veille du jour où elle s'apprêtait à reparaître armée, contre le pouvoir souverain et à déchaîner ses fureurs, tu l'as retiré, Seigneur, avant ce nouvel orage, afin d'épargner au vainqueur des révolutions, la douleur de les voir transportées sur le sol de la patrie ! Maintenant, prends pitié de nous ; Seigneur, efface la trace de cet attentat, en faveur des justes, qui lui survivent. O Christ ! notre vie, auprès de qui seul Alexandre cherchait la guérison et la vie, sur son lit de douleur, fais-lui la grâce de *participer réellement*, aujourd'hui à ton essence, *parmi les splendeurs* sans déclin de ton jour éternel, et dans l'assemblée céleste des monarques chrétiens, appelés à régner par la foi, dans les siècles des siècles. Ainsi soit-il.

* Isaïe. LVII. 1.

SERMON

La Transfiguration de N.-S. JÉSUS-CHRIST,

Prononcé en 1820, dans l'église cathédrale de Twer, dédiée à la Transfiguration.

————◁✦▷————

> « Il monta sur la montagne pour prier. Et,
> pendant qu'il priait, son visage était autre, et
> ses vêtements étaient d'une blancheur éblouissante.
> Et voici que deux hommes s'entretenaient avec lui,
> qui étaient Moïse et Elie. » Luc, IX. 28 —30.

—

QUEL sublime spectacle se déploie au sommet du
Mont-Thabor ? Spectacle digne, en effet, d'être contemplé avec ravissement, comme le contemplaient les
apôtres, digne d'être célébré avec allégresse, comme
nous le célébrons en ce jour. Ce n'est pas non plus
sans motif que les témoins des grandes révélations accomplies sur le Sinaï et le mont Horeb, je
veux dire Moïse et Elie, sont conviés aux mystères

du Thabor. Ils y verront bien plus que ce qui leur avait été manifesté autrefois. Car sur les cîmes du Sinaï et du mont Horeb, la majesté divine s'était révélée au regard de l'homme, en perçant le voile de la nature visible ; sur le Thabor, au contraire, ce n'est pas seulement la divinité qui se manifeste aux hommes, mais encore l'humanité qui apparaît revêtue de la gloire divine. Moïse, saisi de terreur, tremblait sur le mont Sinaï * ; Elie, sur le mont Horeb, s'exhalait en lamentations **, tandis que les apôtres sur le Thabor, témoignent une joie plus forte que la crainte : *il nous est bon d'être ici.*

Chrétiens ! peut-être vos cœurs sont-ils prêts à laisser échapper ces mêmes paroles, en pensant aux bienheureux témoins de la gloire du Thabor. Sans doute, ils étaient heureux d'être admis à contempler ce miracle ! Mais que direz-vous, mes frères, si nous osons vous assurer que le sentier qui mène au Thabor n'est point englouti par un abîme, qu'aucun mur de séparation n'en interrompt le cours, qu'il n'est pas recouvert d'épines, ni livré à l'oubli, ni perdu sans retour ; mais qu'au contraire il subsiste encore aujourd'hui, et peut être montré par ceux qui le connaissent, aux âmes qui en sont avides. (A la vérité, il n'est ici question que de la voie spirituelle, car l'on ne saurait atteindre aux révélations divines par le

---

* Hébr. XII. 1.

** I. Rois XIX. 14.

mouvement des corps.) En effet, pourquoi l'Evan-géliste, en commençant le récit de la glorieuse trans-figuration du Sauveur, fixe-t-il, avant tout, notre at-tention sur la prière? *Il monta la montagne pour prier*! Et, comme s'il se défiait de la pénétration des lecteurs de son Evangile, pourquoi a-t-il soin de nous répéter aussitôt que la transfiguration du Seigneur s'est accomplie durant l'oraison : *et il arriva, pendant qu'il priait*... N'est-ce pas à dessein qu'il nous aver-tit que l'oraison est la voie qui nous conduit au Tha-bor, la clef des plus grands mystères, le véhicule des révélations divines?

Or, puisque l'historien inspiré a jugé si nécessaire de nous rappeler l'oraison, en nous faisant le récit de cette journée solennelle, il ne saurait être superflu pour nous, mes frères, de joindre à la célébration de ce mystère quelques réflexions, fussent-elles même imparfaites, *sur l'efficacité de la prière*. Bien qu'il nous soit permis d'espérer qu'en ce moment, dans ce pieux asile de la prière, il n'est personne d'entre vous, mes frères, qui n'ait, plus ou moins, reconnu et éprouvé ce que peut la prière ; souffrez néan-moins que, pour mieux nous instruire, nous abor-dions ce sujet important, comme s'il nous était en-tièrement inconnu.

Posons donc la question : — Est-il une prière quel-conque capable de produire un effet ! Une semblable question ne peut demeurer long-temps irrésolue. Le sens droit et universel du genre humain y répond, sans hésiter : le chrétien, qu'éclaire la pure lumière de la foi, le paien, plongé dans les ténèbres d'une superstition grossière, tous les hommes, en un mot, confessent, indistinctement l'obligation de prier et la meilleure portion de l'humanité s'acquitte effectivement de ce pieux devoir, bien que ce soit sous des formes différentes, et avec des succès divers. Mais il suffit de l'institution universelle et de la pratique de l'oraison pour attester que l'homme croit à son efficacité ! Que si l'on vous demandait comment les paiens, privés de la connaissance de Dieu, peuvent être appelés à témoigner de la puissance de la prière, nous demanderions, à notre tour, comment il se fait que l'usage d'une oraison quelconque subsiste parmi eux ? Vainement on s'efforcerait d'expliquer autrement l'existence de ce phénomène, il faudra toujours attribuer l'origine de la prière à son efficacité. Ainsi donc, les paiens prient parce que Dieu délaissé par la créature, mais ne l'abandonnant jamais se plaît à conserver, au sein des ténèbres, quelques étincelles de cette lumière *qui éclaire tout homme venant au monde, et que les ténèbres n'ont point reçue* *. Soit que la divine miséricorde éveille, dans l'homme charnel, les nobles instincts de la spiritualité, ou qu'il lui fasse pressentir la possibilité de les satisfaire et le dispose ainsi à invoquer *le Dieu inconnu,* pour en obtenir un secours que le suppliant ne sait pas définir ; soit que,

* Jean , 9 , 5.

dans la fange même de la sensualité où gîsait le paganisme, il s'élévât quelquefois des âmes d'élite, qui, pénétrées du sentiment de leur impureté et de leur abjection, aspiraient avec ardeur à connaître les puissances du monde spirituel et à s'y faire jour, puis entraînaient à leur suite les faibles et leur enseignaient à prier ; soit enfin, que certaines traditions primitives eussent conservé dans le genre humain la connaissance de la force et de la nécessité de la prière, nonobstant les erreurs qui vinrent plus tard effacer et dénaturer dans les consciences le souvenir de cette vérité, il demeure certain que l'invocation de Dieu porte le sceau de l'universalité ici-bas.

Malheureusement il existe une philosophie que l'apôtre saint Paul dénonce par ces paroles : *selon les éléments du monde et les vaines séductions* [*] : c'est cette philosophie qui, dédaignant le témoignage unanime du genre humain, ose se rendre témoignage à elle-même. Elle enseigne que l'univers subsiste par le nœud des causes et des effets qui enlacent plus ou moins les créatures libres ; que, par conséquent, toutes les fois que l'homme s'avise de prier, par exemple, pour l'abondance des fruits de la terre (abondance qui dépend de la température, de l'action et de la réaction du soleil, de la terre et des eaux, subordonnées à leur tour à des lois immuables établies par le créateur), de semblables prières sont pour le moins

[*] Col. II. 3.

inutiles, ou bien, ne sont bonnes qu'à attester la soumission de l'homme au pouvoir et à la majesté de
Dieu. Remarquons ici en passant, mes frères, que
même ce raisonnement subtil ne saurait enlever à la
prière tout mérite, puisqu'il y reconnait une tendance
salutaire à l'humilité; or, ce n'est pas peu de chose.
Mais gardons-nous de nous y arrêter. Demandez plutôt
aux disciples de cette vaine sagesse ce qu'ils préfèrent:
d'une machine artistement combinée ou d'un être vivant, rationnel, libre et vivant en société? Demandez-
leur s'ils donnent la préférence à l'ouvrier qui fait
et gouverne son ouvrage, au père de famille qui
engendre des enfants, les forme et les élève à son
image; au Monarque fondateur d'un empire qui gouverne ses sujets selon leur vœu, en tant que ce vœu
est conforme à ses généreux desseins? Le choix ne
sera pas difficile et la réponse de nos sages ne saurait
être douteuse. Continuez et demandez-leur encore,
comment il se fait qu'ils aiment mieux ne voir dans
l'œuvre divine que le chef-d'œuvre d'un habile ouvrier, plutôt que l'empire bien ordonné d'un grand
souverain ou la vaste et magnifique demeure d'un
père miséricordieux? Pourquoi ils prêtent plus volontiers à Dieu les attributs d'un artisan de l'univers,
que celui de Roi du ciel et de la terre et de Père
des esprits? Pour répondre à ces questions, renvoyons
nos adversaires à leur propre conscience! Quant à
nous, il nous suffit de reconnaître que Dieu étant
non seulement notre créateur, mais aussi notre Roi

et notre Père, il est impossible qu'Il ferme l'oreille céleste, lorsqu'il exauce les prières de l'homme et modifie en sa faveur les opérations de la nature, soumises à d'immuables lois. C'est aussi par cette comparaison que le Verbe de Dieu, qui est la vérité même, se plaît à nous révéler l'efficacité de la prière : Lorsque Jésus dit : *Si donc étant méchants, comme vous êtes, vous donnez de bonnes choses à vos enfants; à combien plus forte raison votre père qui est dans les Cieux donnera-t-il les vrais biens à ceux qui les lui demandent**.

Il est des chrétiens qui connaissent et pratiquent l'oraison, mais plutôt extérieurement selon la règle, qu'intérieurement selon l'esprit ; ils pensent vaguement que l'oraison peut être efficace, mais ils hésitent ou se trompent dans l'application de cette vérité à eux-mêmes et à leurs prières. Ils prient fréquemment et n'apercevant aucun effet palpable de leurs oraisons, soit en eux-mêmes, soit au dehors, au lieu de se défier de la sincérité et de la pureté de leurs prières, ces chrétiens, dis-je, finissent par céder aux suggestions de l'esprit d'indolence et d'erreur, qui leur insinue que toute prière efficace est une grâce particulière réservée à un petit nombre d'élus et restreinte à des cas extraordinaires. Or, nous leur déclarons sans balancer : qu'il n'est point d'homme dont la prière ne puisse devenir efficace, pourvu qu'il

* Mat. VII. 11.

en ait le désir constant et sincère, pourvu qu'il prie avec foi et confiance en Dieu, et de plus, nous affirmons qu'il n'est rien qui soit inaccessible à la prière, pourvu qu'elle demeure conforme à la sagesse et à la bonté divine et aux vrais intérêts du suppliant. C'est avoir beaucoup dit ; cependant nous croyons ne point induire en erreur tous ceux qui chérissent l'oraison.

Représentez-vous, mes frères, un homme qui par la puissance de sa prière, ferme et rouvre les cieux à son gré pour arrêter les pluies et les en faire descendre ; qui commande qu'une poignée de farine et un peu d'huile suffisent à la subsistance de plusieurs personnes durant quelques mois, peut-être même toute une année, et qui voit ses vœux s'accomplir. Il souffle sur un mort et le ressuscite ; il fait descendre le feu du ciel pour consumer la victime et l'autel plongé dans l'eau. Est-il quelque chose de plus extraordinaire que ces actes de la puissance de l'oraison ? Mais de semblables phénomènes n'étonnent que ceux qui ne sont point initiés aux mystères du monde spirituel ; pour quiconque en a connaissance, ces prodiges ne sont que l'ouvrage d'un homme semblable à nous. Ceci n'est point une opinion qui me soit propre, mais bien un enseignement apostolique. Saint Jacques, en nous recommandant *de prier les uns pour les autres*, ajoute comme un motif de persuasion que : *la prière du juste peut beaucoup ;* puis il cite en exemple ce même homme prodigieux que nous venons de vous dépeindre, et qu'il qualifie d'homme semblable à

nous. « *Elie était un homme sujet comme nous à tou-*
tes les misères de la vie ; et cependant ayant prié Dieu
avec grande ferveur qu'il ne plût point, il cessa de
pleuvoir sur la terre pendant trois ans et demi. Et
ayant prié de nouveau, le ciel donna de la pluie, et
la terre produisit son fruit*. » Pourquoi l'apôtre, dit-il
expressément, qu'Elie, l'auteur de ce miracle, *était un*
homme sujet comme aux misères? C'est pour que
l'opinion de sa supériorité surnaturelle ne nous détourne
point de l'imiter et d'aspirer à l'efficacité par la prière.

Que si, malgré cet avertissement, vous persistez,
mes frères, à croire que l'oraison du prophète ne saurait être l'apanage de notre médiocrité, et que nous ne
saurions y atteindre, nous vous dirions : —Figurez-vous
quelqu'un de très-inférieur au prophète, quelqu'un
qui ne soit pas même chrétien, et qui gise encore dans
le paganisme, et mettez-vous à son niveau. Alors
même nous pouvons affirmer que votre prière peut
devenir puissante et efficace. Elle peut (et quoi de
plus extraordinaire), elle peut, dis-je, de païens vous
transformer en chrétiens véritables, vous initier à la
vraie religion et au vrai culte, quand même ils vous
seraient inconnus. Si vous manquiez pour cela de guide
spirituel, à votre portée, votre prière ouvrirait les
cieux et en ferait descendre un ange chargé de vous
instruire. Mais ne me laissé-je pas abuser par un songe, dans l'espoir de vous exciter à la prière? Non,

---

* Jacq., V. 17, 18,

mes frères et condisciples de la sainte oraison, je n'énonce ici que des faits accomplis, et qui, par conséquent, peuvent se reproduire, selon le témoignage de nos livres sacrés. Cornélius, le centenier des armées romaines, que vous connaissez par les actes des apôtres, Cornélius était païen. Nous ignorons s'il connaissait le vrai Dieu, mais il est certain qu'il ignorait *celui que Dieu a envoyé*, N. S. Jésus-Christ. Cependant, il faisait le bien, selon la mesure de ses lumières, craignait, invoquait sans cesse le *Dieu inconnu : C'était un homme religieux et craignant Dieu, aussi bien que toute sa famille, il faisait beaucoup d'aumônes au peuple, et il priait Dieu incessamment**. Quel fut le fruit de cette persévérante prière de ce païen ? elle abaissa réellement les cieux et en fit descendre à son aide les puissances célestes. Pendant qu'il priait, un ange lui apparut, et lui dit : *Cornélius, ta prière est exaucée*; puis, il lui commanda d'appeler l'apôtre S. Pierre. Et, aussitôt que l'apôtre lui eût annoncé Jésus-Christ, avant même qu'il lui eût conféré le baptême, l'Esprit-Saint se répandit sur lui.

Efforcez-vous, tant qu'il vous plaira, d'imaginer par la pensée un objet quelconque, qui semble inaccessible à la prière : nous ne désespérons pas de vous faire découvrir, à la clarté de la parole divine, que la chose jugée impossible n'est point impossible à l'oraison. Représentez-vous une nation entière sous le coup de

---

* Actes, X. 2.

la colère divine, allumée par de grands attentats ;
ajoutez-y que Dieu, dans sa justice, prononce déjà
l'arrêt d'extermination sur ce peuple, et qu'au même
instant il n'est qu'un seul homme au monde qui
puisse, et qui ose intercéder pour cette race à demi
descendue dans l'abîme. Ne vous semble-t-il point,
mes frères, que pour cette race coupable il n'est plus
de salut ? Cependant, l'exemple que Moïse nous a
laissé prouve tout le contraire. En effet, le peuple
d'Israël témoin des révélations divines, et de la pro-
mulgation de la loi sur le mont Sinaï, aussitôt après,
se plongea dans l'idolâtrie. Moïse demeure en présence
de Dieu sur la montagne. Ecoutez, et comprenez,
mes frères, les merveilleuses paroles adressées alors à
Moïse par le Seigneur : *Et, maintenant, laisse-moi,
afin que la fureur de mon indignation s'allume contre
eux, et que je les extermine* *. O Seigneur, Dieu des
esprits, et de toute chair ! se peut-il que ton serviteur,
qui n'a d'autre puissance que la tienne, puisse mettre
obstacle à l'accomplissement de ta volonté ? — «Laisse-
»moi dit le Seigneur, je veux manifester ma juste co-
»lère, je veux exterminer ce peuple ; mais c'est toi qui
»me retiens. » Qu'arrive-t-il ? Le suppliant étreint son
Dieu, il redouble de ferveur, et voilà que l'indignation du Tout-Puissant s'apaise, aux accents de la
prière d'un faible mortel ! *Alors le Seigneur s'apai-
sa, pour ne point faire au peuple le mal dont il venait*

* Exode, XXXII. 10.

de parler *. Essayez après cela, si vous en êtes capables, de calculer et de mesurer l'ascendant miraculeux de la prière, essayez de lui signaler un but qu'elle ne puisse atteindre pour notre salut!....

Mais pour mieux nous convaincre de la facilité avec laquelle la clef mystérieuse de l'oraison ouvre les trésors incorruptibles de la grâce divine, hâtons-nous de reporter nos regards vers le Thabor, duquel nous nous sommes efforcés de nous rapprocher par nos méditations précédentes. Contemplons encore une fois la transfiguration de notre Seigneur, telle que l'Evangéliste nous la retrace : *Il monta au sommet de la montagne pour y prier. Et pendant qu'Il priait l'aspect de son visage était autre*, etc. Que si nous osions envisager la cause mystérieuse du miracle accompli par l'Homme-Dieu, nous vous dirions que Jésus allant au Thabor avait principalement en vue, non sa transfiguration, mais la prière : *Il monta sur la montagne pour prier.* Et lorsqu'Il fut au sommet et que sa transfiguration s'opérait, l'oraison semble encore avoir été son but : *et pendant qu'Il priait.* En y réfléchissant avec recueillement, l'on est porté à conjecturer que l'oraison du Sauveur avait pour but de le préparer, ainsi que ses disciples, à sa passion et à son supplice sur la croix ; car, peu auparavant, Notre Seigneur s'en était ouvert à ses disciples **, et pendant que s'ac-

* Ex., XXXII. 14.
** Luc, X. 22.

complissait la transfiguration, c'était de la passion, déjà si proche, que Moïse et Elie s'entretenaient avec Jésus *. Mais comment se fit-il que tant de splendeur sortît de cette prière, qui précédait la souffrance? Ces divines splendeurs furent pour ainsi dire, comme la fleur et le fruit d'une oraison efficace et féconde. L'esprit de prière confondu avec l'esprit de Dieu, remplit l'âme de Jésus; une lumière surabondante, que l'âme du Sauveur ne pouvait contenir, s'épancha sur ce corps glorifié et resplendit sur son visage; puis débordant au-delà, la lumière divine pénétra et transforma ses vêtemens; l'effusion radieuse se dilata, envahit les âmes des apôtres qui étaient présents et fit jaillir des lèvres de Pierre cette exclamation brûlante: *Il nous est bon d'être ici;* sans s'arrêter, les clartés du Thabor s'élevèrent dans les régions du monde invisible et elles en firent descendre Moïse et Elie; que dis-je, elles montèrent jusque dans le sein du Père céleste et provoquèrent le témoignage solennel de son amour ineffable pour le Bien-aimé : *Celui-ci est mon bien-aimé en qui je me complais.* O puissance miraculeuse de la prière qui embrasse au même instant le ciel et la terre en s'unissant à la divinité! Et que l'on ne nous objecte point, chrétiens, que cet exemple ne nous est pas applicable, attendu qu'il est l'œuvre de l'Homme-Dieu. Il n'en est pas ainsi, mes frères, les mêmes choses, d'après une mesure différente doivent

* Luc, X. 31.

s'accomplir en nous, comme en Jésus-Christ. C'est ce
que l'apôtre nous enseigne, lorsqu'il dit aux Philip-
piens : *Soyez dans la même disposition et dans le même sentiment qu'était Jésus-Christ* *. Mais il est temps
de nous demander à nous-même comment il se fait
que tant de prières demeurent stériles, si toute prière
renferme en elle une si prodigieuse efficacité. Nous
hasardons cette question, parce que tout ce que vous
venez d'entendre n'avait pour but que de nous aider à la résoudre. Commençons par admettre une
seule exception, savoir lorsque la prière semble ne pas
avoir été exaucée, bien qu'elle le soit et d'une manière aussi sublime qu'inespérée. Ce fut ainsi que S.
Paul *supplia par trois fois, le Seigneur d'éloigner de lui
l'écharde dans la chair, l'ange de Satan*. A quoi le Seigneur lui répondit : *Que ma grâce te suffise, car ma
puissance s'accomplit dans l'infirmité* **. La tentation
ne se relâcha point ; mais, en revanche, une victoire
plus éclatante fut accordée au juste en proie à la
tentation. Si nous exceptons cette seule dispensation
divine, toute autre prière infructueuse s'explique, par
ce peu de paroles de l'apôtre : *Vous désirez et n'avez
point, parce que vous ne demandez pas ; vous demandez et ne recevez point, parce que vous demandez mal,
et pour avoir de quoi satisfaire vos passions* ***. Nos

* Phil., II. 5.
** II. Cor., XII. 6, 9.
*** Jacq., IV. 24.

prières sont inefficaces, soit parce qu'elles ne sont point assidues et persévérantes, et qu'elles ne s'échappent pas du fond de nos âmes pour l'épancher toute entière, mais qu'elles sont seulement de vagues désirs que nous proférons sans excitation ni ferveur de l'esprit, comme s'ils devaient s'accomplir d'eux-mêmes; soit que nos prières impures et mauvaises tendent à nuire à notre âme; soit enfin parce que nous demandons non à la gloire de Dieu, mais en vue d'assouvir nos convoitises et notre orgueil.

Pratiquez donc, chrétiens, l'oraison *fervente*, qui émane des puissances de l'âme, l'oraison *assidue* et *persévérante*, au nom de Jésus-Christ, l'oraison de *pureté* et de *charité*. Que si, nonobstant vos efforts, vous ne pouvez la produire en vous-même, priez, demandez la grâce de l'oraison. Par elle, vous acquerrez le don de la prière véritable et efficace, qui triomphera plus tard avec vous, de tous les obstacles et mettra toutes choses en votre possession. Par elle, vous atteindrez le sommet du Thabor, ou plutôt les splendeurs du Thabor se révèleront à vos âmes; par elle les cieux s'abaisseront jusqu'à vous et vos âmes seront transportées à la céleste demeure.

Ainsi soit-il.

SERMON

SUR

La Transfiguration de NOTRE-SEIGNEUR,

Prononcé le 6 août 1845, dans l'Eglise du couvent de Béthanie, près de Moscou.

—

Venez, approchez, vous à qui la doctrine de la vérité est chère : votre amour pour elle sera récompensé et satisfait, par l'enseignement le plus parfait émané de la vérité suprême. Venez, approchez aussi, vous qui êtes moins attentifs à la saine doctrine, ou qui êtes mécontents des imperfections de ceux qui vous l'enseignent ; excitez et concentrez toutes vos facultés, car vous allez entendre un Maître, dont la dignité est incomparable, et par conséquent, des leçons de la plus haute sublimité. De la cîme du Thabor, une parole se fait entendre, qui n'est pas celle d'un docteur de l'Eglise, ni celle d'un apôtre, ni d'un prophète, ni même d'un ange, mais une révélation de Dieu le Père éternel. *Lorsqu'ils parlaient encore, une nuée lumineuse les couvrit, et il sortit une voix de cette nuée, qui fit entendre ces paroles : — Celui-ci est mon fils bien-aimé, en qui je me suis complu; écoutez-le.* *

Les docteurs de l'Eglise distinguent deux sortes de doctrines : *les dogmes et les commandements.* Tout est une vérité révélée par Dieu, et que nous devons croire pour notre salut. Tout commandement est un ordre émané de Dieu, une règle de conduite, que nous sommes tenus d'observer et d'accomplir pour notre salut.

Or, le céleste discours prononcé sur le Thabor, renferme ces deux éléments de la doctrine : *Celui-ci est mon fils bien-aimé, en qui j'ai mis ma complaisance,* voilà le dogme ! *Ecoutez-le* ; voilà le précepte !

Quant à la partie dogmatique de cette révélation, vous savez, mes frères, qu'elle avait déjà été proclamée ailleurs, je veux dire sur les eaux du Jourdain. Là aussi une voix venue du ciel avait dit : *Celui-ci est mon fils bien-aimé, en qui je me complais* **. Cette parole s'adressait aux premiers prédicateurs de la nouvelle alliance ; et peut-être Jean le précurseur fut-il alors seul à le bien comprendre. C'est pourquoi il commença

* Marc, IX. 7.

** Jean, III, 16.

à prêcher à son tour ce qu'il avait ouï du ciel, et à dire de Jésus : *celui qui vient d'en-haut est au-dessus de tous* *. Et encore : *le Père aime le Fils, et a tout remis entre ses mains* **. Mais bientôt les enseignements de Saint Jean cessèrent avec sa liberté et sa vie. Il devint donc indispensable à l'affermissement de la vraie foi, et en même temps salutaire à notre ignorance et à notre peu de foi, que le dogme qui nous révèle le Fils unique de Dieu fût proclamé de nouveau sur la cîme du Thabor, à trois élus, parmi les apôtres, comme à autant de témoins, en nombre suffisant d'après la loi, et préparés ainsi à prêcher la foi sur toute la terre. Car, bien qu'il leur fût alors recommandé : *de ne communiquer à personne, la vision du Thabor, jusqu'à ce que le Fils de l'homme ressuscitât d'entre les morts* ***, il n'en est pas moins vrai que parvenus au terme marqué par cette défense, ces bienheureux disciples considérèrent la vision du Thabor comme un des plus solides appuis du témoignage qu'ils rendaient à la divinité, à la puissance et à la gloire de Jésus-Christ ; et c'est dans ce sens que l'apôtre Saint Pierre s'en est expliqué en écrivant l'épître qui précéda son martyre : *nous vous avons fait connaître la puissance et l'avènement de Notre Seigneur Jésus-Christ; mais c'est après avoir été nous-mêmes les spectateurs*

* Jean, III. 31.
** Jean , III. 35.
*** Matth., XXVII. 9.

de sa majesté. Car il reçut de Dieu le Père, un té-moignage d'honneur et de gloire, lorsque de cette nuée où la gloire de Dieu paraissait avec tant de splendeur, on entendit cette voix : — Voici mon Fils bien-aimé, en qui je me complais ; et nous entendîmes nous-mêmes cette voix, qui venait du ciel, lorsque nous étions avec lui sur la sainte montagne *.

Méditons, mes frères, avec ferveur et allégresse, sur la sainteté et le solide fondement de notre foi en Jésus-Christ, Fils de Dieu, et ne cessons jamais d'en rendre grâce à Dieu qui nous l'a revélée et l'a affermie dans nos cœurs. *Car c'est ainsi que Dieu a aimé le monde, jusqu'à donner son Fils unique, afin que quiconque croit en Lui, ne périsse point, mais qu'il ait la vie éternelle **.* Et pour mieux préparer le monde à le recevoir, *Dieu parla autrefois en divers temps et en diverses maniéres par les prophètes*, en annonçant la venue du Messie, de même que les divers modes de sa manifestation par la figure des patriarches et celles de la loi, qui n'étaient que *l'ombre des biens futurs.* *** Mais lorsque le Désiré se montra au monde sous le voile de la nature humaine, des miracles attestant une puissance divine furent employés à soulever ce voile. Et attendu que les miracles eux-mêmes, en signalant la présence d'une force qui vient

* II. Pierre, I. 8.
** Jean, III. 16.
*** Héb., X. 1.

de Dieu, ne peuvent révéler pleinement la substance divine dans la personne de Celui qui les a accomplis et qui peut se servir à cet effet de l'homme ; que restait-il encore à désirer, mes frères, pour que le vrai Fils de Dieu se manifestât dans la personne de Jésus ? Fallait-il qu'Il se déclarât lui-même comme tel ? Mais il l'avait fait aussi sans hésiter, lorsqu'Il dit à ses disciples : *Moi et le Père nous sommes un* [*]; paroles inébranlables par elles-mêmes, puisqu'elles émanent de la vérité même et furent confirmées par tant de miracles. Cependant notre Seigneur ayant aussi déclaré que pour opérer humainement la conviction, il ne suffit pas du témoignage que l'on se rend à soi-même[**], voyez, mes frères, avec quelle surabondance Dieu remédie à cet inconvénient ! Oui ! Dieu le Père, qui selon l'assertion de l'Apôtre, *habite dans une lumière inaccessible, Lui, que nul d'entre les hommes n'a jamais vu, ni ne saurait voir* [***], le Père, dis-je, s'émut du haut des cieux, les abaissa, revêtit son inaccessible splendeur d'une nuée radieuse, renferma sa sagesse infinie et sa révélation de l'infini dans les formules de la débile parole humaine et se plut à proclamer lui-même la Divinité consubstantielle de Jésus revêtu de la figure de l'esclave, en l'appelant son *Fils bien-aimé !* Or dans la langue sacrée, l'ex-

[*] Jean, X. 30.
[**] Jean, V. 31.
[***] Tim., I. 16

pression de *Fils bien-aimé* équivaut à celle de *Fils unique**; lequel ne saurait être que consubstantiel à son Père.

Passons maintenant de la contemplation du *dogme*, à l'étude recueillie du *commandement*.

An jour de l'Epiphanie, sur les rives du Jourdain, le dogme de la consubstantialité du Fils de Dieu avec son Père fut seul proclamé; mais durant la vision du Thabor, un commandement fut ajouté au dogme : *écoutez-le !* ce qui signifie que vous devez non seulement écouter les enseignemens du Verbe Dieu fait chair, mais encore pratiquer effectivement l'obéissance envers lui, sans jamais cesser de lui obéir.

Sur les rives du Jourdain, il eut été superflu d'intimer à saint Jean le précepte de l'obéissance, qui, pour d'autres, eut été prématurée. En effet, saint Jean accomplissait déjà le divin précepte lorsque pour obéir à Jésus, il lui conférait le baptême et surmontait le désir fervent d'être baptisé par lui. Quant au reste des hommes, le précepte eut été prématuré, attendu que le Christ se manifesta au bord des eaux du Jourdain, afin d'exciter l'attention et la foi en sa personne, avant de commencer l'enseignement de sa doctrine qui impose le devoir de l'obéissance. Il se peut aussi qu'au sommet du Thabor le commandement ait été promulgué, en considération du besoin

* Genèse, XXII, II, XII, XVI. — Livre des Juges, II, 34. — Jérémie, VI, 25. — Amos, 8, 10. — Zacharie, XII, 10.

qu'en avaient quelques-uns des témoins de la manifestation céleste. Car peu de temps auparavant, Pierre
si éminent par sa foi, puisqu'il fut le premier à confesser *le Christ, Fils du Dieu vivant* *, se montra
pourtant peu docile à la parole de son Maître. En
effet, lorsque Jésus commença à dire à ses disciples,
qu'il lui fallait se rendre à Jérusalem et y beaucoup
souffrir de la part des anciens, des prêtres et des
scribes, être mis à mort et ressusciter au troisième
jour, ce fut alors que Pierre se prit à le contredire
en disant : *ayez pitié, Seigneur, ceci ne vous arri-
vera point* **, et bien qu'une telle opposition au mystère de la foi fut bientôt brisée par la réprimande
sévère de Jésus-Christ, il se peut néanmoins que les
dispositions intérieures de Saint-Pierre exigeassent un
remède plus complet. Et ne serait-ce pas la guérison
ultérieure du grand apôtre que continuèrent Moïse et
Elie, lorsque conversant avec Jésus sur le Thabor, ils
parlèrent de *l'événement que Jésus voulait accomplir
dans Jérusalem* ***. Ce qui veut dire que ces deux élus
s'entretenaient avec le Sauveur de sa passion et de sa
mort sur la croix. Pour eux c'était un entretien de
contemplation et de prière, pendant que Saint-Pierre
y puisait l'expansion ultérieure de cette doctrine de
la crucifixion, contre laquelle il avait osé s'élever.

* Matthieu, XVI. 16.
** Matthieu, XVI. 21, 22.
*** Luc, IX. 31.

Enfin, il est probable que le suprême médecin de nos âmes consommait en même temps la guérison de l'infirmité de son disciple, par la puissance de ces paroles : *écoutez-le !* En d'autres termes : soumettez-vous à la doctrine du Fils de Dieu incarné pour votre salut, alors même qu'elle vous semblerait répugner à votre intelligence naturelle, et quand même cette doctrine vous imposerait la souffrance et la croix, en opposition à l'essor de vos désirs, qui tendent à la félicité et à la gloire !

Mais quoi qu'il en soit de l'apôtre Saint Pierre et de ses deux condisciples, appelés à être témoins de la vision du Thabor, il demeure certain que le dogme et le commandement qui furent révélés sur cette sainte montagne le furent, non pour eux seuls, mais pour nous tous tant que nous sommes. Ce n'est pas pour trois hommes seulement que la vérité même parle du haut des cieux à la terre, c'est pour le salut de tout le genre humain. *La voix du Seigneur retentit avec force, la voix du Seigneur se fait entendre avec majesté* *. Cette voix n'est point bornée par l'espace et ne s'éteint point dans le temps. De même qu'elle retentit sur le Thabor pour trois disciples du Christ avec autorité, de même aussi cette parole émane de l'Evangile et s'adresse à tous les disciples de Jésus-Christ. Et pendant que l'autorité de cette parole commande et subjugue, son efficacité rend capable d'ac-

---

* Psaume, XIX 4.

4

complir le commandement. Souvenons-nous donc, mes
frères, que c'est ici Dieu le Père qui, dans la plèni-
tude de sa puissance, nous impose l'obéissance envers
Jésus-Christ, son Fils bien-aimé. Or, qui oserait désobéir à cette autorité toute divine? Quel est celui
qui ne désirerait obtenir en même-temps de cette
grace efficace le don parfait de la soumission? *Ecoutez-le*. Comment ne l'écouterions-nous pas en tout
temps et sur tous les points? Où est celui qui se re-
fuserait à l'écouter?

Le Fils de Dieu incarné nous dit : *croyez en Dieu
et croyez en moi* *. *Ecoutez-le donc;* et faites de
cette foi le mobile principal de toute votre vie!

Jésus commença et n'a jamais cessé de *prêcher et
de dire : faites pénitence, car le royaume des cieux
approche* **. Encore une fois : *écoutez-le*, et hâtez-vous
d'arriver au royaume des cieux par le sentier de la
pénitence, avant que la justice divine aussi proche
de vous que le royaume des cieux n'ait refermé devant
vous les portes de la miséricorde!

Du haut d'une montagne, moins haute que le Thabor, mais beaucoup plus accessible, le Seigneur Jésus
se plaît à instruire les peuples, en indiquant à la foule
de ses auditeurs la diversité des sentiers conduisant à
la béatitude, mais aboutissant tous à l'unique voie de
salut : *Bienheureux*, dit Jésus-Christ, *les pauvres d'es-*

* Jean, XIV, 1.
** Matthieu, IV. 17.

prit; bienheureux ceux qui pleurent ; bienheureux les douce; bienheureux ceux qui sont affamés et altérés de justice ; bienheureux les miséricordieux, ceux qui ont le cœur pur, et ceux qui sont pacifiques; enfin bienheureux ceux qui sont persécutés à cause de la justice et à cause de moi *; en d'autres termes, bienheureux ceux qui restent fidèles dans les souffrances et jusqu'à la mort. *Ecoutez* donc ce divin maître; et, s'il vous semble difficile au premier abord, de parcourir tous les degrés de cette marche ascendante vers la béatitude, essayez au moins d'en atteindre quelques-uns plus rapprochés de vous, et plus conformes à votre état présent, pourvu que vous entriez dans la carrière, et que vous y avanciez sans relâche. Que si vous vous sentez esclaves du péché tenez-vous en au chemin de *ceux qui pleurent*, quelque rude qu'il soit au commencement ; plus tard, il ne sera pas sans douceur, et vous conduira jusqu'à la région où vous aurez faim et soif de la justice, non de celle des hommes, mais de celle qui vient de Dieu et nous est imputée par Jésus-Christ, *qui est devenu pour nous, la sagesse de Dieu, la justification, la sanctification et la délivrance* **.

Que ceux qui ont une haute opinion d'eux-mêmes se hâtent d'entrer dans la voie de la *mendicité spirituelle*, et de la connaissance de leur propre néant. Que ceux qui sont poussés par un penchant tyrannique, aux em-

---

* Mathieu , V. 3, 11.

** I. Cor., I. 30.

portements et aux querelles avec le prochain, s'élancent sur le sentier de la *douceur* et des dispositions *pacifiques* ; par dessus toutes choses, travaillons, mes frères, à acquérir la *pureté du cœur* ; car c'est sur le cœur que repose l'œil si pur de notre Dieu. Ne vous détournez pas non plus du chemin *de la croix*, puisque vous entendez le Seigneur qui vous dit : *si quelqu'un veut me suivre, qu'il se renonce et prenne sa croix et marche à ma suite* *. Oui, n'allez pas contredire la promesse de votre croix, comme Saint Pierre contredit en vain la parole qui lui révélait la croix de Jésus-Christ. Eh ! n'éprouvons-nous pas une jouissance sublime lorsque nous sommes appelés à travailler et à souffrir péniblement pour un objet vénéré et chéri ? Que ceci nous apprenne par une légitime induction des petites aux grandes choses, à croire fermement qu'en portant volontiers une croix quelconque pour l'amour de Jésus-Christ, nous goûterons une pure félicité durant le combat, avant celle qui doit couronner la victoire. Ne nous refusons donc point à prendre notre croix pour être crucifiés à notre chair, en mortifiant ses convoitises ; pour être crucifiés au monde, en résistant à ses tentations et à ses vaines gloires ; pour être enfin crucifiés à notre amour-propre, en n'agissant, en ne parlant, en ne pensant, en ne vivant que pour Jésus-Christ, afin que ce soit lui qui vive en nous !

* Matthieu, XVI. 24.

Chrétiens ! *écoutez notre Seigneur et obéissez-lui* en toute plénitude d'obéissance, *car il a été et sera* pour tous ceux *qui l'écoutent*, *l'Auteur du salut éternel* *. Gloire lui soit rendue conjointement au Père et au Saint-Esprit dans tous les siècles !

Ainsi soit-il !

* Hébr., V. 9.

SERMON

Pour le jour de Noël,

Prononcé en 1811.

———⊰⊙⊱———

« *Grand est le mystère de la pitié, Dieu s'est manifesté dans la chair.* » (Ep. à Tim., III, 16.)

—

LE nouvel Adam sort d'une terre virginale ; la femme, cause de la malédiction, nous apporte la rosée des bénédictions célestes. Le véritable Noë paraît, et *c'est lui qui nous soulagera parmi nos travaux et les œuvres de nos mains, qui nous consolera dans la terre que le Seigneur a maudite* *. Le Melchisédec sans *aïeux* **, engendré sans avoir eu de mère et venant au monde sans le concours de la paternité, descend

* Genèse, V, 29.
** Hébr., VII, 3.

jusqu'à nous pour hériter d'un royaume et d'un pontificat éternel. Enfin, la longue nuit qui répandait sur l'univers la terreur et l'attente, se dissipe ; et voilà que les splendeurs du matin pénètrent dans le sanctuaire de l'ancienne loi ; il s'ouvre aux *approches de l'Orient d'en-haut*. La manne céleste s'échappe du vase qui la tenait renfermée. Le rameau de Jessé germe et porte des feuilles au lieu de la verge d'Aaron, qui se flétrit : Christ est né !....

Accourez, bergers paisibles, et venez adorer l'Agneau et le Pasteur, l'Agneau qui conduit les pasteurs, et le bon Pasteur qui rassemblera un jour tous les siens en un seul et paisible troupeau, au milieu duquel paîtront sans crainte, les agneaux avec les loups, et les génisses avec les lions. Venez, Sages de l'Orient ; venez adorer le mystère de cet Enfant dont l'origine remonte si haut ; instruisez-vous par le silence de cette parole ; venez goûter du pain des Anges déposé dans une crèche ; et *voyez combien le Seigneur est bon !* Et vous, cohortes des esprits célestes, qui chantiez les louanges du Seigneur, *alors que furent créées les étoiles*, redoublez, multipliez vos cantiques d'allégresse devant votre soleil qui se lève aussi pour nous ! Le Christ vient au monde !

Oui, le Christ naît dans Bethléem : est-ce donc là l'unique motif de la joie qui nous transporte et de la gloire rendue à Dieu au haut du ciel ? Gloire, en effet, lui soit rendue, si le Christ naît aussi pour nous ; car selon les décrets éternels : *cet Enfant est né pour nous et nous a été donné* *. Au sein même des pompes augustes de sa nativité, l'Eglise souffre les douleurs de l'enfantement, jusqu'à ce qu'il *soit formé au dedans de nous* **. Ah! mes frères, sachons tenir compte à notre Mère de ses douleurs mêlées de joie : hâtons-nous de saisir les principaux traits de l'image de Jésus à sa naissance, pour les déposer et les graver dans nos cœurs.

Bethléem était la patrie des ancêtres de Jésus ; néanmoins Joseph et Marie n'y avaient pas même une pauvre cabane, n'y possédaient pas un seul pouce de terre, ni aucun domicile assuré. La divine Providence se servit de César-Auguste, pour les ramener au lieu d'où devait *provenir le chef d'Israël* ***. Etrangers sur le sol de leurs ancêtres, errant dans leur propre patrie, ces élus en donnèrent une au Fils de Celui *par qui toute paternité est appelée dans les cieux et sur la terre* ****. Chrétiens! tant que nous vivons dans ce monde avec la sécurité d'habitans stables, tant que nous en jouissons comme de notre bien, le Christ ne saurait être formé au dedans de nous. Car le monde travaille sans relâche à imprimer dans nos âmes ses images fugitives ; les désirs satisfaits en engendrent d'autres, et ceux-ci grandissent imperceptiblement jusqu'à devenir des géants qui re-

* Isaïe, IX, 6.
** Gal., IV, 19.
*** Math., II, 6.
**** Eph., III, 15.

bâtissent au dedans de nous Babylone. *Bienheureux celui qui saisira et brisera contre la pierre* de la foi jusqu'aux enfants de cette Babylone ; celui qui renoncera à la cité permanente ici-bas, afin de rechercher la cité future ! Que si Abraham, docile à la voix de Dieu, n'eût pas quitté sa terre natale et ses proches, jamais il n'eût obtenu la glorieuse alliance et la promesse d'un héritage éternel. Si Israël persécuté n'eût pas embrassé avec joie les périls d'une course pénible et lointaine, jamais Jéhovah n'eût marché à la tête de ses cohortes et n'eût choisi sa demeure au milieu d'eux. Si une mère prévoyante n'avait pas éloigné Jacob pour le soustraire à la vengeance d'Esaü, jamais le jeune exilé n'eût touché le sol redoutable où étaient *les portes du ciel* *. Il n'y a que les voyageurs sans refuge qui découvrent enfin Béthel et Bethléem, c'est-à-dire *la maison de Dieu et la maison du pain de vie.* Il n'y a que ceux qui s'exilent volontairement de la terre, auxquels le droit de cité soit accordé dans les cieux. Quiconque, mes frères, aspire à être la demeure du Fils de Dieu, ne doit avoir de patrie qu'en Dieu seul et sans préjudice de l'attachement légitime qui est dû à la patrie terrestre, il ne doit la considérer que comme un portique qui conduit au céleste séjour.

Jésus n'ayant rien emprunté au monde par sa naissance, ne voulut pas, selon toute apparence, lui rien

---

* Genèse, XXVIII, 17.

manifester de ce qui lui était propre. Un charpentier fut honoré du nom de son père ; et celle qui le porta dans son sein, confessa qu'elle n'avait pour cet auguste ministère que le sentiment de son obéissance et de son humilité : *Il a regardé l'abaissement de sa servante**. Il se plut à cacher son éternité infinie sous le voile de sa nativité, une crèche devint le trône du Roi des rois, des langes lui servirent de vêtements, et les premiers serviteurs de ce royaume furent des pasteurs de troupeaux ; la puissance et la sagesse de Dieu se cachent sous l'infirmité de l'enfance. Mais, qui pourrait mesurer la distance qui sépare la suprême hauteur de sa substance divine, des profondeurs de son abaissement ? Nulle intelligence créée ne peut le suivre, ni dans son élévation par delà tous les cieux, ni lorsqu'il descend dans les abîmes de notre nature dégradée. A l'aspect d'une si grande humilité, que doivent donc éprouver les cœurs animés du désir de devenir conformes à l'image de Jésus.

Puissance du génie, grandeur d'âme, renommée des grandes actions, prérogatives de la naissance, vous ne sauriez m'éblouir, et je n'envie pas ceux qui sont fiers de vous posséder. Il n'est point de sagesse plus sublime que de renoncer à la sagesse pour l'amour de Jésus ; point de gloire plus éclatante que de participer à l'opprobre avec Jésus ; il n'est pas de richesse qui égale la pauvreté de Jésus ; il n'est pas d'autre chemin qui mène

* Luc, I. 48.

à la perfection et à la béatitude, que l'enfance de Jésus; point d'ornement plus beau pour une âme qui
doit lui servir de demeure, que de se voir dépouillée
de tout ornement, comme l'était sa crèche. — Oui, les
torrents de la grâce, semblables aux eaux d'un fleuve,
se répandent dans les humbles vallées, pendant que
les cèdres au sommet sourcilleux des montagnes, sont
réservés aux coups destructeurs de la foudre. Dieu
crée du néant; aussi longtemps que nous voulons et
croyons être quelque chose, le Seigneur ne commence
pas son œuvre en nous. L'humilité et l'abnégation sont
les fondements de son temple au dedans de nous;
quiconque creuse plus avant bâtira l'édifice plus solidement et plus haut !

Un des attributs essentiels de la nativité de Jésus,
fut la céleste pureté de sa mère, pureté supérieure à
toute intelligence et inaccessible à tout regard. Elle
devait être fiancée à celui que Dieu constituait le protecteur et le témoin de sa chaste innocence, afin que
sa virginité n'impliquât pas la condamnation du lien
conjugal. Cependant Mariam, selon le témoignage
unanime de l'Eglise, était vierge avant d'enfanter; et,
dans l'enfantement, et après avoir mis au monde le
Sauveur.

Contemplez religieusement ce modèle, ô vous âmes
chrétiennes, qui soupirez après votre union avec
Dieu; et, dans le miroir de cette haute perfection,
hâtez-vous de lire l'expression de votre devoir. Le Seigneur est le *Dieu jaloux*, lorsqu'avec une tendresse

paternelle, il dit à l'homme : *Mon fils donne-moi ton cœur,* son légitime amour nous commande dans le sens spirituel et moral ce précepte : *Tu ne commettras point d'adultère.* Celui qui nous a donné un cœur ne se contente pas d'y avoir une part plus ou moins grande ; il faut que notre cœur appartienne tout entier au Maître souverain de toutes choses. Il juge indigne de lui toute affection qui n'est pas fondée sur l'amour de Dieu ; toute jouissance entachée de la recherche de nous-mêmes, toute pensée inclinée vers les créatures, toute distraction est une infidélité qui nous éloigne de lui. Il n'y a qu'une vigilance sévère qui puisse nous conduire à la bienheureuse union avec le Seigneur, et nous y affermir : *Garde ton cœur avec beaucoup de soin; car c'est de là que coulent les sources de la vie**. Le céleste époux ne contracte d'union qu'avec les vierges sages et pures, qui ne sommeillent pas à l'entrée de sa demeure ; les âmes virginales et tournées vers Dieu seul, conçoivent la vie spirituelle et enfantent la félicité d'une contemplation sans nuages. *Bienheureux ceux qui ont le cœur pur, car ils verront Dieu.* Où le verront-ils ? Au-dedans d'eux-mêmes. Oui, mes frères, toute âme pure comme une eau limpide, reçoit et réfléchit elle-même les vives clartés du soleil et des cieux.

Nous n'arrêterons pas plus long-temps nos regards sur les traits de l'image de Jésus, qui pourraient inti-

---

* Prov. de Salomon, IV, 23.

mider ceux qui aspirent à les graver dans leur âme, et qui désespéreraient de les saisir. Mais jetons encore un dernier coup-d'œil sur ceux de ces traits augustes, dans lesquels la majesté divine perçait, à travers l'abaissement du Fils de l'homme, et qui, par la grâce divine, se reproduisent successivement dans notre régénération spirituelle.

A la naissance de Jésus-Christ, les anges chantaient *Gloire à Dieu et paix sur la terre*. Or, ils entonnent le même cantique lorsque nous renaissons ; ils célèbrent *la gloire* de la grâce et la paix de l'homme avec son Dieu. *Il y a joie au ciel pour un seul pécheur qui fait pénitence* *. Des bergers et des mages vont à Jésus-Christ avec ferveur, sans se laisser rebuter par l'indigence et l'obscurité qui semblaient l'isoler de tout l'univers : de même aussi quiconque s'unit à Jésus, entre en communion indissoluble avec tous ceux qui lui sont fidèles. L'Esprit qui établit entre eux une société, ou, pour mieux dire, en fait un seul corps, se plait à les rapprocher les uns des autres d'une manière inopinée, mais toujours opportune, afin qu'ils s'instruisent mutuellement, se consolent entre eux et confessent unanimement les miséricordes et la gloire divine. A Christ l'on offre des présents, l'*or*, comme à un Roi ; l'*encens* comme à Dieu ; *la myrrhe*, comme à Celui qui est mort pour les morts : or, lui-même ne nous promet-il pas *que tout*

* Luc, XV, 7.

sera *ajouté à ceux qui cherchent le royaume de Dieu* * ?
Ne veut-il pas *faire de nous des rois et des pontifes
pour Dieu son Père* * ? Et n'associe-t-il pas notre naissance spirituelle avec cette mort, source de vie, après
laquelle la nôtre *sera cachée en Dieu avec lui* * ?

O Dieu ! toi qui nous as donné ton Fils ! que ne
nous donnes-tu pas avec lui ? Accorde-nous seulement
la force d'engendrer au dedans de nous-mêmes l'Esprit du Christ et le bonheur de vivre de sa vie. Dès-
lors, peu nous importe qu'Hérode et tout Jérusalem
s'agitent et s'élèvent contre nous, comme jadis ils s'élevèrent contre le Seigneur ; que le Prince de ce siècle
se déchaîne, et que le monde entier s'arme. Tu nous
abriteras dans le secret de ta demeure, tu nous paî-
tras *au bord d'une eau paisible*, et par le ministère de
l'Ange de ton alliance, tu nous introduiras sur ta
montagne sainte.

Ainsi soit-il.

* Matth., VI, 33.
* Apoc., I 6.
* Col., III, 3.

SERMON

Prononcé le jour de Noël.

— ⬦ —

> « *Alors l'Ange leur dit : Ne craignez point ;
> car voici que je vous annonce une grande joie, qui
> sera pour tout le peuple. C'est qu'aujourd'hui dans
> la ville de David, il vous est né un Sauveur, qui est
> Christ, le Seigneur.* » (Saint Luc, II, 10—11.)

—

QUELLE est cette joie qu'un ange vient annoncer
aux pâtres de Bethléem ? Elle est en effet d'autant plus
grande, cette joie, que, selon la prédiction du céleste
messager, ce message d'allégresse *est pour tout le peuple* ; en sorte qu'aujourd'hui, après l'accomplissement,
cette joie vous appartient aussi, à vous tous qui m'écoutez, à toutes les nations, à tous les hommes sans distinction, grands et petits, à quiconque ne ferme point
l'œil de son intelligence à la lumière et n'endurcit pas
son cœur jusqu'à ne pas la sentir.

Mais, encore une fois, d'où vient cette allégresse si universelle ? l'ange nous l'explique par ces mots : *Car il vous est né.....* J'ose interrompre le divin message, afin de vous signaler mes frères, dès le début, la source première de tant de joie, une naissance. Une naissance est toujours plus ou moins un motif de joie, parce qu'elle est une manifestation, une extension nouvelle de la vie ; de même que la mort est toujours, plus ou moins un sujet de tristesse, parce qu'en absorbant une seule vie, elle menace toutes celles du même ordre. Mais toute naissance est plus particulièrement une joie pour ceux, et parmi ceux à qui a été donné un nouveau-né. A-t-il vu le jour au sein d'une famille quelconque ? cette famille est dans l'allégresse. Que si l'enfant a été donné à une nation, à un empire, peut-être le fils d'un roi, et surtout l'héritier de son trône, voilà que la joie devient commune à tout un peuple, à une société entière. Or, l'ange dit : *Il vous est né.* A qui ? Serait-ce seulement aux pâtres de Bethléem que s'adresse le message de l'envoyé du ciel ? Cependant n'a-t-il pas déjà déclaré que la joie sera pour *tout le peuple* : Il est donc clair que l'ange voit dans ces humbles bergers tous les hommes, et que, par conséquent, il évangélise *à tous les peuples*, l'enfant qui est né pour tous, non pour une famille ou pour une seule nation, mais bien pour tous les hommes venus au monde, vivants ou à naître. Oh ! qu'elle est immense cette joie. Chacun de vous peut désormais se réjouir pour lui-même, et pour le genre

humain, pour tous ceux qui ont passé du temps à l'é-
ternité, devanciers ou frères que vous *commémorez*
avec tristesse et dont vous ignorez le destin ; de plus
pour vos descendants, dont la félicité ne vous est point
indifférente !.....

Continuons d'interroger l'ange sur le motif de l'allégresse universelle qu'il annonce. N'a-t-il pas dit :
Il vous est né aujourd'hui un Sauveur. Lorsque nous
méditons l'histoire du peuple de Dieu, nous y rencontrons des élus qui furent pour lui des ministres de
salut, et les instruments de sa délivrance. *Le Seigneur
leur suscita des juges, et lorsque le Seigneur était
avec le juge, il sauvait Israël des mains de ses ennemis.**
Quelquefois le salut était annoncé par un ange, ainsi
qu'il le fut à Gédéon : *Va dans ta puissance et tu sau-
veras Israël des mains de Madian***. Mais de semblables
délivrances, circonscrites à un temps et à un lieu, ne
pouvaient être un sujet de joie pour tous les hommes,
attendu que le bienfait ne les atteignait pas tous, et que
de nouvelles calamités lui succédaient. *Le juge étant
mort, les enfans d'Israël s'égaraient et se corrompaient
de nouveau, plus que leurs pères***.* Or, maintenant
naît un Sauveur de tout le peuple, celui dont tous les
élus de l'antiquité sacrée n'étaient qu'une imparfaite
figure, un Sauveur universel, qui accueille et em-

* Juges, II, 18.
** Juges, VI, 14.
*** Juges, II, 19.

5

brasse tous ceux qui ne se livrent pas eux-mêmes à
la perdition, un Sauveur éternel qui met à l'abri de
tout mal ceux qu'il a rachetés.

Cependant, le messager d'allégresse s'explique encore plus pleinement : *Il vous est né aujourd'hui un
Sauveur, qui est Christ le Seigneur.* Il est clair que les
pâtres de Bethléem possédaient déjà quelques notions
sur le Christ, puisque l'ange, qui pénétrait leurs pensées, croyait les initier suffisamment au motif de la joie
commune, en leur disant que celui qu'il annonçait
était *le Christ*. En effet, les bergers devaient avoir
entendu, plus d'une fois, dans le temple de Jérusalem, ce chant du Roi-prophète, qui, de là, se trans-
mit à nos temples chrétiens : *Le Seigneur a sauvé son
Christ**. Et ailleurs : *Le Seigneur est le fondement de
son peuple. Il est le défenseur des œuvres salutaires de
son Christ***. Or, ces paroles des psaumes, nous font
entendre le sens élevé dans lequel l'ange évangélisait les pâtres. Les psaumes nous représentent le Christ
comme objet de salut, pour en devenir postérieure-
ment l'auteur. Les célestes accents de l'ange proclament le Christ Sauveur n'ayant nul besoin de salut
pour lui-même, possédant toute puissance, et l'exerçant d'une manière absolue : *Un Sauveur qui est Christ
le Seigneur.* Le Prophète-roi découvre avec extase que
le Seigneur protège son Christ, c'est-à-dire l'oint de

* Psaume, XIX, 6.
** Ps. XXVIII, 8.

Dieu ; celui-là même que, au dire d'un autre prophète, *Dieu avait oint et envoyé pour évangéliser*
les pauvres, guérir ceux qui ont le cœur brisé, prêcher
aux captifs la délivrance et aux aveugles la lumière
du jour, pour invoquer l'année agréable au Seigneur et
le jour de la rétribution, pour consoler tous ceux qui
pleurent, et donner aux affligés de Sion la gloire, au
lieu de la cendre du deuil, l'onction de l'allégresse, à
ceux qui sont dans la douleur, et un ornement glo-
rieux, en échange de l'esprit de componction [*] ; mais
qui est en même temps le Seigneur Dieu, lui même,
capable de sauver non-seulement ceux que la perdition menace, ou qui périssent déjà, mais encore ceux
qui sont perdus, de ressusciter les morts, de justifier
ceux que la damnation frappe, de bénir ceux sur qui
pèse la malédiction, pour avoir violé la loi, de transformer enfin les détenus de l'enfer en enfants de Dieu.

O joie sans limites qui s'étend des cieux aux enfers,
joie désirable comme le salut, délicieuse comme
l'onction de l'Esprit divin, joie aussi puissante que
son auteur ! Je voudrais ici rentrer dans le silence ;
car c'en est assez de ce qui a été dit pour sentir notre
commune joie, tandis qu'au contraire aucune parole
ne suffirait pour l'exprimer et la reproduire fidèlement.

Cependant le message de l'Ange se prolonge encore ;
écoutons-le jusqu'au bout. Il veut encore indiquer un
signe plus propre à faire discerner l'essence de la joie

---

[*] Isaïe, LXI, 1, 3.

qu'il proclame, la faire mieux goûter et nous en
mieux convaincre : *et voici un signe.* Quel est-il ce
signe distinctif ? Où est-il ? montrez-le nous. Le voici :
*vous trouverez un enfant enveloppé de langes, couché
dans une crèche.*

Quoi ! messager d'allégresse ! n'as-tu pas détruit la
nôtre en voulant l'exalter et l'affermir par un signe
certain ? Est-ce un motif de joie que de contempler
un enfant, non dans la pourpre et les tissus les plus
fins, non sous le faîte d'un palais ou dans une demeure resplendissante, pas même sous le chaume ou
dans un berceau, car la terre ne lui offre ni berceau
ni cabane, mais dans une crèche, par conséquent
sous un abri réservé aux animaux et dans un lieu
désert où rien ne le garantit du souffle glacé de l'hi-
ver et de la nuit. A ce spectacle, la pitié, au lieu
de la joie, ne s'empare-t-elle point du cœur de l'homme
attristé du sort de celle qui a mis au monde ce nouveau-né, pour la vie duquel tout est à craindre ?
Toutefois l'on ne saurait admettre que ce messager du
ciel en soit descendu pour décevoir la terre par une
promesse trompeuse ou par un signe peu certain.
Que si, pauvres mortels que nous sommes, nous ne
trouvons point de motif de joie dans les indices que
l'Ange nous fournit, ne serait-ce pas, parce que les
regards plus purs d'un Esprit bienheureux, discernent
mieux les objets que notre vue terrestre, encore troublée par le nuage de poussière que soulève la vanité
de ce monde ? Purifions nos sens et nous verrons ;

purifions notre esprit et nous envisagerons le mystère de l'incarnation du Christ; purifions nos cœurs et nous goûterons bientôt cette céleste joie qui se cache sous les dehors de l'affliction. En y réfléchissant, mes frères, je commence à comprendre le langage de l'Envoyé des Cieux, et je confesse que l'incomparable spectacle de cet Enfant enveloppé de langes et reposant dans une crèche est plutôt le signe d'une joie ineffable que celui d'une extrême indigence et d'un lamentable abaissement. En effet, mes frères, sous quel aspect différent eussiez-vous désiré contempler Christ le Sauveur qui est né pour vous? Serait-ce dans les splendeurs de cette gloire qui lui appartient et l'environne au haut des cieux? Mais les Chérubins eux-mêmes tremblent devant elle et se couvrent la face de leurs ailes, pour l'adorer! Comment eussions-nous supporté cet éclat de gloire, nous, enfants de la terre, fragiles, impuissants et courbés sous le péché? Ou bien, voudriez-vous voir une gloire terrestre, empruntée au monde? Mais un tel spectacle eut-il mieux valu pour nous combler de joie, que ces simples langes et cette crèche, emblêmes d'humilité? D'ailleurs la gloire de ce monde est peu accessible au commun des hommes; ce n'est qu'un vernis trompeur. Ceux qui en admirent l'éclat, pour la plupart, ne peuvent en approcher, pendant que ceux qui sont revêtus de tant de pompe, savent mieux que personne si les splendeurs de la terre sont jamais un signe certain de joie. Non, non! Cessons de rechercher par des

conjectures aussi téméraires qu'elles sont vaines, le
signe distinctif de la joie qui nous est énoncée, ap-
profondissons tel qu'il est le signe qu'on nous présente. Et d'abord pourquoi nous en faut-il un ? C'est
que la source de toute vraie joie n'est pas en nous.
Pourquoi nous faut-il un Sauveur qui soit le Christ ?
Ah ! c'est que nous sommes tous sous la menace de
la perdition. Et d'où viennent ce manque de joie,
cette terreur qui nous accable. Hélas ! c'est parce que
nous sommes sevrés de la vie en Dieu ; et que nous
vivons dans la corruption du péché. Or cela étant
ainsi, n'est-ce pas le plus beau de tous les présages
que de voir se manifester le Sauveur de nos âmes là
où retentit la première sentence contre les pécheurs
selon la volonté du souverain juge : *tu enfanteras
dans la douleur ?* A ce fondement divinement profond
de l'œuvre salutaire, il est aisé de pressentir et de
reconnaître quelle guérison se prépare, et quelle en
sera la plénitude. Ce qui n'est guère moins important,
c'est qu'en s'abaissant jusqu'à naître dans l'abjection,
notre Seigneur ne dédaigne point de descendre jusqu'à l'humiliation d'une crêche. En s'y reposant, le
Christ nous donne un signe particulier qui nous avertit
qu'alors même que le péché nous eût ravalés jusqu'à
l'abrutissement, dernier fruit de nos passions et de
nos convoitises ; quand même notre conscience nous
contraindrait de nous appliquer à nous-mêmes le reproche du Roi-Prophète : *l'homme élevé en dignité
n'a point compris, il s'est assimilé aux animaux*

destitués de raison et il leur est devenu semblable *, alors
même, disons-nous, que le pécheur désespère des miséricordes de son Sauveur, elles ne lui feront point défaut,
car il n'a point dédaigné de reposer dans une crèche,
de même Il ne dédaignera point d'habiter par sa grâce
et sa paix dans une âme déchue, pourvu qu'elle s'abandonne à lui dans un esprit de foi et de pénitence.

Venez donc tous, venez à lui, vous qui êtes fati-
gués et chargés *; vous que vos péchés accablent,
que des calamités environnent, qui êtes en proie aux
tourments de votre conscience, aux terreurs du jugement et de la damnation; accueillez, embrassez ce
signe de votre salut, qui l'est en même-temps de
toutes les consolations désirables; voici le signal de
votre joie : vous trouverez un Enfant enveloppé de
langes et couché dans une crèche, qui est *le Sauveur,*
le Seigneur Christ.

Approchez du Sauveur-Enfant et redevenez pareils
aux enfants par une douceur exempte de tout fiel, de
toute amertume. Approchez de Celui qui est enveloppé
de langes et resserrez les liens qui retiennent captifs
vos mauvais désirs; hâtez-vous de résigner votre volonté propre à celle du Sauveur de vos âmes. Approchez de Celui qui est couché dans une crèche et répudiez
aussitôt toute impureté qui mène à l'abrutissement et
mettez à leur place une vie toute spirituelle. Approchez du Verbe divin plongé dans le silence et invo-

* Ps. XLVIII, 13. — ** Mathieu, XI. 28.

quez-le par les cris et les gémissemens d'un cœur en prières. C'est alors que le Verbe-Dieu fera retentir en vous les accents d'une joie ineffable, qui vient de lui seul. Alors vous comprendrez le langage du céleste messager d'allégresse ; alors vous vous écrierez avec la mère du Christ-Enfant : *mon âme exalte le Seigneur, et mon esprit s'est réjoui en Dieu qui m'a sauvé* *.

Ainsi soit-il.

* Luc, I. 46, 47.

SERMON

Pour le second jour de Noël,

Prononcé dans la chapelle du palais impérial, à Saint-Pétersbourg, en présence de l'Impératrice-mère, et de leurs Altesses Impériales.

———

« *Un Ange du Seigneur apparut à Joseph, pendant qu'il dormait, et lui dit : Levez-vous, prenez l'enfant et sa mère, fuyez en Egypte, et n'en partez point, jusqu'à ce que je vous le dise ; car Hérode cherchera l'enfant pour le faire mourir.* » (Math. V, 13.)

—

QUE cela est surprenant et terrible ! Quoi les anges, dont le Fils de Dieu n'a point revêtu la nature, célèbrent sa nativité sur la terre, les anges s'émeuvent pour sauver la vie de celui qui est venu sauver l'humanité, et l'homme pour qui le Fils de Dieu s'est fait fils de l'homme, conspire pour faire périr son Rédempteur ! Les cohortes célestes annoncent la paix à la terre, mais, au lieu de cette paix, éclate et s'embrase une guerre inouïe; d'une part, c'est le roi Hérode et Jérusalem tout entière qui engagent le combat; de l'autre, nous n'apercevons que l'enfant Jésus et ses gardes fidèles, les enfants de Bethléem.

A la vérité, le tyran ne put atteindre l'enfant ni le vaincre, car ses défenseurs enfants ne livrèrent point leur chef aux mains de ses ennemis et rachetèrent de leur propre sang la vie du commun libérateur. Ce ne fut pas tout; une main invisible et vengeresse atteignit Hérode et ses complices : *Ils sont morts ceux qui cherchaient la vie de l'Enfant* *. Quoi qu'il en soit, la victoire n'amena point la paix, et ne procura point de sûreté aux vainqueurs. Joseph n'ose pas même l'introduire dans sa ville natale, *il craignit de s'y rendre* **.

Faut-il s'étonner, après cela, qu'en avançant en âge Jésus ait eu à soutenir de nouveaux combats, à courir de nouveaux dangers? A peine s'est-il manifesté au monde, que tout ce qui brille dans le monde s'efforce de ternir sa gloire et de l'effacer. Pharisiens, scribes, prêtres, princes et juges du peuple, tous vont tourner contre lui les armes qui leur sont familières, et lors même que son triomphe l'aura élevé au ciel, voyez comme toutes les puissances de la terre, le vulgaire et les grands, les philosophes et les césars, s'émeuvent et s'acharnent à détruire ici-bas son règne pacifique.

* Matth. II. 20.
** Matth., XVIII. 3.

L'effusion du sang qui commence dans Bethléem devient torrent, et inonde, de siècle en siècle, le patrimoine de toutes les nations !

Mais, pour peu que nous détournions notre pensée de ce spectacle de douleur, nos cœurs contristés s'apaisent et se consolent, à la vue des grands et des puissants de ce monde, qui s'humilient devant l'enfant de Bethléem, qui mettent leur gloire à le servir et puisent toutes leurs joies à la source de son Evangile !

Qu'est-ce donc, mes frères, qui irritait autrefois, et irrite peut-être encore les hommes contre Jésus-Christ, lui demeuré si humble, aux jours de sa puissance, et sans fiel comme l'enfant ; lui qui a recommandé à ses disciples d'être pareils aux enfants *.

C'est *l'amour de ce monde*, ainsi que le prouve l'exemple d'Hérode, cité tout à l'heure, exemple qui nous fait un devoir de rendre témoignage, et de nous élever contre cet amour profane aussi vain qu'il est pernicieux et détestable au jugement du Dieu éternel !..

Nous ne parlerons point de certaines amours du monde, que le monde lui-même, d'accord avec l'Evangile, accuse hautement d'inimitié envers Dieu. Ces penchants vicieux n'ont pas besoin d'être signalés, car pour les confondre il suffit de la laideur qui leur est propre. Mais il est un amour du monde tout différent, qui semble, au premier abord, tout réconcilié

---

* Matth., II. 22.

avec l'amour de Dieu, qui consent à offrir des sacrifices à Dieu, pourvu qu'on ne lui défende point de recueillir les hommages du monde, qui est prêt à accomplir des œuvres de bienfaisance, mais à condition que le monde les verra, et leur accordera son suffrage, qui aime à fréquenter les lieux consacrés au culte divin, pourvu que le monde l'y suive. Ah! c'est à cet amour hypocrite et adultère qu'il importe d'arracher le masque dont il se couvre, pour l'abaisser devant le jugement sévère que l'Evangile prononce contre toute prédilection mondaine sans exception : *L'amour du monde est inimitié contre Dieu*.

Or, tous ceux qui bien qu'animés du désir d'appartenir à Dieu, ne peuvent se détacher du monde, sont principalement retenus captifs par un triple nœud : le charme des plaisirs du monde, l'autorité de ses exemples et le fol espoir de concilier l'amour du monde avec le service de Dieu. Cependant la parole de l'Evangile, telle qu'un glaive spirituel tranche d'un seul coup ce nœud fatal formé par le mensonge et dévoile aux esprits non prévenus, d'abord l'inanité des biens que le monde nous offre; puis le danger des exemples dont il nous éblouit; enfin, le germe caché d'inimitié envers Dieu, qui est au fond de tous les attachements mondains les plus innocents en apparence.

Dans la région élevée où le monde se revêt de for-

* Jacq., IV, 4.

mes imposantes et fastueuses, pour mieux attirer les regards de ceux auxquels il ne peut refuser ses hommages ; dans cette sphère, disons-nous, où l'esprit d'imitation qui lui est propre sert à l'embellir des perfections qu'il contemple et lui prête l'appui des exemples illustres, afin de mieux déguiser les siens ; là, disons-nous, où la présence des grands de la terre projette certains reflets de majesté sur les objets les plus insignifiants, il se pourrait aisément, que tant d'éclat parvint ou à éblouir les regards, ou à ébranler la fermeté, ou à intimider le courage du ministre de la parole, qui se voit appelé à rendre témoignage devant ce monde et à lui révéler en face tout son néant. Mais l'esprit de Dieu qui vient *pour confondre le monde* *, a obvié d'avance à tous ces obstacles, en suscitant à la vérité un témoin qu'on ne saurait taxer d'audace ni accuser de partialité, ni convaincre d'inexpérience. Oui, mes frères, l'esprit de vérité conféra jadis au plus sage et au plus heureux d'entre les rois, les fonctions d'ecclésiaste, c'est-à-dire de prédicateur, et lui inspira des paroles d'animadversion contre les délices, les prospérités et les gloires mondaines : *Vanité des vanités*, dit l'ecclésiaste, *vanité des vanités, et tout n'est que vanité. J'ai vu tout ce qui se fait sous le soleil, et voici que tout était vanité et affliction d'esprit. J'ai dit dans mon cœur : je suis devenu grand, et j'ai surpassé en sagesse tous*

* Jean, XVI, 8.

*ceux qui ont été avant moi en Jérusalem , et j'ai re-
connu qu'en cela même il y avait bien de la peine et
de l'affliction d'esprit. J'ai dit en moi-même, prenons
toutes sortes de délices et jouissons des biens; et j'ai
reconnu même que cela n'était que vanité ; et tour-
nant ensuite les yeux vers tous les ouvrages que mes
mains avaient faits et tous les travaux où j'avais pris
une peine si inutile , j'ai reconnu qu'il n'y avait dans
toutes ces choses que vanité et affliction d'esprit, et
j'ai pris en haine toutes les choses de ce monde* .*

Saint Jean-Chrysostôme ** trouvait les leçons de
Salomon sur la vanité de ce monde tellement im-
portantes et salutaires, qu'il exprimait le désir de
les voir écrites , sur nos murailles , sur nos vêtements, dans nos lieux de rassemblement , dans
nos maisons, le long de nos rues et au-dessus de
nos portes et de nos issues secrètes , mais principalement dans le cœur de chacun de nous. Toutefois
l'on peut dire que la vanité est effectivement empreinte en tout lieu , mais non pas sur le front et
sur la surface des objets; en sorte que nous ne lisons
ordinairement cette inscription formidable qu'après
avoir manié pendant quelque temps ces mêmes objets.
En effet , que signifie le dégoût que nous éprouvons
aujourd'hui pour les parures de la veille ; comment
se fait-il qu'une mélodie trop long-temps répétée finisse

* Ecclésiaste, I, 2, 14, 16, 17. — II, 1. 11, 12.
** Sermon à Eutrope.

par blesser notre oreille ; que les honneurs et les richesses en notre possession excitent notre cœur à de
nouvelles poursuites ; comment la sphère de nos con-
naissances ne fait-elle en s'agrandissant qu'ouvrir devant nous le vaste champ des incertitudes et creuser
en nous-mêmes l'abîme de la curiosité et du doute
que rien ne peut combler ? Hélas ! n'en serait-il pas
ainsi , par la raison que notre âme aperçoit le sceau
de la vanité empreint sur tous les objets qui nous
préoccupent ici bas , que ce soient ou nos voluptés ,
ou nos richesses , ou nos vues ambitieuses , ou même
nos plaisirs intellectuels ? Le Créateur s'est plu à marquer toutes ces choses d'un cachet redoutable , de
même qu'un père vigilant a soin de tracer des lettres
jusque sur les hochets dont s'amusent ses enfants.

Ah ! malheur à ceux de ces enfants qui ne voudraient pas profiter des leçons entremêlées à leurs jeux !
Les jouets seront sans cesse enlevés à ces êtres indo-
ciles ; et les austères enseignements leur resteront néanmoins avec menace et à titre de punition.

De même aussi, mes frères , tant que l'usage des
biens de ce monde ne nous aura pas appris à y discerner la vanité des vanités et le néant de toutes choses ici-bas ; nous verrons se fondre à chaque instant et
s'évanouir entre nos mains tous ces biens périssables,
qui ne laisseront dans nos cœurs qu'un vide affreux,
des épines au lieu de fleurs , et ces regrets poignants
qui nourrissent l'affliction d'esprit. Alors plongés dans
la satiété , le charme de la jouissance et de la posses-

sion sera flétri et empoisonné par le souci de garder
nos plaisirs et la crainte de les perdre ; la prospérité
et la gloire d'autrui nous sembleront un malheur ou
un outrage ; les lueurs de la science se transformeront
pour nous en un spectre nocturne, qui tantôt brillera
à nos yeux au milieu des fumées de notre orgueil,
tantôt s'abimant devant nous, se replongera dans la
fange d'une vie impure ; et par dessus tout, la pensée
de la mort, comme un maître importun, viendra nous
assaillir à l'improviste, nous obséder sans pitié et
mêler à toutes nos voluptés le frémissement d'une indicible terreur. Oui, c'est ainsi que plus la moisson
des jouissances est abondante, plus elle embarrasse les
sectateurs des vanités mondaines, contraints de s'écrier
à l'exemple du mauvais riche : — *que ferai-je* *, et de
s'assimiler par lui à l'indigent qui mendie son pain
quotidien ! Aussi ne voyez-vous pas, mes frères, que
le don des miracles, manifesté dans la personne du
Fils de l'homme, agite et tourmente les chefs ambitieux d'Israël, bien autrement que ne le pourraient
les plaies d'Egypte : *que ferons-nous*, disent-ils, *puisque cet homme opère beaucoup de signes miraculeux* **.
Le bruit confus de la naissance d'un enfant ignoré,
transmis à Jérusalem par quelques étrangers, ce bruit
vague suffit pour faire chanceler un monarque sur son

* Luc, XII, 17.

** Jean, XI, 47.

trône, dont il chérit l'éclat, mais soupçonne la solidité : *ce qu'ayant entendu le roi Hérode se troubla*[*].

O enfant des hommes ! jusqu'à quand vos cœurs seront-ils appesantis? Pourquoi aimez-vous la vanité[**], *au lieu de la mettre à profit pour votre instruction? Pourquoi courez-vous après le mensonge*, par lequel le monde vous séduit, sans jamais faire attention à la vérité que ce monde pervers ne peut vous cacher? — Oui, *la figure de ce monde passe*[***], non seulement la figure de certaines choses, mais la figure du monde entier! Or que deviendra notre amour pour le monde, lorsque son objet aura passé sans retour? *La terre*, dit l'apôtre, *et les œuvres qui y sont, seront consumées par le feu*[****]. Alors, chrétiens, où s'en iront, à quoi s'attacheront tant d'immortelles convoitises, accoutumées à se repaître de la terre? Où se réfugieront toutes ces méditations profondes qui, malgré leur subtilité, sont exhumées de la terre et empruntées du sol qui vous porte! *Il y aura un ciel nouveau et une terre nouvelle*[*****]. Mais nous sera-t-il permis d'y introduire avec nos âmes les tristes débris d'un monde vieilli qui ne sera plus?....

Reportons notre pensée vers le plus sage d'entre les rois. Avec quel succès ne se sert-il pas de la vanité et du néant de toutes les choses de ce monde, pour redresser sa propre sagesse, et dissiper le vain

[*] Matth., II. 3. — [**] Psaume, IV, 3. — [***] 1. Cor., VII, 31. — [****] II. Pierre, III, 10. — [*****] Isaïe, LXV, 17.

éclat qui éblouit si souvent les plus sages : *J'ai compris!* Voyez comme la vanité devient entre les mains de Salomon un remède efficace aux tourments de la vanité, en lui révélant le néant de cette vanité même : *vanité des vanités.* Voyez enfin, mes frères, comment le sage couronné se sert des vanités de ce monde pour se préparer à un monde meilleur et stable, qui le détache du fol amour et de la fragilité : *J'ai pris en haine les choses de ce monde!*

Malheureusement bien des personnes ne connaissent Salomon que sous l'aspect de sa grandeur et de ses pompes qui l'environnent; ils oublient l'Ecclésiaste, debout au milieu du ciel de vérité, et prêchant aux enfants de la terre le néant des choses terrestres! L'aveuglement de tous ceux que le monde a séduits ne fait que s'accroître, parce que les aveugles prennent des aveugles pour guides, ou bien se laissent emporter par la foule pressée, sur laquelle s'appuyant, de droite et de gauche, ils s'imaginent être à l'abri de toute chute. Mais, s'il en était ainsi, pourquoi chrétiens, aurions-nous reçu l'œil de l'intelligence, à quelle fin le flambeau de la révélation divine brillerait-il à nos regards, s'il nous était permis de ne marcher sur la terre qu'en tâtonnant, en nous laissant conduire par les exemples de ce monde?

Entrons maintenant dans Jérusalem, que l'Evangile nous représente comme l'image en raccourci de toutes les vanités mondaines, tristes objets d'une servile imitation. La nouvelle de la naissance de Jésus-Christ

parvient à la cité sainte , qui attendait en lui son libérateur. Hérode élevé au trône de David, non par droit
d'hérédité, mais à force d'ambition, par la ruse et par
la violence ; Hérode , disons-nous, ne put entendre
tranquillement le nom d'un roi légitime de la Judée ,
quoique ce roi fut encore au berceau et dans une obscurité profonde : *Ce qu'ayant entendu, le roi Hérode se
troubla.* Cependant, que fait Jérusalem ? Reconnait-
elle le temps marqué de sa visitation ? Lève-t-elle avec
transport sa tête courbée sous le joug de l'étranger ?
Bénit-elle le Dieu d'Israël *de ce qu'il l'a visitée et de ce
qu'il a consommé la délivrance de son peuple et exalté le
signe du salut dans la maison de David, son serviteur* [*].
Oh ! loin de là ! Les traits altérés du dominateur se réflé-
chissent sur le front des complices de son usurpation.
comme dans un miroir; de ses sommités, le reflet se
propage au milieu d'une foule idolâtre, vil jouet de
la curiosité, de l'hypocrisie et du délire des passions.
Aussi Jérusalem tout entière est bientôt saisie d'un
trouble insensé et criminel , à la nouvelle d'un événement si heureux pour Israël et pour l'univers : *Le roi
Hérode se troubla et Jérusalem tout entière avec lui.*

Réfléchissez donc, vous tous qui croyez vivre selon
le précepte, lorsque vous vivez comme le plus grand
nombre, réfléchissez à ce récit, et demandez-vous si,
pendant cette soudaine agitation de Jérusalem, Zacharie, Siméon et les mages, étaient tenus de se con-

* Luc, I, 68, 69.

former à l'exemple de la majorité et de subordonner leur pieuse conviction et leur conduite à l'opinion populaire, qui dominait et entraînait tout ; ou bien serait-ce, mes frères, que le monde s'égare uniquement dans Jérusalem ?

Béni soit le temps et le lieu où l'exemple des grands et des puissants de la terre sert à éclairer les nations, et à dissiper les ténèbres que répand autour d'eux le dominateur des ténèbres, du siècle présent ! Mais, aussi long-temps que le règne du Père céleste, invoqué dans nos prières, n'est point venu, il y aura toujours ici-bas de ces tyrans subalternes, qui, se couvrant du manteau de la piété, n'aiment pourtant pas notre roi le Christ, parce qu'il exige une parfaite soumission, et un renoncement absolu à toutes les passions et aux convoitises qui nous sont chères. Or, les esclaves du monde, se laissent mollement entraîner par le torrent, sans même se douter qu'ils obéissent à des rebelles. Quel est, dira-t-on, le signe distinctif de ces rebelles et de leurs victimes? O Seigneur Jésus-Christ! le monde ne veut pas nous en croire ; cependant c'est toi qui l'affirmes ; le signe distinctif de ceux qui ne t'appartiennent point, c'est le grand nombre. Tu nous apprends qu'il y en a beaucoup de *conviés* à ton royaume, mais peu qui soient *élus* *; que ceux à qui son Père a daigné conférer son royaume, constituent le *petit troupeau***; que la porte étroite et le

* Matth., XX, 16. — ** Luc, XII, 32.

rude chemin conduisent à la vie, et qu'il en est peu qui le trouvent [*]. Non, non, le monde n'est point un guide qu'il faille suivre, mais bien un ennemi que les enfants de Dieu sont appelés à vaincre : *Quiçonque est né de Dieu triomphe de ce monde* [**]. Aussi les opinions et les sentiments, les plus goûtés et les plus répandus, sont souvent les plus dangereux; les exemples contre lesquels il nous est commandé de nous tenir en garde, sont précisément les plus communs ; ils dictent la loi, forment la règle et donnent naissance à cet esprit du temps que respire la multitude et qui la fait exister. *Ne vous conformez point au siècle présent* [***].

Peut-être, souhaitez-vous, chrétiens, de contempler la figure de ce monde que condamne l'Evangile, représentée sous des traits plus saillants et plus déterminés, afin de discerner avec certitude, tout ce qui, dans les enfants du siècle présent, est indigne des enfants des siècles futurs. Celui qui n'a pas parmis pour un temps de séparer *l'ivraie du bon grain*, de peur qu'en l'extirpant, l'on n'arrachât aussi le blé et les a *laissé croître ensemble jusqu'à la moisson* [****], Dieu, disons-nous, laisse subsister pareillement la figure défaillante de ce monde, au milieu duquel son invisible main trace l'image du siècle futur, et cela en traits vagues et confus jusqu'à l'époque de la consommation des choses, alors que le nom radieux du Père cé-

---

[*] Matth., VII, 14. — [**] I. Jean, V, 4. — [***] Rom. XII, 2. — [****] Matth., XIII, 30.

leste resplendira sur le front de ses serviteurs fidèles
et *celui de la Bête* sur le front de ses ennemis, * au
jour qui verra éclater le combat et consommer la ruine
de la Bête, aux prises avec l'Agneau qui est le Christ.

Jusque là, ce qui demeure certain, c'est que le
monde est le repaire où la Bête naît et grandit; ce
champ mystérieux sur lequel mûrissent conjointement
le bon grain, et l'ivraie destinée aux flammes éternelles. Or une telle certitude n'est-elle pas déjà suf-
fisante, pour nous inspirer la vigilance et la circons-
pection? En effet, plus ce monde gît dans le mal,
plus il efface la distinction essentielle entre le mal
et le bien; en sorte qu'il nous faut redoubler d'attention pour ne pas nous méprendre et participer au
mal, en croyant nous rallier à tout ce qui est bien.
Que si le monde entier est rempli d'ivraie et si rien
jusqu'ici n'a pu l'en purifier, comment prétendrions-
nous qu'une âme, pleine des impressions de ce monde,
demeurât exempte de la corruption? S'il est vrai que
l'ennemi de Dieu naît et réside dans le cœur de ce
monde, comment, mes frères, l'amour de Dieu
pourrait-il cohabiter avec l'amour de tout ce qui est
mondain?

C'est donc en vain que l'on essaie de raffiner et
et d'ennoblir nos penchants pour le monde, au lieu
de les couper par la racine. C'est en vain qu'au lieu
de les surmonter par la puissance de l'amour divin,

---

* Apocalypse, XIV, 1, 11.

l'on se flatte d'une réconciliation entre ces deux amours si dissemblables. A quoi sert de déguiser notre prédilection pour le monde, sous les dehors de telle ou telle vertu ? Que ce soient la tempérance, ou l'amour du travail, ou le désintéressement, ou la douceur, ou la bienfaisance, n'importe ! L'âme de toutes les vertus étant l'amour, celles que nous affectons ainsi ne font que caractériser un enfant de ce monde, elles ne respirent que le monde ; et, par conséquent, elles s'évanouiront avec lui. De même que deux âmes ne sauraient pas animer un même corps : de même aussi l'amour de Dieu et l'amour du monde ne peuvent nourrir et vivifier en même temps une même âme : *Si quelqu'un aime le monde, la charité du père n'est pas en lui* [*]. Or, là où la charité de Dieu n'habite point, il faut, hélas ! de toute nécessité, que s'introduise, d'abord cachée et inaperçue, l'inimitié pour lui ; attendu qu'en présence du bien suprême, l'indifférence est impossible. Dans le royaume du Tout-Puissant, toute alliance partielle est une rébellion contre le Maître universel ; à plus forte raison toute affinité avec la région où demeure un esprit de démence et de révolte, constitue un acte de rébellion envers Dieu. *L'amour de ce monde est inimitié contre Dieu.*

Envisageons encore une fois Hérode, en qui l'Ecriture nous montre dans leur plénitude, les déplorables fruits d'un amour excessif pour le monde. Cer-

[*] Jean, II, 15.

tes, l'esprit qui anime cet ambitieux loin de paraître un mal à ceux qui voudraient faire une vertu de l'amour du monde, leur semble peut-être un exemple propre à justifier leurs criminelles prédilections. La naissance d'un roi des Juifs diront peut-être les mondains, excite les alarmes du roi Hérode ; mais qu'y a-t-il de surprenant dans le trouble et la consternation d'un prince menacé de perdre son pouvoir et son rang? Au surplus, le trouble qui s'empare de l'âme d'Hérode n'est qu'un mouvement passager, qui se calme à la voix de la raison. Loin d'interdire aux mages toute recherche du nouveau-né, Hérode vient à leur secours, puisqu'il consulte sur l'objet de leur voyage les hommes de loi et les experts dans Israël, *ayant consulté les prêtres et les scribes, il les interrogea.* Ce n'est pas tout, Hérode confesse la venue du Christ, par ces paroles : *Où est-ce que le Christ doit naître ?* Il semble désirer des notions plus précises sur son avènement : *Allez, et recherchez avec certitude ce qui concerne l'Enfant.* Hérode, enfin, va jusqu'à protester de son empressement à saluer le Christ : *Afin que moi aussi j'aille l'adorer**. N'est-ce pas là le langage de la piété et de la sagesse ! s'écriaient apparemment à cette époque, les habitans de Jérusalem. Et remarquez mes frères, que le monde fût demeuré dans l'illusion, si la céleste vérité n'eût dissipé soudain tous ces prestiges : *un Ange*

* Matth. H, 4 , 8.

du Seigneur apparut. Le voilà, ce messager du ciel, qui ne tient aucun compte des paroles spécieuses et de tout cet étalage des vertus mises en spectacle : il va droit au cœur de celui qui ourdit toutes ces trames et y dévoile le noir dessein qu'Hérode peut-être apercevait lui-même à peine, mais qui naissait et se fortifiait au fond de son âme : *Hérode veut ;* que veut-il, que voyons nous ? Hélas ! nous découvrons dans le fond de cette âme mondaine, la mort du Sauveur du monde, résolue et arrêtée par elle : *Hérode veut découvrir l'Enfant pour le faire périr !*

Oh ! que ne pouvons-nous, mes frères, accueillir la persuasion consolante, que le monde n'offre plus présentement de renards semblables à celui-ci, ni qui s'acharne comme lui contre l'agneau de Dieu ! Pourquoi n'osons nous pas répéter la parole de l'évangile : *ils sont morts tous ceux qui en voulaient à la vie de l'enfant !* Mais aussi longtemps que ceux que Dieu appelle à marcher sous les enseignes de *Celui qui a vaincu le monde,* ne rougissent point de se ranger du côté des rebelles, et cela pour le vil salaire de quelques jouissances périssables ; aussi longtemps que les brebis du pasteur qui guide le *petit troupeau,* se flattent de trouver de plus gras pâturages parmi les bêtes féroces et les animaux impurs ; aussi longtemps que les chrétiens se contentent de posséder une *image* de *la piété,* * tracée et peinte

---

* II. Tim., III, 5.

par le monde, sans s'abandonner eux-mêmes à cette puissance de la vraie piété, qui brise et qui répare, qui tue et ressuscite : jusque-là, disons-nous, tous ces tièdes n'en veulent-ils pas jusqu'à ce jour *à la vie de l'enfant Jésus*, bien qu'ils ne songent pas à y attenter à la manière d'Hérode ? Nous voulons dire que ces âmes, partagées entre Dieu et le monde, se soulèvent maintes fois à leur insu contre le véritable esprit de notre divin Rédempteur !

Rendons la parole à Salomon, dont nous avons invoqué l'autorité contre le monde, qu'il vienne confirmer son propre témoignage et mettre un terme au présent discours : *craignez Dieu et observez ses commandements ; car c'est là le tout de l'homme* *. Or cela signifie en d'autres termes : opposons à l'amour du monde la crainte de Dieu, adoptons ou rejetons les exemples que le monde nous donne selon la stricte mesure des divins commandements et n'allons pas, insensés que nous sommes, emprunter aux exemples du siècle la matière de préceptes arbitraires pour nous gouverner. Gardons les commandements du Seigneur avec une vigilance religieuse, de peur que le monde occupé à se parer lui-même de faux semblants, les arrache jamais du fond de notre cœur. *Car c'est là le tout de l'homme.* En d'autres termes, la crainte toute filiale et l'observance de ses commandements, au centre desquels repose l'amour divin, c'est là *tout*,

* Ecclés., XII, 13.

mes frères, pour tout homme en particulier ; *là*, résident toute sa joie, son abondance, sa gloire, son repos, sa béatitude, sa vie dans le temps et sa vie dans l'éternité.

Ainsi soit-il.

SERMON

Sur l'Obéissance,

Prononcé le jour de la fête de l'Annonciation de la très-sainte Vierge Marie.

———— ◦◈◦ ————

« Mariam dit : Voici la servante du Seigneur,
qu'il soit fait selon ta parole. (Luc, I, 38.)

—

Ce sont là des paroles qui viennent de la terre ;
mais qui, semblables aux paroles du ciel, sont plus
pures que l'argent sorti du creuset, plus désirables
que l'or, d'un plus grand prix que les pierres les plus
précieuse ! Voilà bien ce trésor, que, depuis cinq mille
ans, les cieux redemandaient à la terre, et que l'un
des esprits bienheureux, les plus proches de la majesté
divine, reçut mission de découvrir ici-bas !

Oui, mes frères, l'archange Gabriel non-seulement
porta à la vierge Marie, le message de l'Annoncia-

tion, mais encore il vint recueillir de sa bouche la parole d'acquiescement à cette révélation. Aussitôt qu'il eut proféré les accents de la salutation : *Réjouis-toi, pleine de grâce; le Seigneur est avec toi, tu es bénie entre les femmes*; aussitôt, disons-nous, la manifestation de la venue du Sauveur du monde fut en quelque sorte accomplie ; attendu que ces paroles désignaient et montraient déjà, la mère du Seigneur. Cependant la Vierge se troubla, et réfléchit en elle-même et garda le silence; c'est pourquoi l'archange poursuivit et confirma le message de l'Annonciation ; *Tu mettras au monde un fils ; celui-là sera grand, et il sera nommé Fils du Très-Haut, et son règne n'aura point de terme.* Ici la mission de l'ange est définitivement accomplie. Mais il ne l'envisage pas ainsi, car il entend des paroles différentes de celles qui sont attendues : *Comment cela serait-il ainsi, puisque je ne connais point d'époux?* Alors l'ange résout le doute par ces mots : *L'Esprit-Saint descendra sur toi*; paroles qui provoquent la réponse désirée : *Me voici la servante du Seigneur ; qu'il me soit fait selon ta parole.* Dès ce moment, le trésor que l'on cherchait est trouvé. La joyeuse nouvelle de l'Annonciation, venue du ciel, amène un message d'allégresse, que la terre renvoie aux cieux, manifestation réciproque et tant désirée. Ainsi la mission de l'Archange ayant atteint son but, il se retira d'auprès d'elle.

Mais, que signifient toutes ces choses? Pourquoi l'Incarnation du Fils de Dieu est-elle devancée par une révélation céleste; et comment se fait-il que ce mystère est non seulement annoncé par la volonté céleste, mais encore que Dieu réclame l'acquiescement de sa créature? Le Tout-Puissant ne posséderait-il la toute-puissance d'agir, qu'à la condition de provoquer et d'attendre un acquiescement quelconque? Le ciel a-t-il besoin de ces paroles terrestres : *Me voici la servante du Seigneur, qu'il me soit fait selon ta parole?* — Oui, il fallait qu'elles fussent proférées, tant à cause de la dignité de la mère de Jésus, que pour l'accomplissement de l'incarnation du Verbe-Dieu.

Nul ne révoquera en doute que l'élection à la dignité de mère du Seigneur, suppose dans celle qui fut choisie le plus haut degré de perfection qu'il soit possible d'atteindre sur la terre. Or, en quoi peut consister l'excellence d'un être raisonnable et libre, si ce n'est dans les aspirations sublimes de son intelligence et dans les mouvements purs de sa volonté?

Il fallut donc ouvrir la voie à la manifestation de ces qualités exquises, afin que la dignité de mère du Seigneur pût apparaître dans la personne de la Vierge Marie, pour notre consolation et notre édification. Son trouble produit par la salutation de l'Archange, était le mouvement d'une âme profondément humble. La contemplation silencieuse qui accompagne et dompte l'émotion de cette âme bienheureuse, atteste sa sagesse et sa paisible grandeur. La question qu'elle adresse au messager céleste prouve combien elle chérit sa virginité. Puis lorsque Marie s'écrie :

voici la servante du Seigneur, *qu'il me soit fait selon ta parole*, c'est la foi qui parle et qui se repose dans l'obéissance.

S'il est vrai, comme nous l'enseigne l'apôtre, *que par la foi le Christ vient habiter dans nos cœurs* *, et notamment le Christ déjà descendu vers l'humanité et y participant par son incarnation ; quelle dut être la puissance et la sublimité de la foi manifestée par la Vierge Marie, pour que le Fils de Dieu vint primordialement habiter en elle par l'incarnation ; Lui qui était encore si loin de l'humanité, tant à cause de la majesté divine, inaccessible à toute créature, que par l'effet du *mur de séparation*, élevé par le péché entre Dieu et l'homme ! Et cependant, une telle foi fut trouvée en elle, et rendit possible cet acte de pure et parfaite obéissance ; obéissance sans mélange de doute, à un appel incompréhensible ; obéissance sans orgueil, à une vocation incomparablement sublime. Aussitôt, mes frères, l'acte d'obéissance que nous vous signalons inclina l'âme de la Vierge Marie à l'opération de l'Esprit-Saint, unit sa volonté à la volonté de Dieu, épanouit son cœur à l'action de la puissance du Très-Haut, en sorte que la lumière incréée alluma dans son sein une vie nouvelle non seulement pour la terre, mais encore pour les cieux, une vie céleste dans la terrestre région, éternelle dans le temps, divine dans l'humanité ; une vie toute vivi-

* Eph., III, 17.

fiante au sein de la mort. *Et le Verbe fut fait chair et il habita en nous.*

Merveilleuses sont tes œuvres, Seigneur ! Et que de mystères admirables s'accomplissent dans ton élection, Mère de Dieu ! Quel est celui d'entre les mortels qui prête l'oreille aux suaves paroles que ton âme exhale dans ta retraite, fermée au monde et consacrée à l'oraison ? Où est l'œil mortel capable d'apercevoir les suites immenses de ce peu de mots par toi proférés ? Le monde pressent-il l'instant solennel, où se consomme la transformation de toutes ses destinées, l'instant qui change tous les rapports entre la terre et le ciel ? Rome, enivrée du prestige d'une domination universelle, sait-elle que dans une des provinces lointaines qui lui sont soumises, une fille de Rois, qui se qualifie de servante du Seigneur, vient de prononcer l'arrêt en vertu duquel le monde recevra un nouveau, un meilleur, un adorable Maître, en même-temps que la superbe domination de Rome est vouée à la destruction ?

Les plus célèbres oracles du paganisme devinent-ils que de la bouche d'une Vierge ignorée sort un nouvel oracle, qui va les réduire tous au silence, renversera leurs temples et leurs idoles, mettra fin aux sacrifices sanglants et anéantira les sanglants sacrificateurs ? Enfin les sages de ce monde ont-ils jamais soupçonné qu'à la voix d'une jeune fille d'Israël, une sagesse jusqu'alors inconnue descend du haut des cieux, qu'elle confondra la sagesse des sages, rejettera l'intelligence

des plus habiles et révélera aux enfans des mystères
inaccessibles aux philosophes ? Mais que dis-je ? Jérusalem et les tribus d'Israël, gardiennes du dépôt des
promesses divines que leurs ancêtres leur ont transmis,
touchant le grand libérateur et le pacificateur des
hommes, ce peuple élu *qui adorant sans relâche de
jour et de nuit espère parvenir à l'accomplissement* * ;
est-il du moins parvenu à savoir qu'après avoir parcouru toute la durée des temps fixés par la promesse,
il touche déjà au jour ou à la nuit prédestinée qui doit
tout accomplir et que ce terme stable est posé dans
Nazareth ? Ces scribes, qui ont lu si souvent dans
Isaïe : *voilà que la Vierge concevra dans son sein et
donnera naissance à un Fils, qui sera appelé Imma-
nuel ;* ceux qui se perdaient dans le doute sur le sens
de ces paroles, savent-ils maintenant que la Vierge,
prédite par le prophète, a déjà compris la divine
prophétie, l'accueille et se prépare à l'accomplir ?
Joseph-le-Juste, déjà initié en partie aux mystères de
cette maternité toujours virginale, dont il est chargé
de protéger la pureté sans tache, sait-il que Marie est
déjà l'élue du Saint-Esprit et va devenir la mère du
Seigneur ? Dans l'univers entier, nulle mortelle, une
seule exceptée, n'a connaissance du message de l'annonciation, pendant que l'Archange s'en acquitte : et
néanmoins cette parole de salut va bientôt retentir
jusqu'aux extrémités de la terre, mais après l'accom-

---

* Apôtres, XXVI, 7.

7

plissement. Et fût-on même un des premiers à recueillir ces paroles si simples en apparence, proférées
par Marie : — *voici la servante du Seigneur, qu'i me
soit fait selon ta parole ;* quel est celui dont l'intelligence serait capable d'en approfondir le sens et d'en
pressentir la puissance efficace? Or, le sens intime
de l'acquiescement se confond et se perd dans l'abîme
de la sagesse divine et embrasse par là le temps et
l'éternité. L'efficacité de ces paroles, en se rattachant
à la toute puissance du Très-Haut, bientôt transfor-
mera la terre et peuplera le ciel. Humiliez-vous,
scrutateurs inquiets de la vérité! Admirez et réjouissez-vous, vous tous qui la contemplez humblement!
Et toi, superbe raison humaine, rejette loin de toi
les armes d'une dialectique arbitraire et apprends enfin
à chérir la libre captivité de la foi ! Quant à vous,
âmes qui travaillez sincèrement à votre salut, apprenez
par le langage et l'exemple de la Vierge bénie entre
toutes les femmes, jusqu'à quelle hauteur peut s'élever et quelle merveille peut accomplir, et combien est
agréable à Dieu, cette vertu modeste et peu brillante
en apparence qui s'appelle l'*obéissance de la foi.*

L'obéissance, comme le nom primitif l'indique,
consiste à *suivre* ce que nous avons *entendu* soit comme *dogme*, soit comme *précepte*. Mais dans une acception plus élevée, plus spirituelle, il faut entendre, sous
le nom d'obéissance, tout acquiescement parfait du
libre arbitre de l'homme créé, à la volonté créatrice et
souveraine par son essence.

De cette notion découlent immédiatement la nature obligatoire, l'utilité et l'importance de notre soumission à Dieu.

Serait-ce, en effet, à la créature à s'élever contre le créateur ? Est-ce au serviteur de la terre qu'il appartient de se placer en rébellion contre le Dominateur céleste ? Pour peu que notre intelligence ne soit pas entièrement obscurcie, et notre cœur dans l'endurcissement, tous deux s'accordent à repousser une erreur aussi insensée. Oui, l'esprit et le cœur humain proclament le devoir d'obéir, imposé à la volonté humaine, imposé dans ses rapports avec la volonté divine.

La volonté de Dieu est infaillible ; par conséquent, lui obéir c'est pour l'homme le moyen de se préserver des transgressions et de l'erreur.

La volonté de Dieu est souverainement bonne. Il suit de là, que l'obéissance à la volonté divine, guide l'homme vers la profession de tout ce qui est bien.

La créature, sans le Créateur, est *néant*. La puissance du créateur en fait seule quelque chose. Aussi que devient la parole de l'homme, dès qu'elle ne se rattache plus à Dieu par l'obéissance ou qu'elle s'en détache par l'insoumission ? Jadis, le premier homme jouissait de la béatitude parce qu'il se conformait à l'adorable volonté de Dieu. La déchéance du premier homme fut la conséquence de son détachement de la volonté divine ; son libre arbitre fut aussitôt livré aux convoitises de la sensualité. La désobéissance, le péché, la mort, sont autant d'anneaux d'une même chaîne; quiconque saisit le premier anneau attire à lui le dernier. Encore s'il ne l'attirait qu'à lui seul! Mais, au contraire, *c'est par la désobéissance d'un seul homme que plusieurs sont devenus pécheurs* *. *Par un seul homme le péché est entré dans le monde et par le péché la mort; et c'est ainsi que la mort s'est emparée de tous les hommes* **.

Or, il s'agit d'opérer la guérison de la maladie mortelle qui afflige la triste humanité. Certes, il n'est pas difficile de reconnaître que le moyen le plus curatif, pour cela, réside dans la vertu dont la perte a causé la maladie ; nous voulons dire dans la pratique de l'obéissance. Et, tel est effectivement le remède souverain, que le céleste Réparateur est venu nous apporter sur la terre. Voyez-le, mes frères, lui exempt de toute infirmité ; voyez, comme il prépare la guérison de toutes les langueurs de l'espèce humaine, et comment il l'accomplit par l'obéissance. *Il s'est humilié, en demeurant obéissant jusqu'à la mort, jusqu'à la mort sur la croix* ***. *Par l'obéissance d'un seul beaucoup seront justifiés* ****. Bien qu'il fût le Fils, il s'exerça néanmoins, par tout ce qu'il souffrit, à l'obéissance ; et, ayant été consommé par elle, *Il est devenu, pour tous ceux qui lui obéissent, l'Auteur du salut éternel* *****.

Il existe, mes frères, trois espèces d'obéissance : celle

---

* Romains, V. 19. — ** Rom. , V. 12. — *** Phil., II. 8. — **** Rom., V. 19. — ***** Heb. V. 9.

de la crainte, celle de la foi, celle de l'amour. Au commencement l'homme vivait d'une nourriture délicieuse ; il vivait de l'obéissance inspirée par l'amour envers Dieu, source de toute bonté et de toute perfection. Mais depuis que l'homme a empoisonné l'aliment de sa vie bienheureuse en goûtant du fruit défendu, il a besoin de s'appliquer à lui-même le remède mêlé d'amertume, de l'obéissance par crainte en présence du souverain juge ; de là l'homme passe à la pratique de l'obéissance de la foi envers Dieu et son Christ, dispensateur des miséricordes, des guérisons et du salut, afin de reprendre, selon la juste mesure de sa guérison, la suave et incorruptible nourriture de l'obéissance, *de l'amour.* Oui, c'est ainsi que la vie spirituelle de l'homme et du chrétien dépend entièrement de l'obéissance ; et c'est dans ce sens que l'apôtre qualifie les chrétiens *d'enfants de l'obéissance* [*].

Que si l'idée de nous nourrir et de vivre d'obéissance était envisagée par quelques-uns comme une conception de l'esprit trop raffinée pour être réelle, que ceux qui pensent ainsi se rappellent la déclaration d'un Maître infaillible et dont les paroles ne sauraient renfermer aucune exagération ni vaine subtilité, *Je suis le cep de vigne, et vous les branches ; et celui qui demeure en moi et moi en lui, portera des fruits abondants, car sans moi vous ne pouvez rien* [**]. Or,

[*] Pierre. I. 14. — [**] Jean, XV. 5.

comment s'y prendre, pour que l'homme demeure en Christ et Christ en lui, pour que l'homme s'unisse à Jésus-Christ, comme la branche est jointe au cep qui la porte? Cela ne se peut que par l'obéissance de la foi, par une libre résignation de notre cœur et de la volonté de l'homme, silencieusement soumise à la volonté efficace de Jésus-Christ. C'est ainsi que l'obéissance de la foi introduit dans l'homme intérieur la vertu et la vie du Christ et dépose fréquemment dans son sein le germe d'une activité bien autrement sublime et puissante que celle qui est naturelle à l'homme. Quiconque ne comprend point ou cherche de vaines excuses, pourrait objecter : serait-il possible de vivre, c'est-à-dire de s'occuper perpétuellement d'obéissance à la volonté divine? Ne peut-on pas réserver une part à notre propre volonté qui existe par nature et qu'il est impossible d'anéantir? Et d'ailleurs est-il possible de connaître à tout instant la volonté de Dieu? Heureux les élus, auxquels Dieu envoyait pour cela des messagers célestes; cependant ces manifestations étaient rares, même en faveur des élus. Ceux qui s'expriment de la sorte prouvent par leurs paroles, non l'extrême difficulté de la parfaite obéissance, mais plutôt que le manque d'habileté les égare et les perd dans les œuvres qu'ils entreprennent.

Si tu désires sincèrement connaître la volonté de Dieu, il existe un ange qui est proche de toi et toujours prêt à te la révéler : c'est ta conscience. Prête-lui une oreille attentive, n'étouffe point sa voix intéricure, par la bruyante clameur de tes passions. Alors la volonté divine te sera manifestée et tu marcheras dans la voie de l'obéissance.

Il est encore une manifestation plus convaincante, et plus complète de la majesté divine, qu'il t'est loisible de contempler dans les exemples des saints. Que ton âme y soit attentive, et la volonté de Dieu t'apparaîtra avec plus de clarté, et l'obéissance deviendra pour toi plus facile et plus sûre.

Tout, dans l'univers, s'accomplit sous la conduite de la providence divine ; et, par conséquent, selon la volonté de Dieu, en tout ce qui ne s'opère pas, par la volonté de l'homme. Tu peux donc reconnaître et adorer la volonté de Dieu, dans tous les événements de ta vie ; s'ils sont heureux, ils t'évangélisent la volonté de Celui qui veut que tu lui en rendes grâce. Les calamités viennent-elles t'assaillir ? Elles t'annoncent également la volonté de Dieu qui t'ordonne de souffrir avec résignation. Car l'obéissance ne consiste pas uniquement à agir selon la volonté de Dieu, mais surtout à ne pas y contrevenir, et, principalement, à supporter, sans murmure, ce que notre Dieu nous impose. Oui, apprenons, exerçons-nous mes frères, à répondre humblement au messager de nos destinées : *Qu'il me soit fait selon ta volonté.* Et, toutes les fois qu'une croix nous est présentée, apprenons à dire, de toute notre âme : *Non comme je veux, Père céleste, mais comme il te plaît.*

Au demeurant, quoique la vérité et la vertu soient

accessibles à tous, nous avons besoin de maîtres qui nous enseignent à chacun de nous, selon la mesure de son intelligence; il nous faut des guides particuliers, selon la nature de nos épreuves. Ainsi, pour avancer dans la voie de l'obéissance spirituelle, selon notre portée, et le besoin que nous en ressentons, que chacun de vous, mes frères, se choisisse un guide expérimenté dans cette branche de la science divine, un guide dont la parole soit pleine de vie, nourrie par l'oraison, et préservée de toute erreur par l'humilité. Soumettons-lui en vue de Dieu, notre volonté propre; et bientôt celle du Dieu éternel se manifestera à nous sur la terre, en sorte que notre obéissance toute simple et purement terrestre, s'acheminera d'elle-même vers le ciel, d'après ce qui a été dit aux guides spirituels véritables et légitimes de la part de Celui qui institue les pasteurs et les docteurs de la vérité : *Quiconque vous écoute, m'écoute.* Il est vrai que l'obéissance envers Dieu, par le ministère de l'homme, dès les temps les plus reculés, isola les écoles du contact habituel de ce monde, et se créa des asiles dans la solitude, des retraites pieuses, au sein desquelles l'obéissance chrétienne porte des fruits pour le ciel et pour la terre. Mais suivrait-il de là que la science que l'on a jugée plus facile à enseigner, loin de la foule et du tumulte des villes, doive être considérée, pour cela, comme superflue et sans objet, au milieu de nos orageuses cités ?

Les enfants du siècle aspirent, sans relâche, à élargir la sphère de leur propre volonté. Mais, hélas ! où cela mène-t-il ? Ne serait-ce pas à l'état que prédit autrefois le prophète : *La foule sera comme le sacrificateur, et le serviteur comme le maître, et la servante comme sa maîtresse : Celui qui achète sera comme le vendeur, et l'emprunteur comme le créancier.*

Mais aussi qu'arrivera-t-il au temps de cette licence sans bornes de notre propre volonté ? Le prophète nous le révèle : *voilà que le Seigneur bouleversera l'univers et le dévastera.* Ce qui signifie en d'autres termes que Dieu permettra aux passions humaines déchaînées de se châtier elles-mêmes par les troubles et les convulsions que la licence aura enfantés.

Puis, lorsque les châtiments temporels auront comblé leur mesure, savez-vous, mes frères, ce qui servira d'aliment aux flammes de l'enfer ? Rien que notre volonté pervertie avec ses émanations innombrables, c'est-à-dire, nos prévarications ! Renoncez à votre volonté propre et l'enfer ne trouvera plus de pâture en vous. Acceptez la volonté divine et le ciel descendra avec elle dans votre sein, jusqu'à l'époque où il vous recevra tout entier dans ses demeures. Partout où la volonté de Dieu règne, là est le ciel. Oui, dira-t-on, mais est-il aisé de renoncer à sa liberté, cet attribut naturel de l'homme ? — Eh ! qui vous demande d'abjurer votre liberté ? C'est Dieu qui vous l'a donnée, afin que vous puissiez choisir librement entre le mal et le bien, entre la créature et le créateur, entre votre *moi* et votre Dieu ! Que si votre choix tombe sur la créature, sur le mal, vous serez emmenés en

captivité, par votre amour-propre, par les créatures
et par l'esprit du mal. Au contraire, si vous persistez
à donner constamment la préférence à ce qui est bien,
à Dieu et à sa sainte volonté, loin de perdre votre libre arbitre originaire, vous l'affermirez et lui donnerez
plus de latitude, *car, où est l'esprit du Seigneur là est
la liberté* [*].

Mais est-ce donc peu de chose que de briser sa volonté propre? Parfois cela est difficile, parfois aisé,
selon que nous aggravons ou que nous allégeons nous-
mêmes notre fardeau.

Mon frère, lorsque ton cœur brûle d'accomplir la
volonté d'un père ou d'une mère que tu chéris, as-tu
besoin d'efforts pour soumettre ta volonté, et ne jouis-tu
pas intérieurement d'en faire le sacrifice? Qui t'empêche de devenir enfant de Dieu, par ta foi et par ton
amour, de goûter, comme tel, les ineffables douceurs
de l'obéissance à la volonté du père céleste!

Notre Père qui êtes aux cieux! Que votre volonté
s'accomplisse en nous tous, tant que nous sommes.

Ainsi soit-il.

* I. Cor., III. 17.

SERMON

Sur le Silence,

Prononcé le jour de l'Annonciation de la très-sainte Vierge.

———————

« *Et Mariam dit : Mon âme exalte le Seigneur et mon esprit s'est réjoui en Dieu, mon Sauveur ; car Il a abaissé son regard sur l'humilité de sa servante, et voilà que désormais me glorifieront toutes les races humaines.* (Saint Luc, I, 46—48.)

———

Enfin, la silencieuse Mariam parle ; et sa parole tout *esprit*, jaillit et coule comme un fleuve, monte et exhale des parfums comme l'encens, brille et se réfléchit au loin, comme l'éclair ! Les premiers accents du discours inspiré qui s'échappa de ses lèvres, alors qu'Elisabeth, pour la première fois, la salua du nom de mère du Seigneur, ce peu de paroles renfermaient déjà tant de trésors ! Elle glorifie Dieu, elle élève à lui non sa voix , mais son âme tout entière : *Mon âme exalte le Seigneur.*

Elle se réjouit, et sa voix se transforme en une prière, en un sacrifice spirituel : *Mon esprit s'est réjoui en Dieu, mon Sauveur.* Elle s'humilie et proclame la condescendance du Très-Haut : *Il a abaissé ses regards sur l'humilité de sa servante.* Enfin, elle prophétise, et son regard prophétique perce tous les siècles jusqu'à leur consommation : *Désormais toutes les races m'appelleront bienheureuse.* Oui, c'est ainsi que devait devenir féconde en saintes paroles, celle en qui devait habiter le Verbe; le fruit de ses entrailles, avant de naître, se manifeste en elle, comme le fruit de ses lèvres confessant le Seigneur. *Mariam dit.*

Oh ! que la parole de Marie est merveilleuse, et suave ! Mais le silence qui la précède, n'a pas moins de majesté. Laissons aux âmes pieuses et attentives le soin d'approfondir par elles-mêmes, le sens des paroles que nous venons de citer, et qui retentissent si fréquemment dans nos temples ; pour nous, méditons aujourd'hui sur ce qui échappe d'ordinaire à notre attention.

Ecoutons, mes frères, le silence de Marie, et apprenons d'elle à ne point prodiguer les trésors de la parole.

Je ne parlerai point ici du silence et du recueillement au sein desquels la bienheureuse Vierge grandit et fut élevée ; parce que les saints Evangélistes se taisent là-dessus. Mais quiconque a connaissance de ce

que la tradition rapporte à ce sujet, celui-là, dis-je, possède le modèle le plus parfait d'une éducation pieuse ;
il est à même de juger s'il existe aucune analogie entre ce divin modèle et le régime de dissipation que
nous faisons suivre si volontiers de nos jours à l'enfance et quels doivent en être les fruits.

Le jour solennel de l'Annonciation, c'est-à-dire, le
jour qui a révélé au monde la prochaine incarnation
du Fils de Dieu, devient en même temps la manifes-
ation de la vie de la Mère du Seigneur, vie jusqu'alors
cachée en Dieu. La parole de l'Ange révèle dans la
ersonne de Marie, la vertu du silence, car ce messager céleste apparaît soudain dans son humble retraite, et il lui dit : *Réjouis-toi, Marie, pleine de grâces, le Seigneur est avec toi, tu es bénie entre les femmes.* A ces mots, que de questions venaient se présenter d'elles-mêmes à la pensée de Marie étonnée ?
Quel est cet être inconnu ? De quel droit vient-il troubler la paisible solitude d'une vierge ? Que signifie cet
hommage inoui, qui exalte une vierge au-dessus de
toutes les femmes de l'univers ? Cependant rien ne l'arrache à son silence religieux. Elle sent son cœur pal-
piter d'émotion, mais ses lèvres restent immobiles, Marie ne se hâte point de répondre à la salutation qui
lui est adressée ; elle se tait et réfléchit. *Elle fut troublée de son discours, et médita.*

Alors l'Ange, après avoir apaisé le trouble de son
âme par une seule parole : *ne crains point* (car les
paroles des puissances célestes sont puissantes et ne

peuvent manquer leur effet), l'Ange poursuit l'annonciation, il ajoute à ces paroles : *pleine de grâces,
qu'elle a trouvé grâce devant Dieu.*

Puis il lui prédit la conception et la naissance d'un
Fils et le nom salutaire qu'il doit porter, et la majesté
divine qui lui appartient et sa royauté miraculeuse et
son royaume qui n'aura pas de fin. Encore que de
sujets et de motifs pour scruter et discourir. Cependant celle qui est bénie n'essaie point d'approfondir
les mystères de la grâce qui se répand sur elle. Elle
est bénie entre toutes les femmes, et néanmoins, elle
n'ose pas appliquer sa parole à ce qui est au-dessus
de toute parole et de toute intelligence. Oui, elle eût
encore à cette fois gardé le silence, si l'amour de la
pureté virginale n'eût pas arraché du fond de son cœur
ces brèves paroles : *comment cela serait-il ainsi, puisque je ne connais point d'époux ?* Afin de mieux pénétrer le sens de ces paroles, il faut admettre selon
le témoignage de la sainte tradition que Mariam avait,
jeune encore, fait le vœu de mener une vie virginale.
Et, en effet, si ce vœu n'eût pas existé, Marie déjà
fiancée à un homme, n'aurait eu aucun motif d'interroger l'Ange sur la possibilité d'avoir un fils : *comment cela serait-il ainsi ?* En second lieu, il importe
de considérer que d'après la loi de Moïse *, le vœu
de chasteté d'une vierge ou d'une femme pouvait être
annulé par un seul mot du père ou de l'époux et

---

* Nombr., XXX.

n'avait de force obligatoire que lorsque le père ou l'époux avaient eu connaissance du vœu prononcé sans y avoir mis opposition. D'où il est légitime de conclure, toujours sur la foi de la tradition sacrée, que le vœu de virginité qui détermina Marie à n'accueillir qu'avec hésitation la prédiction de l'ange, et à lui répondre : *Comment cela serait-il ainsi?* que ce vœu, disons nous, n'était pas ignoré par Joseph, et qu'il l'avait approuvé ; que, par conséquent, il avait été fiancé à la bienheureuse Vierge, pour devenir, sous le nom d'époux, le protecteur et le gardien de sa haute virginité. En effet, le voile de l'union conjugale était nécessaire chez un peuple avide des bénédictions attachées à l'état de mariage et qui ne s'élevait pas à la hauteur d'une vocation encore plus parfaite. Telles étaient les causes et les antécédents qui, nonobstant la foi de Marie, et son éloignement du doute et de la curiosité, lui suggérèrent la question qu'elle fit à l'ange : *Comment cela serait-il ainsi, puisque je ne connais point d'époux!* J'en ai un, auquel je suis fiancée, mais je n'en ai point, d'après le vœu que j'ai prononcé, et qui est reconnu légitime. Ma volonté est d'y rester fidèle, et la loi m'interdit de le rompre, car il est écrit : *Tout homme qui aura contracté un vœu envers le Seigneur, ou se sera lié par serment, ou aura imposé un lien à son âme, qu'il l'accomplisse* *. Or, le Seigneur n'enfreindra pas les lois qu'il a données ; comment

* Nombr. XXX, 3.

donc se fera-t-il que mon vœu soit maintenu, que la loi demeure inviolable, et qu'il me soit donné un fils? Vous le voyez, mes frères, une nécessité absolue rompt seule le silence de la Vierge, et la grâce de Dieu s'épanouit sur ses lèvres; le secret de ses fiançailles avec Joseph se découvre, mais uniquement pour mieux voiler le mystère bien autrement profond de son élection divine; et le renoncement de Marie à toute union terrestre, autorise l'Archange à lui révéler son union surnaturelle au Verbe-Dieu : *L'Esprit-Saint, descendra vers toi; et la vertu du Très-Haut t'ombragera.*

L'annonciation est accomplie; l'Ange a disparu, le Verbe s'est fait chair, la Vierge a conçu; les indices de cet événement se manifestent : *elle fut trouvée ayant conçu dans son sein par l'action du Saint-Esprit.* Ainsi s'exprime l'évangéliste Mathieu, mais Joseph fut long-temps avant que d'être instruit de ce mystère, et il n'en savait que ce qui était visible. En effet, si Joseph avait eu connaissance de ce mystère, il n'eût pas songé à la possibilité de dénoncer la bienheureuse Vierge, il n'eût pas résolu de la renvoyer. Or, ces pénibles pensées le préoccupaient et il avait résolu de la renvoyer en secret. Dans tout ce qui se passe, que de miracles du silence, et la parole humaine pourrait-elle suffire à en exprimer toute la grandeur? Joseph voit dans Mariam ce qu'il n'avait pu prévoir, ce qu'il ne peut comprendre. Cependant le juste se tait et ne l'interroge point. Marie voit planer sur elle

un soupçon injurieux, et même une sentence de condamnation, mais elle se tait et ne révèle point le mystère : où est l'ange qui naguère évangélisait la Vierge?
Pourquoi garde-t-il le silence, et n'apaise-t-il point le
trouble de son âme? Où est l'ange gardien de Joseph?
Pourquoi tarde-il si long-temps à lui apparaître et à
prémunir cette âme pieuse contre un soupçon, qui est
un blasphème? Et, si la question que nous faisons
n'est pas trop téméraire, pourquoi Celui qui envoie ses
anges pour le salut des hommes, diffère-t-il l'expression
de sa volonté? Pourquoi ce terrible délai, lorsqu'il s'a-
git d'éclairer un juste, et de sauver celle en qui repose le salut de l'univers?

« Vois-tu, s'écrie Saint Jean Chrysostôme, en parlant de Joseph, dans les perplexités où il se trouve,
vois-tu la douceur de ce juste : loin de sévir, il ne
confie ses soupçons à personne, pas même à celle qui
en est l'objet; il se borne à réfléchir en lui-même, et
s'efforce de cacher son trouble à la vierge. Il n'est pas
dit qu'il voulut la répudier, mais seulement l'éloigner
de lui ; telles étaient sa douceur et sa mansuétude.
Et ailleurs : Que si Joseph jugeait illicite de la garder
dans sa maison, force lui était de la dénoncer ju-
ridiquement et de la livrer au supplice ; cependant,
il ne fait rien de semblable et se place à une hauteur
qui domine la loi. Car, en effet, la grâce étant venue, il était temps de voir se manifester les signes
d'une vie plus parfaite et d'une pureté plus sublime
que celles d'autrefois. Oui, il est évident que le

8

cœur de ce juste pressentait déjà le commandement de Jésus-Christ qui nous enjoint d'avoir l'*œil simple*, et *de ne point juger pour ne pas être jugés* *. C'est pourquoi il aperçoit les signes de la maternité, et néanmoins il ne veut point s'abandonner à d'injurieux soupçons. La loi l'autorise à sévir comme époux, mais il ne veut point juger sa fiancée. *Ne voulant point la confondre, il pensa à la renvoyer en secret.* Ne voyez-vous pas, mes frères, que de hautes vertus se cachent sous le silence de Joseph. Mais celui de Marie est encore plus sublime, car Joseph vient au secours des perplexités d'autrui et par cela même trouve le moyen de faire cesser les siennes. Elle, au contraire, accepte son propre péril, et chaque jour de plus qu'elle voue au silence, ne fait qu'accroître ses perplexités. Mais que signifie cette incompréhensible fidélité au silence? Cela veut dire que Marie est le vase le plus parfait de la grâce divine. De même qu'un vase matériel est rejeté, dès qu'il laisse échapper le breuvage précieux qui y repose; de même aussi tout vase spirituel est défectueux, lorsqu'il ne conserve point en soi le don de la grâce sous le voile d'un silence inviolable et humble, lorsqu'il l'épanche au dehors et l'exhale sans nécessité, sans fruit, donnant un libre cours à des paroles oiseuses, ou indiscrètes, ou impétueuses, ou dictées par la vaine gloire. Dans le sens opposé, de même qu'un vase matériel serait réputé excellent s'il ne lais-

** Matthieu, VII. 1.

sait échapper aucune goutte, aucune émanation odo-
rante du liquide qui lui est confié, sans qu'aucun
choc extérieur pût le briser, sans que l'air ou la
flamme pût le détruire; pareillement celui-là est le
plus parfait des vases spirituels *qui renferme le mystère de la foi dans une conscience pure* *, celui qui,
dans la paix du cœur et dans le silence de tout son
être, garde fidèlement la grâce qui lui est donnée avec
une constance à l'épreuve de toute calamité, de toute
passion et de toute tentation extérieure. Que si Marie
s'entretint du mystère de sa vocation avec Elisabeth;
ce fut par la raison que celle-ci avait déjà reçu de
l'Esprit-Saint la révélation de ce mystère, et parce que
l'Esprit de Dieu parlait par la bouche de toutes deux.
Mais si la Sainte-Vierge s'en fût ouverte à Joseph, ce
n'eût été que par confiance ou par crainte, motifs
également humains, et non par une inspiration divine.
Or, elle se tait envers celui qui, selon toute vraisemblance, possédait plus que personne ici-bas le secret
de son âme, puisqu'elle l'avait choisi pour protecteur
de sa sainte virginité; elle se cache de Joseph, au
péril d'encourir non seulement le blâme, mais encore, d'après l'interprétation de Saint Jean-Chrysostôme, au risque de subir le jugement et le supplice.
Un tel silence atteste que la Vierge garde religieusement le Verbe déposé dans son sein, qu'elle l'aime
bien plus que le fiancé de son choix, bien au-dessus

* I. Tim., III. 9.

de toute consolation terrestre, bien plus intimement que sa propre vie ; or, ce silence de la Vierge constitue et consomme le sacrifie le plus pur, le plus parfait au Verbe-Dieu. Il n'est donc pas étonnant que la révélation divine à ce sujet se fit attendre, pour donner à de si suaves vertus le temps de mûrir et de se manifester pleinement pour notre édification. Enfin le sacrifice muet de Mariam est accompli ; les émotions intimes de Joseph s'apaisent et se reposent dans un abandon religieux, aussitôt un message céleste vient couronner dignement l'épreuve, fait cesser les perplexités de Marie et découvre à Joseph *le grand mystère de la piété. Dès qu'il eût conçu cette pensée, voici qu'un Ange du Seigneur lui apparut durant son sommeil et lui dit : Ne crains point de recevoir Mariam ton épouse : car ce qui est né en elle est de l'Esprit-Saint* *. Quiconque, mes frères, est capable de persévérer dans une contemplation soutenue, jusqu'à suivre Marie durant tout le cours de sa vie ; celui-là, disons-nous, apercevra toujours en elle ce même caractère de recueillement silencieux, parfait, intérieur, que rien ne saurait distraire, ni altérer, en un mot le sceau *d'une vie cachée en Dieu*. Les joies les plus sublimes, comme les douleurs les plus ineffables, n'eurent jamais la puissance d'altérer ce trait distinctif.

Le Verbe naît, les anges le glorifient, les pâtres le proclament ; serait-ce à la mère de Jésus à se taire et à

---

* Matthieu, I. 20.

ne le point célébrer par la parole? Cependant, elle garde le silence, elle ne prodigue point les accents de sa joie, elle se borne à recueillir en elle-même ce qu'elle a entendu : *Or, Mariam garda toutes ces paroles, en les déposant dans son cœur*[*].

Siméon vient-il percer son âme du glaive d'une prédiction formidable ? Jésus, lui-même, dans son jeune âge, délaisse-t-il sa mère, et semble-t-il la renoncer, lorsqu'il déclare : *qu'il lui convient d'être aux affaires de son Père.* La Mère du Verbe ne le contredit point, elle se tait ; *la mère gardait toutes ses paroles dans son cœur.*

Enfin, la voyez-vous, debout, au pied de la croix de son Fils bien-aimé ; l'arme tranchante, prédite par Siméon traverse réellement son âme. Les plus étrangers à ce spectacle ne purent demeurer indifférents, et alors que Jésus ne faisait encore que porter sa croix, *une foule de peuple allait à sa suite, ainsi que des femmes, qui versaient des larmes, et le pleuraient. Puis, lorsqu'il fut crucifié : La multitude des gens du peuple, qui étaient accourus à ce spectacle, en voyant ce qui se passait, s'en retournaient en se frappant la poitrine*[**]. A quoi faut-il s'attendre de la part de la Mère du crucifié, debout auprès de sa croix? Sans doute, à des sanglots, à des plaintes, à des cris lamentables, à tous les déchirements d'une indicible douleur ! Non, nous ne voyons, nous n'enten-

* Luc, II. 19. — ** Luc, XXIII. 27. 48.

dons rien de semblable ; le témoin oculaire, présent au supplice, ne nous rapporte pas un seul mot sorti de sa bouche. Cependant la Mère du Sauveur souffrait comme jamais mortel n'a souffert sur la terre, un seul excepté, celui qui fut crucifié pour nous. Mais, l'orageux abîme des souffrances de la Vierge ne peut ni la troubler, ni l'engloutir, parce que l'orage sans cesse s'apaise, et retombe dans l'abîme d'une patience sans bornes, dans les profondeurs de l'humilité, de la foi, de l'espérance, et du plus entier abandon aux décrets de Dieu.

Contemplez, âmes chrétiennes, ce modèle sacré du silence intérieur, ainsi que le présente à vos regards l'Evangile, quelquefois sous les traits de Joseph, mais principalement dans la personne de Marie ; efforcez-vous de pénétrer la mystérieuse et sublime beauté de cette âme sainte, dont le prophète a dit : *Toute la gloire de la fille du Roi est au-dedans* ; oui, méditez, et apprenez cette beauté toute spirituelle, aimez-là, et travaillez à acquérir, ne fût-ce qu'en partie, cette grâce ineffable de la fille du Très-Haut, afin que, marchant sur les traces de ses vertus, vous atteigniez un jour à sa félicité, selon ce qui est écrit : *Des vierges seront conduites au Roi à sa suite* *.

Rencontrez-vous dans le domaine de la foi des choses incompréhensibles ? ne vous laissez point entraîner à la curiosité et à la contradiction ; mais plutôt

---

* Psau. XLV, 13.

écoutez en silence, les révélations de la foi et attendez patiemment l'heure à laquelle Dieu, qui vous parle en paraboles, vous jugera dignes d'en goûter l'explication, moyennant une vivante parole, et une vivante expérience.

Vous sentez-vous blessés par le langage ou les paroles de votre prochain et les croyez-vous repréhen-
sibles? Ah! ne vous hâtez point de les dénoncer et
de les juger, à moins que vous n'y soyez appelés comme
père, ou comme pasteur, ou comme instituteur, ou
en qualité de chef. Ne soyez pas justes comme le pharisien, qui se croyait seul fidèle tel au milieu du
monde : *Je ne suis point comme le reste des hommes,*
ravisseur, injuste; mais plutôt, soyez *justes,* comme
le fut Joseph, ou bien encore selon l'interprétation de
Saint Chrysostôme : soyez bons et pleins de douceur
comme lui *.

Avez-vous sujet de craindre qu'une de vos actions
pieuses et charitables n'encoure de faux jugements, et
le blâme d'autrui? Ah! n'allez pas, pour cela préco-
niser vos bonnes intentions, de peur que vous ne per-
diez la pureté de votre bonne action, pour avoir voulu en conserver la gloire. Dévoilez, non pas aux hommes par la discussion, mais au Seigneur, par l'oraison,
votre voie, et Celui-là y pourvoira, et Il fera resplendir
comme la lumière du jour votre justice, et la bonté de
votre cause, comme la clarté du midi.

* Hom. IV, sur S. Matth.

Un évènement prospère vient-il vous visiter et l'allégresse élargir vos cœurs? N'ouvrez point vos lèvres aux mouvements de la vanité; mais déposez au fond d'un cœur reconnaissant ces manifestations d'une providence tutélaire.

Un grand malheur vient-il vous frapper, et remplir vos âmes d'affliction? ne vous abandonnez point aux pleurs et aux gémissements, qui, le plus souvent, ne sont que l'écho de notre indocilité se raidissant contre les décrets du Très-Haut; *mais attendez patiemment le Seigneur, soyez courageux et que votre cœur se fortifie.*

Oui, dans toute conjecture, gardez-vous de prodiguer inconsidérément la parole, — ô vous! créatures raisonnables du Verbe créateur!..,.... — Que si Dieu a créé toutes choses par sa parole, et si l'homme a été créé à l'image de Dieu, quelle ne devrait pas être, mes frères, la sublime efficacité de la parole humaine! Or, il en était ainsi; car la parole de l'homme guérissait les malades, ressuscitait les morts, faisait descendre le feu du ciel, suspendait le cours du soleil et de la lune; que dis-je, la parole humaine devenue l'instrument du Verbe-Dieu incarné, changeait et change encore à cette heure tant d'hommes dégradés par le péché en une créature nouvelle, pure et sainte. Oui, c'est ainsi qu'opère la parole humaine, toutes les fois que, renfermée dans le cercle d'un religieux silence et purifiée par l'action d'une fervente oraison intérieure, elle acquiert la pureté et l'énergie qui lui est propre, ou, pour mieux dire, elle participe à la puissance de la parole divine et de l'Esprit-Saint. Et c'est, hélas ! ce levier puissant, cet instrument créateur et sacré que nous faisons servir à des fins impures, destructrices et sacrilèges, telles que la médisance, la calomnie, le blasphème; ou bien notre frivolité brise ce noble instrument, le réduit en poussière et le disperse ensuite au souffle de la vanité et des oiseux discours ?

Quelqu'un a dit de lui-même : *j'ai accueilli dans mon cœur neuf pensées diverses et la dixième je l'énoncerai par ma langue* *. C'est ainsi, mes frères, que sont avares de la parole, ceux qui en connaissent le prix. *Du moins que le chrétien ne soit pas prompt dans les expressions de sa bouche* **; donnons-nous le temps de considérer si c'est pour notre bien et celui des autres, que nous mettons au monde une parole, en apparence insignifiante, et qui, néanmoins, vivra jusqu'au jugement dernier, et y sera prise à témoin, pour ou contre nous. Embrassons, mes frères, le conseil de l'Apôtre : *Que nulle parole corrompue, ne sorte de votre bouche, mais uniquement ce qui est propre à l'édification de la Foi, et communique la grâce à ceux qui vous entendent; et ne contristez point le Saint-Esprit de Dieu, dont vous fûtes marqués au jour de la délivrance* ***.

Ainsi soit-il.

* Sagesse de Sir., XXV, 9.—** Eccl., V, 2.—*** Eph.; IV, 29, 30.

SERMON

Sur la Grèce,

Prononcé le jour de l'Assomption de la Vierge, dans l'Eglise métropolitaine
de Moscou.

———◦———

*L'Ange dit : Réjouis-toi, Marie, pleine de grâces,
le Seigneur est avec toi, tu es bénie entre les femmes. — Ayant ouï, elle fût troublée de ce discours.* (Luc., I, 28, 29.)

———

Je ne m'étonne point de ce que la salutation du
messager céleste ait pu te troubler, ô bienheureuse
Mère du Roi de la paix. Le message était trop extraordinaire, et le salut qu'il n'appartenait qu'à un ange
de proférer, et à toi seule d'entendre et d'accueillir,
avait je ne sais quoi d'étrange et de prématuré.

Le Seigneur fut alors avec toi, non seulement par
le don de sa présence selon la grâce, mais encore

par l'opération surnaturelle de son incarnation dans
ton sein. Quelle plénitude de grâce incompréhensible ! Quelle source de joie, toute rayonnante de splendeur ! Cependant, de quelles ténèbres n'étais-tu pas en-
vironnée, ô toi ! demeure vivante, et temple animé
de la lumière éternelle ! Ce jour divin n'était pas encore à sa naissance, que déjà, si près de toi, s'élevait
un orage, formé par le doute, et, peu s'en fallut qu'il
n'obscurcit l'esprit de Joseph, fidèle gardien du nouveau mystère de la Foi. Alors que le rayon divin,
parti d'une crèche, projetait ses reflets sur les cieux,
pendant que la terre répondait aux acents qui, du
haut des cieux, annonçaient sa gloire dont l'éclat il-
luminait en même temps, de simples bergers et des
sages de l'Orient ; alors même Hérode et Jérusalem,
tout entière avec lui, se troublaient, à l'aspect d'une
lumière si proche, et ce roi s'engageait dans une lutte
à mort contre un enfant désarmé. Toi-même, Mère du
Christ, tu te voyais forcée de chercher un refuge au
milieu des ténèbres de l'Egypte, contrainte de redouter le retour au sol natal, qu'il te fallait échanger contre *la Galilée des Gentils* habitée par *le peuple assis dans
les ténèbres et dans l'ombre de la mort* *.

Siméon-le-Juste fut un des premiers à découvrir, à
reconnaître et à recevoir dans ses bras la lumière *qui
devait être révélée aux nations* **; mais, à peine cette
lumière eut-elle éclairé pour lui l'avenir, que le juste

---

* Matth., IV. 16. — ** Luc, II. 32.

se vit contraint de plonger le glaive prophétique de
sa parole dans le cœur de la sainte Mère, prédestinée
à recevoir sa part de douleur des souffrances de la
crucifixion : *Et toi-même*, lui dit-il, *tu auras l'âme
traversée par le glaive.* Lorsque Jésus fut manifesté
et proclamé sur les rives du Jourdain, et lorsque l'effusion de sa gloire divine resplendit sur le Thabor, nous
ignorons jusqu'à quel point les triomphes de sa doctrine, et la bienfaisante clarté de ses miracles, répandirent sur toi l'allégresse, ô bienheureuse Vierge !
Mais ce que l'Ecriture nous annonce, ce que nos cœurs
peuvent deviner et ressentir malgré notre imperfection, c'est que tes douleurs ont été longues et intimes
comme ton amour pour ton divin Fils, portant le fardeau de l'humanité. Tes souffrances devaient être
grandes, alors que tu le contemplais, tantôt exposé aux
vaines contradictions de la foule, tantôt en présence
de ses ennemis, ou bien livré en leur pouvoir ;
alors que les clameurs et les blasphèmes, les coups
dont il était frappé, retombaient sur ton cœur; lorsque ton Fils te donna pour fils un autre que lui,
que tu saisis son dernier regard, recueillis ses dernières paroles, et que tu suivis son corps inanimé. Sans
doute, les suaves clartés de sa résurrection réjouirent
et illuminèrent ton âme avec surabondance ; mais, en
revanche, telle qu'une nuit déchirée par l'éclair n'en
redevient que plus sombre, le reste de tes jours sur
la terre ne durent-ils pas se décolorer pour toi, depuis
le jour de l'Ascension de ton fils ? O Dieu ! Est-ce là

le partage de celle qui est bénie entre les femmes, fallait-il qu'elle survécut à son Fils, mort sur la croix, et
qu'elle le revit ressuscité pour s'en séparer une seconde fois, et consommer lentement sur la terre, loin de
la gloire qui lui appartient dans les cieux, le douloureux holocauste d'un cœur maternel.

Mais, voici des temps entièrement nouveaux. La semence de la parole, descendue du ciel, germe et
porte un fruit, tardif à la vérité, mais qui n'en est
que plus abondant et plus solide. Aujourd'hui, ce ne
sont plus de célestes visions qui contemplent la grâce
répandue sur Toi ; ce n'est plus un ange seul qui t'apporte le message d'allégresse. Non, la *grâce* et la *joie*
devenues ton partage, sont proclamées hautement,
dans la vaste enceinte de l'Eglise ; le genre humain te
bénit, ô toi, qui es *bénie entre les femmes*. Pareille
à la divine majesté de ton Fils et de ton Dieu, ta gloire sort aussi d'une tombe. Les miracles de ton Assomption nous ont révélé que ton âme s'élevait à Dieu,
et que la mort n'avait rien trouvé dans ton corps qui
pût lui servir de pâture, rien de ce que le péché
souille et livre à la putréfaction. La vie du siècle futur, après laquelle nous soupirons, est déjà pour toi
la vie éternelle, au suprême dégré de la gloire. Reine,
par grâce, tu t'es présentée au céleste parvis, et tu as
pris place à la droite du Roi par nature, revêtue d'une
robe resplendissante d'or* ; ou bien, selon le témoi-

* Psaume , XLIV , 9.

gnage d'une autre révélation : *revêtue du soleil*[*]; ce qui signifie, comme il nous semble, la plénitude de la lumière du Christ. Ainsi tu es montée au ciel, non-seulement pour y demeurer dans la lumière et pour en jouir, mais encore pour régner dans ce séjour radieux, et y conduire les *vierges que le Roi appelle*, — c'est-à-dire les âmes chastes qui ont marché sur la trace de tes pas. Réjouis-toi donc, Marie, pleine de grâces, au sein de la béatitude éternelle, car tu es non seulement comblée de grâces, mais aussi glorifiée !

Que si l'ineffable jouissance du bien suprême est un état de plénitude et de surabondance, qui s'épanche et se déverse, sur les êtres susceptibles d'y participer, répands aussi sur nous, ô bienheureuse Vierge, sur nous, qui croyons à la grâce reposant sur toi, et qui saluons ta gloire, répands aussi sur nous la rosée mystique de ta sanctification, afin qu'elle soit pour nous l'aurore d'un nouveau jour, une source de bénédictions et le gage de notre béatitude future.

Pardonnez-moi, mes frères, d'avoir si long-temps médité en votre présence, comme si vous n'y étiez pas. En un jour comme celui-ci, il en coûte peu d'oublier la terre, en conversant avec le ciel. Et, que nous serions heureux, si nous savions converser plus assidûment avec le ciel, et nous tourner moins avidement vers la terre, ne le faisant même quelquefois que dans

* Apoc., XII, 1.

la vue de rencontrer ici-bas nos imperfections et nos misères, si nous savions les déplorer et n'en recourir qu'avec plus de ferveur à la source divine de toutes les guérisons.

Oui, mes frères, la contemplation de la *grâce trouvée devant Dieu* par Mariam, grâce qui l'éleva par de merveilleux sentiers jusqu'aux régions de la gloire, cette contemplation doit nous faire rentrer en nous-mêmes et réfléchir au besoin que nous avons tous de la grâce. En effet, si Marie est *pleine de grâces* dans l'acception la plus haute, nous tous aussi ne saurions demeurer privés de toute grâce, à moins de nous enfoncer dans l'abîme du mal et de la perdition. Une portion de grâce quelconque nous est absolument indispensable pour atteindre au degré inférieur de la béatitude.

Or la grâce (si nous voulons embrasser toute l'étendue du terme) est *un don* qui nous vient de *la bonté même, un don excellent ;* enfin, *un don par pure bonté,* sans aucun droit, ni mérite quelconque de la part de celui qui le reçoit. Pour peu que l'on considère que selon la parole du Seigneur, nul n'est *bon excepté Dieu seul :* que par conséquent, l'on ne saurait remonter à la source de tout ce qui est bon dans les créatures, à moins que de remonter à Dieu, qui seul dispense ses dons gratuitement, *car où est celui qui lui donna quelque chose et qui ait à le recouvrer* *. L'on pourrait conclure de cette vérité que

* Romains, II, 35.

tout dans l'homme, son existence, sa vie, son corps, son âme, la faculté de connaître, de désirer et d'agir, que tout en lui, disons-nous, est une dispensation de la grâce divine. Mais attendu que le bien primitivement déposé par Dieu dans le sein de la créature, est devenu comme sa propriété ; il est résulté de là que ce qui était *grâce* dans l'origine, est devenu par la suite *nature des êtres*. C'est pourquoi l'on désigne sous le nom de grâce tout ce que Dieu dans sa bonté accorde à l'homme au-delà des limites de la nature et des dons innés. C'est dans ce sens que la parole divine emploie le terme de grâce, soit qu'elle désigne l'acte même de la dispensation ou en d'autres termes la puissance divine qui répand sur nous les effusions de grâce, peut-être comme il est dit dans le texte suivant: *Elle est apparue, la grâce divine salutaire à tous les hommes* [*] : soit que l'Ecriture désigne la dispensation elle-même, ou le don de grâce, ainsi que s'exprime l'apôtre : *à chacun de nous, en particulier, a été conférée la grâce selon la mesure du don du Christ* [*].

Au temps où le péché ne régnait pas encore dans le monde, j'ignore si tout ici-bas était également accessible à cette lumière élémentaire que nous admirons ; mais il n'est pas douteux que tout ne fût comme transparent et accessible aux émanations de la lumière de la grâce. Cette lumière s'épanchait, sans rencontrer d'obstacles sur toute la nature, la remplissait d'une

---

[*] Tite, II. 11. — [**] Eph. IV. 6.

profusion de biens et de félicité, en préservant de toute atteinte les objets susceptibles d'altération, tels que : le corps de l'homme.

Mais, quoi qu'il en soit, sitôt que le mensonge l'abus du libre arbitre et les écarts de notre volonté déviant de la volonté divine eurent introduit le péché dans le monde, le lien primordial qui unissait jusque là la nature et la grâce, se trouva brisé. Bien que la lumière de la grâce, essentiellement divine, ne puisse être arrêtée dans son cours et ne cesse de luire en tout temps et en tout lieu ; il n'en est pas moins vrai que la nature souillée, obscurcie et rendue opaque par le péché, n'est plus digne ni susceptible de recevoir les émanations pures, subtiles, radieuses et incorruptibles de la grâce. Ainsi est entrée dans le monde par le péché, la mort spirituelle et à sa suite, la mort corporelle pour le temps, enfin la mort pour l'éternité. Or, puisqu'il est certain que l'homme ne conservait ses attributs originaires que par le concours de la grâce de Dieu : à plus forte raison lui est-il impossible de recouvrer ce qu'il a perdu, sans un secours spécial. Ici, mes frères, nous découvrons pleinement l'extrême nécessité, de même que la merveilleuse *surabondance de la grâce* qui nous est conférée d'après l'expression de l'apôtre*. L'homme une fois détaché et déchu de la grâce, se voyait entraîné par une pente inévitable jusqu'aux profondeurs

---

* Rom., V, 17.

9

de l'enfer. Mais Dieu qui avait prévu de toute éternité cette déchéance et dont les compassions sont
éternelles, étendit son bras pour intercepter cette gra-
vitation vers l'abîme. A cette fin la Divinité qui dispense la grâce et la nature humaine qui la reçoit
furent miraculeusement unies dans la personne du
Christ; ensorte que sa parole et sa vie, son corps et
son sang, son baptême par l'eau et l'Esprit rouvrirent
aussitôt de nouvelles sources de grâce, lesquelles se
répandent à grands flots sur notre nature, devenue
étrangère à la grâce, mais non à Celui qui s'est incarné pour nous. Par ce moyen, ce que le péché avait
souillé put être purifié, ce qu'il avait obscurci fut
rendu à la lumière, la chair recouvra l'esprit, la corruption fut guérie, l'être tombé se releva, le condamné fut absous, ce qui était mort naquit de nouveau
ce qui périssait fut sauvé! N'allez pas croire, mes
frères, que ce soient là des spéculations qui m'appartiennent; non, c'est la doctrine de l'Evangile. *Dieu,
le Père de notre Seigneur Jésus-Christ*, ainsi parle
l'apôtre, *nous a comblés de grâce en son Bien-aimé,
en qui nous possédons la délivrance par la vertu de son
sang, et la rémission de nos fautes selon la richesse
de la grâce qui est en Lui* *. Souvent et volontiers la
parole de l'apôtre s'élève à la pensée de la grâce et
fait reposer toutes choses dans le christianisme sur ce
fondement. L'apôtre essaie-t-il de nous ramener à la

---

* Eph., I. 6, 7.

source de notre salut ? C'est la grâce qu'il nous montre en disant : *elle est apparue, la grâce de Dieu salutaire à tous les hommes.* Veut-il représenter l'œuvre de notre salut comme accomplie ? C'est encore la grâce qu'il signale comme instrument : *par la grâce vous êtes sauvés* [*]. A-t-il en vue de nous expliquer le but, la puissance et l'efficacité de l'incarnation du Fils de Dieu et de son avènement sur la terre ? Il se sert encore de la notion de la grâce : *la grâce et la vérité furent par Jésus-Christ* [**]. S'agit-il de montrer l'origine de l'institution des apôtres, des prophètes, des évangélistes, des pasteurs et docteurs au sein de l'Eglise, ainsi que la nature de leur ministère voué au salut du reste des hommes ? C'est à la grâce que l'apôtre attribue tout cela : *A chacun de nous en particulier, la grâce a été donnée, selon la mesure du don du Christ.* L'apôtre a-t-il à cœur de fortifier le chrétien dans le combat spirituel ? Il l'encourage par la grâce : *Et toi, mon fils,* dit-il, *fortifie-toi par la grâce qui est en Jésus-Christ* [***]. Est-il question de nous prémunir contre le péché ? Il nous met en garde par la grâce : *Que le péché ne domine point en vous; car vous n'êtes plus sous la puissance de la loi, mais sous celle de la grâce.* [****] Faut-il régler notre conduite extérieure ? L'apôtre la règle par le principe de la grâce : *Que vos discours soient toujours selon la grâce; assaisonnés de sel, afin*

---

[*] Ephésiens, II. 5. — [**] Jean, I. 17. — [***] II. Timothée, II. 1. — [****] I. Rom., VI. 14.

que vous sachiez comment il convient de répondre à chacun en particulier*. Veut-il donner le salut et la bénédiction ? Il appelle encore à son secours la grâce : *A vous*, dit-il, *la grâce et la paix, de la part de Dieu notre Père et de notre Seigneur Jésus-Christ.*

Ne voyez-vous pas chrétiens, que dans le sein du christianisme tout s'opère par la grâce, et rien ne s'opère sans elle.

Mais que cette conviction ne fasse pas naître en nous une erreur funeste, savoir : Que si tout, dans notre salut s'opère par la grâce, nous n'avons plus besoin de beaucoup de sollicitude pour notre salut. Non ; il en est autrement ; ô vous qui participez à la grâce ! elle nous a été promise et conférée, puissante et efficace, afin de relever notre faiblesse, de ranimer notre espérance, et de nous exciter à bien faire ; non pas à dessein de favoriser notre indolence naturelle et de nous assoupir dans l'inaction.

Nous vous supplions, écrivait Saint Paul, aux chrétiens de Corinthe, *de faire en sorte que vous n'ayez point reçu la grâce de Dieu en vain***. Eh quoi ! la grâce salutaire à tous les hommes peut-elle jamais être reçue en vain ? Cela se peut apparemment, puisque l'apôtre nous sollicite avec tant d'instance, de nous garantir de ce malheur. En effet, la grâce de Dieu, est salutaire en elle-même ; mais, sans nous, elle ne nous sauve point. Or, ce n'est pas en vain que nous

* Col., IV. 6. — ** Cor., VI. 1.

recevons la grâce, aussi souvent que nous l'accueillons avec foi ; toutes les fois que nous l'appliquons à
notre vie et à nos œuvres. Au contraire, nous la recevons *en vain,* lorsque la foi s'évanouit en nous, lorsque
notre vie et nos œuvres outragent et repoussent loin
de nous la grâce divine ; car elle est le *talent* du Père
de famille, qui est aux cieux; ce talent enrichit le
serviteur zèlé et fidèle, mais il attire la condamnation à celui qui est infidèle et paresseux, par conséquent il lui est ôté. Nous vous supplions donc de faire
en sorte *que vous n'ayez pas reçu en vain la grâce divine, et de veiller à ce que nul ne soit privé de la grâce
de Dieu*.

Défendez-vous aussi d'une autre pensée, qui est
contraire à la grâce. Il est des personnes qui croient
mener une vie suffisamment bonne, parce qu'elles vivent suivant la nature ; aussi ne travaillent-elles point
à rehausser la sphère de leur existence, afin de parvenir à vivre selon la grâce, apparente, spécieuse,
mais funeste ! Car s'il est vrai, comme nous l'avons
indiqué ci-dessus, que l'homme primitif, encore
exempt de péché, ne vivait pas uniquement selon la nature, mais que sa félicité découlait de
la grâce divine, se pourrait-il, mes frères, que
maintenant il nous suffit de vivre d'après la loi
d'une nature déchue, sans le correctif salutaire de la
grâce ? Peut-être essaiera-t-on de justifier une vie con-

* Héb., XII. 15.

forme à la nature par la parole de l'apôtre qui a dit : *les gentils qui n'ont point de loi, accomplissent naturellement ce qui est légal* *. A cette objection nous répondrons : pouvez-vous vous contenter de la parité avec les gentils, en ce qui touche à la dignité de l'existence ? Ah ! notre Seigneur en jugeait bien autrement lorsque signalant l'imperfection de notre vie, Il disait : *Est-ce que les gentils n'en font pas autant* **? Or, ces paroles avaient pour but de nous faire entendre, que pour tout disciple, pour tout homme aspirant à la perfection, il ne suffit pas de vivre selon la nature et de ressembler aux gentils. Que s'il s'agit de définir le vrai sens et le mérite de la vie naturelle, il est essentiel d'envisager le rang et la sphère qui lui sont assignés dans le royaume de Dieu et de son Christ. Bien que ce royaume soit sans bornes et sans mesure par rapport à nous, il est évident, qu'à l'exemple de tout empire bien ordonné, le royaume de Dieu présente aussi une gradation dans ses parties qui nous révèle la diversité des fins que se propose le gouvernement suprême. C'est pourquoi les théologiens signalent avec raison trois règnes distincts qui se touchent quoique dans les limites du royaume de Jésus-Christ ; ce sont : le règne de *la nature*, le règne de *la grâce* et celui de *la gloire*. L'homme est introduit dans le domaine de la nature par l'acte de sa naissance naturelle : il est admis au règne de la grâce par le baptême ; enfin,

---

* Rom., II. 14. — ** Matthieu, V. 17.

il aura accès au règne de la gloire , moyennant la résurrection d'entre les morts et le jugement dernier. Or, songez-y , mes frères ; c'est le règne de la grâce qui touche et communique immédiatement au règne de la gloire. Il faut absolument traverser la région de la grâce, pour atteindre à la région supérieure ; il n'existe point d'autre voie qui conduise de la sphère naturelle au céleste séjour. Il suit de là que, quiconque vit selon la nature est séparé, par tout un royaume, du bienheureux port de l'Eternité. Aussi, lorsqu'au dernier jour, le règne de la grâce, tout entier, ira s'unir et se confondre au règne de la gloire; *lorsque la terre, et les œuvres qui se font en elle, seront consumées ;* que deviendra cette vie naturelle demeurée étrangère à la grâce ; où ira-t-elle s'engloutir si ce n'est dans cette nature inférieure , qui est le réceptacle de la réprobation ?

O mes frères , vous qui participez aux dons et aux promesses de la grâce divine! Craignons tous de la délaisser. Travaillons ensemble à l'obtenir par la connaissance et la conscience intime de notre infirmité pécheresse ; aspirons à la grâce par l'oraison , par la méditation de la parole divine, par un fréquent recours aux sacrements de la foi, par un ardent désir de vivre selon les préceptes de Jésus-Christ. Recevons la grâce par notre foi et notre obéissance à ce qu'elle nous enseigne ; conservons-la cette grâce par notre fidélité et notre persévérance à nous laisser guider par elle. Oui, la grâce elle-même sera notre secrète alliée durant tout le cours de la lutte, et c'est elle encore qui couronnera nos efforts. Conformément aux exhortations de l'apôtre : approchons-nous avec confiance du trône de la grâce, afin que nous obtenions miséricorde *et que la grâce nous soit comme un secours opportun.* Ainsi que l'a promis le Roi-Prophète : *le Seigneur-Dieu donnera la grâce et la gloire* *.

Gloire donc soit rendue à Dieu, le suprême dispensateur de la grâce, au Père, au Fils et au Saint-Esprit, dans tous les siècles !

Ainsi soit-il.

* Ps. LXXXIII, 11.

SERMON

Sur la vie cachée.

Pour le jour de l'Assomption de la très-sainte Vierge Marie.

———◆———

« *Afin que tu ne paraisses point, aux yeux des hommes comme jeûnant, mais à ton Père qui voit ce qui est secret; et, ton Père qui voit ce qui est caché, te le rendra à découvert.* » (Math. VI, 18.)

——

Devant le cercueil de la Très-Sainte Vierge Marie, l'Eglise nous invite à de pieuses contemplations. En effet, que sont toutes les fêtes religieuses, sinon des temps de méditation, durant lesquels l'esprit du chrétien se repose du labeur de la chair, et recueille de nouvelles forces pour les jours ouvriers de la vie?

Or, que voyons-nous, placés que nous sommes devant le cercueil de la Vierge? Un spectacle extraordinaire et imposant! Selon le cours ordinaire des choses, la lumière et l'éclat précèdent la tombe; au-delà tout est ténèbres et obscurité ; ici, mes frères, c'est le contraire qui s'offre à nos regards. En deçà de la tombe, quelle dignité sublime et combien de suaves vertus, toutes plongées dans un mystère profond, toutes ignorées du monde ! Mais par delà ce tombeau, que de splendeurs, que de gloire, quelle récompense et quel hommage éclatant rendu à la perfection intérieure !

L'on peut expliquer sans peine comment la dignité de la Vierge bénie entre toutes les femmes doit être réputée incomparable et sublime. Cela est manifeste si l'on considère le saint ministère auquel elle fut élue et élevée. Car s'il se fut trouvé ici-bas une vertu plus haute et plus pure que la sienne, il y eut eu inconvenance à ce que Marie reçut en partage la vocation de servir de demeure, de trône et de mère au Verbe-Dieu. Or, dans les décrets et dans les œuvres divines, il ne peut y avoir aucune dissonnance ; il est donc certain que Mariam étant *bénie entre toutes les femmes*, c'est-à-dire l'objet d'une bénédiction divine supérieure à toutes celles qui furent jamais répandues sur son sexe, de même aussi et de toute nécessité ses vertus atteignent au plus haut degré de pureté et de perfection ; toutefois par l'assistance du Christ devenu le prix ineffable de sa pureté et de sa perfection.

Cependant, mes frères, ne voyez-vous pas combien l'on ignore, et comment l'on envisage la haute dignité de Marie en deçà de sa tombe.

Et d'abord qui devait la mieux connaître que le

juste préposé à la garde de ce trésor précieux pour
le monde et scellé par le ciel ? Néanmoins , Joseph
savait au commencement si peu ce qui lui était dû
de vénération, qu'il crut un moment possible *de la
confondre* bien qu'il ne voulut pas le faire. Joseph
fut sur le point de rejeter loin de lui ce trésor inestimable ! Mais des gardiens plus éclairés que lui, les
Saints Anges veillaient pour conserver ce trésor. *Ne
voulant pas la confordre , il résolut de la répudier en
secret. Mais comme il y réfléchissait, voici qu'un Ange
du Seigneur lui apparut dans le sommeil* *.

O Vierge merveilleusement silencieuse ! N'était-ce
pas plutôt à toi d'apprendre à Joseph, ce qu'enfin
l'Ange lui révèle ? Pourquoi attendais-tu un messager du ciel ? Que ne venais-tu au secours du juste,
prêt à tomber et à commettre une injustice ? Sans
doute tu gardas le silence, pour ne point te montrer
aux hommes dans l'éclat de tes vertus et des grâces
sur toi répandues , mais uniquement à ton Père céleste
qui voit dans le secret.

Le sublime mystère de cette Vierge-Mère de Dieu,
les Anges le révèlent avec plus ou moins d'éclat ;
après eux , l'étoile, les mages, les bergers et Siméon ;
mais les Anges *reprirent* leur essor vers le ciel ; les
mages *regagnèrent* l'Orient, l'étoile disparut, Siméon
fut libéré en paix du milieu de ce monde ; l'auréole
de gloire brillant au-dessus de Bethléem bientôt s'é-

* Matth., I , 19, 20.

teignit au souffle de la colère d'Hérode, et dans les flots d'un sang innocent; Marie vécut cachée, tantôt en Egypte, tantôt à Nazareth pendant que l'auguste dignité de son ministère reposait ensevelie dans son cœur. *Or, Mariam gardait toutes ces paroles en les déposant dans son cœur* *.

Vint ensuite le temps où la renommée de la sagesse et des miracles du Fils de Marie se répandit dans la Judée et la Galilée. Il semblerait que le reflet de la gloire du Fils dût éclairer le front de sa Mère. Un jour, cette conséquence naturelle parut se réaliser. Une autre femme, animée peut-être du désir de devenir mère, ressentit plus vivement la félicité de celle dont la maternité était bénie, et, s'abandonnant à un pieux transport, elle glorifia hautement Jésus et avec lui sa Mère. *Une certaine femme élevant la voix au milieu du peuple lui dit : Bienheureuses les entrailles qui l'ont porté et les mamelles que tu as sucées* **. Remarquez-le, cette femme emploie des circonlocutions : elle estima heureuses les entrailles et les mamelles de la mère du Sauveur, mais sans proférer son nom. Pourquoi? Selon toute apparence, elle ne la connaissait ni de vue ni de nom.

D'autres connaissaient certainement Mariam, et néanmoins leur ignorance, quant à la dignité de la Vierge, est surprenante. Ecoutez ce que disent les concitoyens et les voisins de Jésus et de Marie : *d'où*

* Luc, II, 19. — ** Luc, XI. 27.

lui viennent cette sagesse et cette puissance ? Donc ils entendent les paroles de sagesse de Jésus ; ils sont té- moins de ses miracles, ils les avouent et en prennent occasion de rechercher tout ce qui le concerne. *N'est- il pas le fils du charpentier ? Sa mère ne s'appelle- t-elle pas Mariam * ?* Vous voyez qu'ils ne savent pas même nommer Joseph fils de David, Marie fille de David ; ils ne savent que ce qui est sous leurs yeux ; c'est-à-dire, que Joseph est un artisan et que son épouse se nomme Marie. Comment se fit-il que ces juifs ignorassent ce que les juifs tenaient tant à con- naître par rapport à eux-mêmes et à autrui ? D'où vient qu'ils semblent ignorer la race et l'origine de Marie ? L'on ne peut s'expliquer tant d'ignorance, qu'en admettant que la très-sainte Vierge, peu soucieuse de se montrer aux hommes et de posséder les consolations humaines, ne voulait tirer aux yeux du monde au- cun avantage de la noblesse de son origine, dans son obscure pauvreté ; que par conséquent, elle étalait aussi peu devant les hommes l'illustration de sa race, que ses vertus et les dons de la grâce.

Mais il n'y a pas lieu de s'étonner que des étrangers tardent à rendre la gloire qui lui est due à celle qu'un jour béatifieront toutes les races humaines. Son Fils lui- même (je répète ce qui a été dit par la vérité même), son Fils, disons-nous, semble hésiter à lui accorder en présence des hommes, toute la gloire qui sied à

---

* Math., XIII, 54, 55.

sa Mère ; l'on croirait qu'Il veut l'ignorer : *qui est ma mère* * ? demande-t-il. On serait tenté de penser qu'Il cherche à qui attribuer ce nom et cette dignité de Mère. qui appartient par sa naissane à Marie. *Ma Mère et mes frères sont ceux qui écoutent la parole de Dieu et qui l'accomplissent* **. En s'exprimant ainsi, le Seigneur veut-il désavouer sa Mère, qui l'a mis au jour selon la chair, car, mieux que d'autres elle écoute la parole de Dieu, celle qui l'a entendue bien avant les autres, et elle l'accomplit plus efficacement que d'autres, celle qui prépara dans son sein une demeure au Verbe-Dieu. Non, certes ; le Seigneur commence à élever par ses paroles au-dessus d'eux-mêmes les auditeurs qui l'écoutent, et les excite à travailler à leur salut ; en second lieu, le Sauveur se conforme ici au vœu de sa divine mère, qui consentit à ne point se montrer aux hommes, a fuir l'éclat qui vient d'eux et à ne rechercher que la gloire divine. C'est pourquoi, il diffère de manifester aux hommes toute la majesté de celle qui, d'après le cantique de l'Eglise, *est plus vénérable que les chérubins, et incomparablement plus glorieuse que les séraphins.*

Continuons d'avancer dans la carrière de la vie terrestre de Jésus. Partout la même chose ; à chaque instant lumineux de cette vie divine, Marie ne se montre nulle part, comme par exemple lors de l'entrée solennelle de notre Seigneur dans Jérusalem. Que si la

* Luc, VIII, 21.— ** Voyez *Liturgie de Saint Jean Chrysostôme.*

Mère du Seigneur se présente à nous quelque part, ce n'est pas à la recherche d'une gloire quelconque ; ainsi, *la Mère de Jésus et la parenté de sa mère se tenaient au pied de la croix* *.

Suivons notre Rédempteur crucifié par delà les portes du sépulcre, dans la région de gloire où brille la résurrection. Ce n'est plus seulement le premier de ses disciples mais encore le dernier selon la foi qui proclame sa divinité : *mon Seigneur et mon Dieu* ! Déjà la gloire de sa résurrection se transforme en une gloire nouvelle par son ascension. Je cherche un individu, un incident, une parole qui serve à manifester la gloire de la Mère du Seigneur, qu'à la vérité Elisabeth à une époque bien antérieure avait déjà proclamée, mais sans témoins, ni résultats ultérieurs ; je cherche dis-je, je ne trouve point. Cependant il est écrit des apôtres, après l'Ascension du Seigneur : *Tous ceux-là étaient avec patience, et unanimement en prières et en oraisons, avec les femmes et Marie mère de Jésus* **. Quelle révélation inattendue ! non-seulement après les apôtres, mais encore à la suite de quelques femmes inconnues, voilà que l'on se souvient et que l'on pense à nommer Marie mère de Jésus. Qu'est-ce que cela signifie ? Le narrateur inspiré serait-il dépourvu de respect envers la mère du Seigneur ? A Dieu ne plaise que nous accueillions une telle pensée ; ce serait faire une égale injure à la sainte Vierge et à l'évangéliste

* Jean, XIX, 25. — ** Actes, I, 14.

saint Luc ! Encore une fois, que signifie ce mystère ?
Que saint Luc, en écrivant son livre des Actes peint fidèlement la conduite de la sainte Vierge dans la réunion
des apôtres. Or, Marie, qui, selon la mesure de sa perfection spirituelle, présidait intimement à l'assemblée
des apôtres, guidée néanmoins par l'humilité de son
cœur repoussait ici-bas toute majesté, toute prérogative,
s'abaissait au niveau des autres pieuses femmes et les
instruisait ainsi par son exemple de même que l'apôtre le faisait plus tard par la parole. *Que vos femmes
se taisent dans les églises. Que la femme s'instruise
en silence, avec toute soumission; je ne permets point
à la femme d'enseigner.* Oh ! que je désirerais, cela
soit dit en passant, que cet auguste modèle attirât l'attention de nos frères séparés de nous (a) ; lesquels an-
ticipent, avec audace, sur le jugement de Jésus-Christ,
et ayant réprouvé sans pudeur tout sacerdoce, dont
ils sont par cela même, privés à titre de châtiment
poussent la licence jusqu'à déférer, à des jeunes
filles, la préséance de leur culte, vierges *insensées*,
et atteintes d'un délire funeste. Car, qu'elle est la jeune
fille qui, à moins d'être en démence, oserait s'arroger
dans l'Eglise le rang et les fonctions que la très-sainte
Vierge, mère du Seigneur, ne se permettait pas d'ac-
cepter ?

Maintenant, mes frères, passons à l'étude et à la

(a) Ici l'orateur sacré fait allusion à une secte indigène et populaire,
mais heureusement peu nombreuse. Elle date à peine d'un siècle et se
qualifie de : *Lutteurs en esprit.*

contemplation de la nouvelle carrière, immense et radieuse qui s'ouvrit devant la très-sainte Vierge, depuis son entrée dans le repos. Que ce changement fut prompt! D'après une pieuse tradition, qui date pour nous du second siècle de l'ère chrétienne, les saints apôtres furent conviés par l'Esprit de Dieu à s'assembler autour de la couche funèbre de Marie, bien moins pour déplorer que pour célébrer sa délivrance, Saint Denis et Sainte Dorothée rapportent que la foi de Saint Thomas encore une fois combattue par le doute, comme au jour de la résurrection du Seigneur, servit alors d'instrument pour révéler l'assomption de la divine Mère, encore cachée aux yeux de tous, comme l'avait été sa vie sur la terre. Appelée désormais à participer à la plénitude de la gloire céleste, la très-sainte Vierge ne rejette plus l'hommage qui lui est adressé de cette terre; son humilité, qui répudiait jadis toute gloire se rapportant à elle, se plait à la faire fructifier maintenant, pour la consolation des mortels.

Cette gloire eut aussi ses ennemis, comme celle de Jésus-Christ : mais c'est précisément par là que la puissance divine de la grâce se manifeste; car les adversaires, au lieu d'être un obstacle, devinrent un moyen pour l'accomplissement des desseins de la providence. En effet, qu'ont-ils produit ces hérétiques qui jadis s'acharnaient avec tant de ruse et d'audace à contester à la très-sainte Vierge Marie la dénomination sublime de *Mère de Dieu?* Rien, sinon que l'Eglise

universelle, en garde contre leur astuce et leur té-
mérité, redoubla de zèle et de vigilance, multiplia
ses cantiques solennels en l'honneur de Marie, en
sorte qu'il n'y a plus aujourd'hui une seule fonction
religieuse, un seul office qui ne soit embelli par le
souvenir de la gloire céleste de Marie. Or, n'allez pas
croire, mes frères, que ce ne soit ici qu'un simple
conflit de paroles entre les orthodoxes et leurs adversaires; non, c'est un combat sérieux des puissances
spirituelles et une victoire du Christ, remportée sur
la puissance de ses ennemis. S'il en était autrement,
les bouches de ceux qui chantent les louanges de la
Vierge se seraient lassées après tant de siècles; mais
elle a reçu la grâce de pouvoir accueillir les voix
suppliantes de ceux qui l'invoquent avec foi; elle
visite les âmes pieuses par la grâce du Christ, de
même qu'elle nous est présentée dans nos saintes images, portant son fils et son Dieu dans ses bras.

Telles sont, mes frères, les vérités qui s'offrent à ma
pensée et à mon cœur, au moment où, par mon ministère, je me vois placé en sentinelle et en contemplation au pied du cercueil de la très-sainte Vierge,
mère de Dieu. Mais cette vue des choses saintes à
quoi nous servira-t-elle? Toute méditation pieuse ne
doit pas demeurer stérile, il faut qu'elle agisse et porte
son fruit. Cette méditation doit nous apprendre à profiter de l'exemple de la vie cachée de Marie, afin de
nous mieux pénétrer du sens intime de ces paroles du
Christ: *Que tu ne paraisses point aux yeux des hom-*

mes, *mais à ton Père qui voit en secret; et ton Père qui voit en secret te rendra à découvert.* Luttez, travaillez, faites le bien, servez Dieu : mais gardez-vous d'étaler sans nécessité aux yeux des hommes vos combats, votre vertu, votre piété, de votre propre mouvement, avec vanité et complaisance envers vous-même; n'ayez que Dieu pour témoin de vos intentions, et Il sera votre rémunérateur, en tout ce que vous faites et souffrez pour l'amour de Lui, et sans rechercher le suffrage des hommes.

Notre Seigneur enjoint le secret en premier lieu, pour toutes les œuvres de charité : *Pendant que tu fais l'aumône que ta main gauche ignore ce que fait ta droite,* En second lieu, pour les exercices de piété : *Lorsque tu pries, entre dans ta chambre, et ayant fermé ta porte, prie ton Père, qui te voit dans le secret.* Il suit de là que Jésus-Christ nous impose le devoir de la modestie et de l'humilité, dans la sphère entière de nos rapports avec Dieu, notre prochain et nous-mêmes, pour toutes les vertus, et pour toutes les œuvres de la loi.

Mais, dira-t-on, s'il en est ainsi, comment s'accomplira cet autre précepte du Christ : *qu'ainsi votre lumière brille aux yeux des hommes, afin qu'ils voient vos bonnes œuvres, et rendent gloire à votre Père, qui est aux cieux*[*]. Quittez ce souci, la parole du Christ s'accomplira d'elle-même, et n'aura nul besoin de vo-

[*] Matth., V, 61.

tre secours ; car , il est dit : *Que votre lumière brille* ;
ce qui signifie *d'elle-même* , naturellement, comme
toute lumière luit à nos yeux ; mais il n'est pas dit :
mettez en évidence votre lumière. Les bonnes actions sont autant d'œuvres de lumière : opérez en
secret, l'éclat de vos bonnes œuvres reluira autant,
et aussi souvent qu'il plaira à Dieu. Tout le mal consiste en ce que vous commettez des œuvres de ténèbres, et mauvaises en elles-mêmes ; alors il ne peut
en résulter aucune lumière et ce que vous faites ne
saurait tourner à la gloire du Seigneur. Peut-être ,
dira-t-on encore : comment prier et prêcher dans
nos temples , s'il est vrai que les exercices de piété
doivent être pratiqués en secret ? Pour mieux résoudre cette difficulté, rappelons-nous que dans le
même sermon où notre Seigneur recommande la
prière secrète , il fait mention de l'offrande que
l'on apporte à l'autel : *lorsque tu auras porté ton
offrande à l'autel.* Or, l'on apporte son offrande
durant le service divin célébré publiquement. Il est
donc manifeste que le précepte sur l'oraison en
secret n'abroge nullement l'obligation où nous sommes de participer au culte public. Toutefois il existe,
en pareille occasion, une réserve particulière, pour
éviter de se montrer aux hommes dans les assemblées
religieuses avec un vain étalage et pour demeurer dans
l'humilité en présence de notre Père céleste. Si,
lorsque tu es à l'église , tu te contentes d'accomplir
les actes de dévotion qui sont communs à tous les as-

sistans, et que, par retenue, tu as soin de réprimer les mouvements trop expansifs de la ferveur qui t'embrâse, tels que les soupirs, les larmes et les gémissements prêts à s'échapper du fond de ton cœur : alors, chrétien, la disposition de ton âme toute recueillie te fait une solitude au milieu de la foule et te place sous le regard de ton Père qui voit ce qui est secret.

Veuillez considérer, mes frères, combien il est ignoble, assujétissant et stérile de vivre dans une ostentation morale, comme le font bien des gens en public et dans la vie privée. Ils montrent et ils étalent; ils font sonner bien haut et proclament leurs actions les plus insignifiantes, semblables à la poule qui annonce avec bruit son œuf fraîchement pondu. Toutefois le bruit que fait l'animal est plus convenable; la poule annonce un œuf réellement pondu et qui reste, tandis que l'homme vaniteux, tantôt proclame ce qui n'existe pas, tantôt détruit ce qui est en le divulgant. Par exemple : une bonne œuvre vient de s'accomplir; jusque-là elle existe dans son intégrité. Que si l'auteur s'en vante, l'œuvre de charité disparaît, car il devient manifeste que son cœur, en proie à la vanité ne renferme rien de bon et que lorsque l'action de l'homme vain est louée, les éloges qu'on lui donne sont autant de reproches qui s'adressent à sa vanité. Mais à plus forte raison de telles œuvres ne sauraient être bonnes devant Dieu. Le Seigneur a renié dès long-temps tous ceux qui se glorifient de

leurs œuvres, lorsqu'Il a dit : *en vérité ceux-là re-*
çoivent leur récompense *.

Chrétiens, mes frères, soyez et ne paraissez point.
Ceci est une règle qu'il importe de suivre. Apprenez
à connaître tout le prix d'une vertu humble, paisible
et cachée ; il lui convient d'être mystérieuse ici-bas,
parce qu'elle est d'origine céleste et grandit pour le
ciel. Pratiquez toute vertu en secret, cachez-la au
regard des hommes, souvent impurs et nuisibles à la
pureté de vos actions ; appliquez-vous, sans relâche
à la présenter à l'œil pur et purificateur de Dieu. *Et*
votre Père, qui voit dans le secret, vous le rendra au
grand jour.

Ainsi soit-il.

* Matth., VI, 2, 7, 6.

SERMON

Pour le dimanche des rameaux.

Explication de la prophétie et du mystère qui se rapportent à ce jour solennel.

———◆———

Tout ceci arriva pour l'accomplissement de ce qui
a été dit par le Prophète : Dites à la fille de Sion,
voici que ton Roi vient à toi plein de douceur, et
assis sur un ânon, né de celle qui porte le joug.
(Matth., XXI, 4, 5.)

——

Il est agréable et beau de contempler l'image du
soleil dans le miroir d'une onde pure, qui la repro-
duit à l'œil du spectateur, moins radieuse, mais plus
accessible que le disque qui brille au haut des cieux.
De même aussi notre intelligence élevée à Dieu se
plaît à admirer, dans les sources limpides d'Israël, je
veux dire dans la parole inspirée des Prophètes, le
glorieux reflet du soleil de justice, qui est notre Seigneur Jésus-Christ, bien qu'il y resplendisse moins

que dans le livre des Evangiles, mais toujours sous
des traits qui nous révèlent ses attributs divins,
son action miraculeuse et les profonds mystères de
l'œuvre du salut.

L'évangéliste Matthieu lui-même n'a pas jugé superflu de nous signaler la gloire du Seigneur et le
mystère de la solennité présente, en empruntant,
à cet effet les paraboles du prophète Zacharie. Reli-
sons donc, mes frères le texte formel de la prophétie,
que l'Evangéliste abrège en le rapportant : *Réjouis-toi
hautement, fille de Sion ; prêche, fille de Jérusalem,
voici que ton Roi vient à toi apportant la justice et le
salut ; Il est doux, et Il est assis sur un animal de
somme et un jeune poulain* *. Ici deux objets se pré-
sentent à nos méditations : l'accomplissement miraculeux de la prophétie et une nouvelle prédiction
d'un évènement nouveau.

Quand bien même l'accomplissement de la prophétie
de Zacharie ne serait pas encore manifesté, il suffirait
d'étudier attentivement cette prédiction pour nous convaincre qu'elle annonce un événement miraculeux. En
effet, pouvait-on s'attendre à ce qu'un Roi, aux approches de sa capitale, y entrât triomphalement, assis sur un jeune poulain, né d'une ânesse façonnée
au joug ? Et si quelqu'un se fut ainsi présenté en s'at-
tribuant la dignité royale, pensez-vous qu'on l'eût accueilli par des transports de joie et des acclamations,

* Zach., IX. 9.

plutôt qu'avec dérision et avec outrage? Dans l'antiquité les monarques vainqueurs faisaient leur entrée
sur de superbes coursiers ; les grands et les riches voya-
geaient à la vérité d'après un usage antique portés par
des mules ou des ânesses, mais choisir pour monture un
poulain né d'une bête de somme et de plus non dressé
et suivant sa mère, voilà ce qui est peu convenable
et inusité de la part d'un souverain. Comment vint-il
donc à l'esprit de Zacharie de nous prédire l'entrée
solennelle d'un Roi humblement assis sur le poulain
d'une ânesse façonnée au joug ? et comment une telle
prédiction a-t-elle pu s'accomplir? Certes, c'est Dieu
qui l'a voulu et disposé de la sorte. Aussi les juifs eux-
mêmes, frappés d'une prophétie qui se rapporte à une
pompe entièrement inusitée, s'accordent-ils jusqu'à nos
jours à interpréter la prédiction de Zacharie sur ce
Roi si doux, comme se rapportant au Messie, autrement au Christ ; bien que ces infortunés ne le veuillent pas reconnaître dans la personne de Jésus miséricordieux !....

Mais si la grandeur d'un événement extraordinaire
perce dans les paroles de Zacharie, la contemplation
attentive de l'événement lui-même peut nous révéler
des choses bien autrement merveilleuses et essentiellement divines.

Toutes les fois qu'un monarque s'apprête à entrer
solennellement dans sa résidence royale, combien de
préparatifs et de dispositions préalables devancent une
telle solennité. Ici nous ne voyons rien de semblable ;

nuls apprêts commandés par le Seigneur jusqu'au jour, jusqu'à l'heure même de son entrée à Jérusalem. Hier encore, Il soupait à Béthanie, où Il avait ressuscité Lazare ; et lorsqu'on répandait des aromates précieux sur ses pieds, Jésus ne parlait d'aucune mesure préalable à son intronisation, mais au contraire, Il annonçait sa sépulture. Le peuple était accouru en grand nombre. *Toutefois ce n'était pas seulement à cause de Jésus, mais pour voir Lazare* *. Aujourd'hui dès le matin, Il se rend à Jérusalem accompagné de ses disciples, ainsi qu'Il avait coutume de le faire en d'autres occasions. *Il marchait devant eux*, écrit Saint Luc, *et montait vers Jérusalem* **. Nuls préparatifs, personne ne songe à le proclamer Roi. *Ces choses n'étaient pas comprises par ses disciples auparavant* *. Soudain la solennité commence et aussitôt elle s'accomplit, *et il advint*. Avant d'avoir atteint Bethphagé, à peu de distance de la cité sainte, Jésus donne un ordre inattendu : et lorsqu'Il eût atteint Bethphagé et Béthanie, tout proche du mont des Oliviers, Il envoya deux de ses disciples en leur disant : *allez vers le bourg qui est devant vous, et en y entrant vous trouverez un poulain, sur lequel jamais aucun homme ne s'est assis ;* ou bien d'après le récit plus circonstancié d'un autre Evangéliste : *un âne attaché et un poulain avec lui* ***. Observez attentivement, mes frères, le procédé divin de Celui qui est notre Roi. Il envisage

---

* Jean, XII. 9. — ** Luc, XIX. 28. — *** Jean, XII. 16.

la prophétie ; Il voit approcher l'instant où elle doit
s'accomplir ; mais les instruments de l'œuvre manquent.
Alors Il abaisse un regard de sa sagesse infinie et aussitôt tout est trouvé sous sa main. *Vous trouverez*, dit-
Il, *un âne attaché et un poulain avec lui*. Il est étonnant que l'instrument se soit trouvé prêt, mais ce qui
ne l'est pas moins, c'est la manière dont on en dispose. *Après l'avoir délié, amenez-le moi*, dit Jésus à
ses disciples. Seigneur ! auraient pu répondre les envoyés, comment détacherons-nous l'animal d'autrui,
nous qui lui sommes inconnus et comment l'emme-
ner à l'insu du maître ? En effet, la chose était de
nature à embarrasser les apôtres ; et l'impossibilité manifeste de remplir l'ordre donné eut pu les porter à
désobéir, puisque dans une conjoncture différente,
un seul obstacle les mit en fuite et les porta à renier
leur Maître. Alors que devenait l'œuvre destinée à
accomplir la prophétie ? Cependant la divine prescience de notre Roi avait prévu l'empressement de
ses envoyés, et sa puissance fortifia leurs cœurs contre
le doute. Cette même prescience prévit la question du
propriétaire de l'ânesse : pourquoi le détachez-vous ?
Et par l'effet de ce même empire sur les cœurs, une
réponse fut préparée, qui devait être irrésistible,
quoique peu persuasive en apparence : *le Seigneur le demande*. Et voilà que les envoyés prennent et ramènent l'animal sans savoir à qui il appartient ; et voilà
que le propriétaire le leur abandonne, sans savoir à
qui ni à quel usage. Cependant une foule de peuple,

qui n'est point venu à l'appel royal, mais qui s'est assemblé pour la fête, ce peuple n'est point accouru à la voix du hérault, mais au bruit de la résurrection de Lazare et se porte en masse à la rencontre de Jésus. Saisie d'un transport soudain, cette foule, pour toute pompe, étend ses vêtements sous ses pas et remplace les insignes et les armes d'un cortège royal par de jeunes rameaux; elle le précède, elle marche à sa suite, elle salue par des acclamations ce Roi plein de douceur, paisiblement assis sur un jeune ânon, qu'aucune main d'homme n'a dressé jusqu'à ce jour à porter un fardeau. D'où sont provenues ces étranges circonstances? En vérité tout ceci n'advint que *pour accomplir ce qui avait été dit par le prophète.* L'impossible s'accomplit pour manifester l'action de Celui à qui rien n'est impossible.

Nous contemplons ainsi, mes frères, l'accomplissement miraculeux de la prédiction de Zacharie. Mais aiguisons l'œil de notre esprit et nous découvrirons au fond de cet événement une prophétie nouvelle relative à un événement bien autrement miraculeux.

Que signifie en effet la royale entrée de notre Seigneur à Jérusalem? Pourquoi cette prédiction si extraordinaire? Pourquoi cette profusion de miracles? Quel est le but de ces dispositions inaccoutumées? Quelle sera la conséquence de cette opération divine? Où est le fruit de cette manifestation imposante, mais passagère du Roi de Sion? Pareil à l'éclair, le royaume des cieux brille et se déploie sur Jérusalem; et aussitôt

comme l'éclair le voilà englouti par la région des ténèbres. Le peuple d'Israël est encore à s'assembler
pour aller au devant *du Roi de justice et de salut*,
et déjà l'iniquité médite sa perte et celle de Lazare
qui a servi à le glorifier : les prêtres *délibèrent pour
faire périr aussi Lazare* *. Les jeunes enfants le saluent
avec simplicité de cœur lors de son entrée dans le
temple ; et déjà les hommes du pouvoir et de la
sciences, les *prêtres* et les *scribes* s'indignent ; leur
fureur les emporte jusqu'à ne pouvoir dissimuler leur
indignation. Aujourd'hui encore l'on dit à la fille de
Sion : *voici ton Roi qui vient à toi;* et dans peu de
jours cette même fille de Sion, c'est-à-dire la popu-
lation de Jérusalem criera : *nous n'avons point de Roi*,
et ce Roi même repoussera le prestige de la royauté:
mon royaume, dira-t-il, *n'est pas de ce monde* **. Aujourd'hui *Hosanna au Fils de David* *** *;* mais bientôt
nous entendrons une autre clameur : *crucifiez-le* **** !
Pourquoi donc cette pompe si brillante et ce spectacle
qui s'évanouit. Mais vous avez déjà dit, objectera-t-on
que toutes ces choses se firent pour accomplir la parole du prophète. J'ai dit en effet que l'événement a
été prédit d'une si merveilleuse façon, afin que l'on
put reconnaître dans cette prédiction la parole de Dieu;
Mais examinons à quelle fin la parole divine devança
et signala l'œuvre de Dieu? Toutes les fois que le Créa-

* Jean, XII. 10. — ** Jean, XVIII. 36. — *** Mathieu, XXI. 9.
— **** Jean, XIX. 15.

teur parle et qu'Il fait descendre sur la terre une parole messagère de l'œuvre qu'Il a résolue, il faut de toute nécessité qu'il en résulte un bien quelconque essentiel et durable, non quelque phénomène momentané. Autrement à quoi servirait l'œuvre de Dieu? A quelle fin sa parole souveraine s'abaisserait-elle à des détails aussi mesquins en apparence que l'âge d'un jeune ânon? Ne soupçonnez-vous pas ici, mes frères, une énigme dont la solution vous embarrasse? Parvenu à ce point, pour ne pas dépasser les limites de la vraisemblance, je me tais, qu'un autre prenne ma place et vous donne le mot de l'énigme en vous révèlant cet auguste mystère : ce sera Saint Jean-Chrysostôme.

Ecoutez-le, lorsqu'il explique le mystère de l'entrée solennelle du Seigneur dans Jérusalem. « Ici, dit-il,
» par l'image du poulain sont désignés l'Eglise et le
» peuple nouveau, naguère encore impur, mais dès
» que Jésus s'y fut placé, devenu pur. Et voyez
» comme partout la conformité est conservée. Car les
» disciples délient le poulain; de même ce furent les
» apôtres qui furent chargés d'appeler les juifs et nous
» autres chrétiens pris parmi les gentils. Nous fûmes
» en effet amenés au Sauveur par les apôtres, at-
» tendu que notre ardeur devint l'émule de celle d'Is-
» raël. Voilà pourquoi l'on nous présente une ânesse
» à la suite d'un poulain. Lorsque le Christ se sera
» assis en Maître sur les nations; alors les juifs vien-
» dront à lui en rivalisant avec elles. Et c'est ce que
» Paul entendait lorsqu'il disait qu'une portion d'Israël

» avait été frappée d'aveuglement jusqu'à ce que
» la plénitude des gentils fut ramenée, et qu'ainsi Is-
» raël tout entier sera sauvé. Que c'était là une pro-
» phétie, rien de plus manifeste par la contexture du
» discours, car le prophète n'eût pas mis tant de
» soins à indiquer l'âge de l'ânon, s'il en était autre-
» ment. Au surplus ces paroles nous révèlent que les
» apôtres allaient s'acquitter de leur tâche avec faci-
» lité. Ici personne ne s'oppose aux disciples qui s'em-
» parent de l'animal désigné; de même parmi les
» païens nul ne peut prévenir le début de la mission
» des apôtres. Le Seigneur ne s'assied point sur le
» dos de sa monture avant qu'elle fut couverte des
» vêtemens des apôtres, car ceux-ci ayant emprunté
» le poulain à autrui, s'empressent d'y joindre tout
» ce qu'ils possèdent d'après la parole de l'apôtre:
» *quant à moi je me consume avec délices et je serai*
» *consumé pour vos âmes.* Remarquez encore la doci-
» lité du poulain, qui n'étant pas dressé et ne con-
» naissant point le frein, ne se livre à aucun écart,
» mais se soumet et marche paisiblement. Or ceci est
» encore une figure de l'avenir, qui présage la sou-
» mission des gentils et leur soudaine conversion à la
» loi de grâce. Tout en effet se trouve prédestiné par
» cette parole, *déliez-le et amenez-le moi ;* tout,
» jusqu'à transformer la licence en un ordre divin et
» les souillures en pureté *. »

* Discours LXVI sur l'évangile de Saint-Mathieu.

Ici s'arrête Saint Jean-Chrysostôme. Essayons maintenant de récapituler les enseignements de cet élu du Seigneur, de manière à les rendre, s'il se peut encore, plus compréhensibles. L'entrée du Christ à Jérusalem n'est point une simple manifestation du présent, mais bien une prophétie et une figure de son futur avénement à la royauté. Son royaume n'est pas cette Jérusalem déjà vouée à la destruction, ni le sol de la Judée, que l'on va bientôt dévaster et asservir, non ; ce royaume c'est l'Eglise contre laquelle *les portes de l'enfer seront impuissantes* *. L'ânesse et le poulain sur lequel Jésus s'assied pour faire son entrée royale préfigurent deux races d'hommes, sur lesquels Il vient régner spirituellement, savoir : les juifs et les gentils. L'ânesse façonnée au joug est l'image des juifs qui avaient long-temps porté sur leurs têtes le joug de la loi, *joug que ne purent endurer ni nos pères ni nous* **, d'après le témoignage de l'un d'entr'eux ; joug qu'il fallut par conséquent échanger contre celui de Jésus-Christ et contre son fardeau qui n'est pas pesant. Le poulain encore non dressé désigne les païens, qu'aucune discipline n'avait apprivoisés et qui ignoraient la loi. Les apôtres s'emparent de l'ânesse et du poulain sans résistance : ce qui signifie qu'au mépris des obstacles, les apôtres soumettent au pouvoir de Jésus-Christ les hébreux et les nations païennes. Notre Seigneur s'assied sur le poulain et l'ânesse

* Matthieu, XVI. 18. — ** Act. des Ap., XV. 10.

marche à sa suite; cela signifie que les païens se soumettent à Lui en plus grand nombre et que lorsqu'ils
seront entrés dans le sein de l'Eglise selon la mesure
de leur prédestination, alors le reste des juifs se con-
vertira et les atteindra dans la voie du salut. Le poulain non dressé reçoit et porte sur son dos le Roi qui
le conduit, ce qui indique l'empressement des nations à répudier toute licence et à recevoir la doctrine
et les préceptes du Rédempteur. Le peuple étend ses
vêtements sous les pas du Roi de la paix, de même
que les vrais disciples du Christ lui sacrifient avec
joie tout ce qu'ils possèdent. Enfin, des enfants l'accueillent avec transport et chantent ses louanges : c'est
là l'image de ces cœurs-enfants qui accueillent le Christ
avec une foi sincère et le glorifient par la ferveur
de la charité.

Chrétiens, enfants du royaume de Jésus! si nous
contemplons la gloire, si nous pénétrons le mystère
de la solennité présente; ah! ne souffrons point qu'elle
se déploie à nos regards et passe comme un spectacle
qui nous est étranger; car ce serait nous condamner
nous-mêmes à rester étrangers au royaume de notre
Sauveur. Envoie-t-il quelqu'un de nous remplir ici-bas
une mission quelconque? — Obéissons à sa voix sans
scruter, soyons dociles comme les saints apôtres. Exige-
t-il de nous quelque sacrifice? — Remettons-lui tout sans
murmurer, à l'exemple de cet inconnu, auquel on
nomma le Seigneur et qui lui abandonna ce qu'il possédait; abandonnons-lui tout volontairement, au risque

de manquer du nécessaire, comme le firent ceux qui étendirent leurs vêtements sous ses pas. Quelqu'un de nous a-t-il marché jusqu'ici au gré des convoitises de son propre cœur? Que désormais il se courbe et s'humilie avec joie sous le joug du Christ. Un autre s'imagine-t-il avoir avancé dans la perfection par l'observance de la loi morale? Qu'il suive Jésus-Christ, *s'il veut être parfait* *. Tous enfin, mes bien-aimés frères, tous, tant que nous sommes, entonnons avec la sincérité de l'enfance ces cantiques : *Hosanna au Fils de David! nous voulons que celui-ci règne sur nous*, dès ce jour et dans l'éternité.

Ainsi soit-il.

* Matthieu, XIX. 21.

SERMON

Pour le Vendredi Saint,

Prononcé en 1846, dans la grande Église du couvent de Saint Alexandre Newsky.

———————◦———————

« *Dieu a tellement aimé le monde.* »
(Jean, III. 16.)

—

Est-ce aujourd'hui, diront peut-être quelques-uns, qu'il convient, de méditer sur l'Amour ? En ce jour, où le fruit de l'inimitié s'est trouvé mûr dans la vigne du Bien-aimé; alors que la terre tremble, saisie d'épouvante; lorsque les entrailles des rochers s'émeuvent et se fendent ; à l'instant où l'œil des cieux s'obscurcit et se voile d'indignation ?.., Convient-il de proclamer l'amour pour ce monde, à l'heure où le Fils de Dieu souffrant ici-bas est sevré de toute consolation, où le cri de son ineffable détresse : *mon Dieu, mon Dieu, pourquoi m'as-tu abandonné ?....* n'obtient aucune réponse du cœur Paternel ?....

Oui, chrétiens! ce jour est celui de l'inimitié, jour de terreur, de colère et de rémunération. Mais puisqu'il en est ainsi, qu'allons-nous devenir, pécheurs que nous sommes, pendant que la terre chancelle sous nos pieds et que le ciel s'assombrit au-dessus de nos têtes? Où fuir loin de cette terre qui s'ébranle; où irons-nous nous cacher loin de ce ciel qui menace?... Tournez et fixez vos ardents regards sur le Calvaire; là seulement, au foyer de toutes les douleurs, vous découvrirez un refuge. Alors qu'au dire du prophète, *la terre fut tremblante et que les fondements des montagnes s'émurent, parce que Dieu s'était courroucé contre elles;* au même moment ne voyez-vous pas, mes frères, la Croix demeurée debout? Pendant que les morts sont troublés dans le sommeil de leurs tombes, contemplez Jésus crucifié, dormant sur la croix du sommeil de la paix, et cela, malgré les efforts de ceux qui voulaient le dépouiller de la gloire du salut : *il en a sauvé d'autres et ne peut se sauver lui-même,* qui lui enlevaient la prérogative de Fils de Dieu, *si tu es Fils de Dieu, descends de la croix,* et auraient voulu lui ravir jusqu'au don de la Foi qu'Il a fait éclore dans les âmes : *qu'Il descende de la croix et nous croirons en Lui!* Hâtons-nous donc de sceller et de graver dans nos cœurs cette vérité si étrange et si formidable au monde : que dans tout l'univers il n'est rien de si solide que la croix, ni d'aussi tutélaire que Celui qui voulut en subir l'opprobre. Si les épouvantements du Calvaire se répandent au loin sur l'univers entier, c'est pour que ne trouvant de sûreté nulle part, nous courions droit à Golgotha, nous jeter aux pieds de Jésus crucifié, contempler ses plaies saignantes et nous perdre nous-mêmes dans les profondeurs de sa Passion !.... Astre du jour, pourquoi voiles-tu ton disque radieux au milieu de ta course, alors que l'œuvre des ténèbres, devançant ton déclin a déjà atteint sa suprême limite ? Rien ne saurait cacher aux yeux du Très-Haut, le spectacle ignominieux du déicide ! Ce n'est donc que pour nous instruire, que le géant de lumière pâlit et s'efface. Il abrège en se hâtant, le jour de l'inimitié et de la colère, pour nous élever à la contemplation du jour éternel de la miséricorde, *jour sans soir*, qu'enfante le triple rayon de la Très-Sainte-Trinité.

Chrétien, mon frère ! *Que la nuit couvre la terre! Que les ténèbres enveloppent les nations !* N'importe ; *lève-toi ;* secoue les terreurs et les obscurités du doute ; que la foi et l'espérance luisent à tes yeux ; car c'est du milieu *des ténèbres que ta lumière vient à toi !*

Avance, en suivant la voie que le rideau des augustes mystères t'ouvre en se déchirant ; pénètre dans le sanctuaire des souffrances adorables de Jésus ; laisse loin derrière toi ce parvis extérieur du temple qui a été abandonné à la merci de payens et qu'ils foulent sous leurs pieds. Introduit, par la foi dans le saint lieu, qu'y aperçois-je ? *Rien*, que la Sainte et bienheureuse charité du Père, du Fils et du Saint-Esprit, s'épanchant

sur la race humaine, plongée dans le péché et la douleur.

Charité du Père qui crucifie ;

Charité du Fils qui est crucifié;

Charité du Saint-Esprit qui triomphe par la vertu
efficace de la crucifixion.

C'est ainsi que Dieu a aimé le monde!

Chrétiens, tel est l'amour divin, dont nous oserons
vous entretenir ; mais, certes, ce ne saurait être qu'en
balbutiant quelques débiles paroles ; car il est impossible d'éclaircir ce mystère *ineffable* puisque le Verbe
de Dieu lui-même, pour nous le manifester dignement,
s'est tu sur la croix ! Ah ! que le Verbe-Dieu nous accorde, par son amour, la grâce de proférer et de recueillir ce peu de paroles, de même que les enfants
d'une même mère, reposent sur son cœur, balbutient
son doux langage, et se comprennent mutuellement
par un commun attrait.

Réfléchissons : Qui est-ce qui crucifie le Fils de
Dieu ? Sont-ce les guerriers romains ? Mais ils ne sont
que les instruments du supplice, instruments presque
aussi passifs que la croix et les clous qui servirent à le
consommer. Est-ce Pilate ? Mais il semble avoir épuisé tous ses efforts à défendre le Juste, et il a déclaré
ne pas consentir à l'effusion de sang : *Il prit de l'eau
et se lava les mains devant le peuple, en disant : Je
suis innocent du sang du Juste* *. Serait-ce le peuple

* Matth. XXVII. 24.

de Jérusalem? Mais comment pouvait-il méditer la mort de celui que naguère il voulait proclamer roi. Enfin, ne serait-ce pas les prêtres, les anciens, les pharisiens, les docteurs de la loi! Cependant, ils avouent tous qu'ils n'ont aucun pouvoir sur la vie d'aucun homme, *il ne nous est pas permis de tuer qui que ce soit* *. Est-ce le traître Judas? Mais n'a-t-il pas déjà confessé au milieu du temple qu'il venait de *livrer le sang innocent*? Est-ce le prince des ténèbres? Mais il ne put jadis attenter à la vie de Job, et maintenant c'est lui-même qui est condamné et proscrit. Cependant qui mieux que le Seigneur connaît ceux qui le crucifient? Et que dit le Seigneur? *Ils ne savent ce qu'ils font* **. A la vérité Caïphe avait touché de près la véritable cause de l'évènement, lorsqu'il dit : *Qu'il était préférable qu'un seul homme mourût pour le peuple ; ce que toutefois il ne dit pas de lui-même, mais parce qu'il était pontife de l'année****. Pareil à une cymbale retentissante, il évangélisa dans ce jour au milieu de l'Eglise naissante, mais sans comprendre le sens de son évangile. Et ce fut ainsi, mes frères, qu'à la face du monde entier, nonobstant l'impuissance des uns, l'ignorance des autres, et leurs intentions diverses, l'œuvre de la crucifixion s'accomplit par le ministère de ceux qui ne pouvaient, ni ne voulaient, ni ne savaient ce qu'ils faisaient.

Néanmoins, tout ceci est loin de signifier qu'il n'y

---

* Jean, XVIII. 31. — ** Luc, XXIII. 34. — *** Jean. XI. 51.

ait point eu de coupables dans le supplice de l'Innocent; non, non, quiconque l'eût voulu aurait pu dé-
mêler la vérité, sortie du cri de désespoir de Judas.
Mais, s'ils eussent compris, *ils n'eussent point crucifié
le Roi de la gloire.*

Ce qu'il nous importe d'observer ici avec recueillement, c'est la misérable toile d'araignée à laquelle se
réduisent les causes apparentes du grand sacrifice consommé sur le Calvaire, Or, comment les premiers fils
de ce faible tissu ne se rompirent-ils pas soudain, au
souffle de la colère divine, et même au premier coup
de vent de la vanité des hommes? Qui donc a eu la
puissance de lier ce Lion de Juda? Par quelle influence l'évènement trompa-t-il toutes les volontés humaines, bien qu'il fut si facile de reconnaître la trâme et
de l'anéantir? Non, mes frères, ceux qui blasphèment
l'évènement du Calvaire ne savent ce qu'ils disent, de
même que ceux qui crucifièrent le Seigneur ne savaient
ce qu'ils faisaient. En réalité, ce ne sont point ici les
hommes qui insultent à la majesté divine; c'est la sagesse de Dieu qui se joue de la folie des hommes,
et qui, sans porter atteinte à leur libre arbitre, les
contraint de lui servir d'instruments. Ce ne sont point
de mauvais serviteurs qui l'emportent par la ruse sur
leur Maître souverain, mais c'est un Père, qui, dans sa
bonté, n'épargne point son fils unique, pour ne pas
laisser périr de mauvais serviteurs. Ce n'est point ici une
inimitié terrestre qui attente à l'amour divin, mais,
au contraire, l'amour divin qui s'empare de l'inimitié

— 157 —

terrestre, afin de la tuer par un seul sacrifice et de répandre la lumière et la vie dans les ténèbres et dans l'ombre de la mort. *Dieu a tant aimé le monde, qu'Il a donné son Fils unique, afin que quiconque croit en lui ne périsse point, mais qu'il ait la vie éternelle* *.

Lorsque nous essayons d'approfondir le mystère de la crucifixion, pour y découvrir, dans les souffrances du Fils de Dieu, la suprême volonté du Père, il semble que nous éprouvons bien plus les terreurs de sa justice, que les suaves douceurs de son amour pour nous. Cependant, loin de douter de la présence de cet amour, hâtons-nous de reconnaître notre propre insuffisance à recevoir le bienfait des célestes inspirations. *Celui qui craint n'est point accompli dans l'amour***. Ainsi s'exprime le disciple de l'amour. Purifions et dilatons l'œil de notre esprit par la charité, aussitôt cet œil, voilé par la terreur des jugements de Dieu, apercevra avec délices les trésors de son amour. *Dieu est amour*, s'écrie le même disciple et contemplateur de l'amour divin. En effet, Dieu est amour par essence et Il est l'essence de l'amour. Tous ces attributs sont autant de vêtements de l'amour, et chacune de ses œuvres en est l'expression. C'est dans l'amour de Dieu que réside la plénitude de sa puissance; son amour est vérité, lorsqu'il départit l'existence à ce qu'il aime ; il est la sagesse infinie, lorsqu'il constitue ce qui existe et doit exister, selon la loi de la vérité

* Jean, III. 16. — ** I. Jean, IV. 18.

suprême ; l'amour en Dieu est bonté, lorsqu'il distri-
bue ses dons avec sagesse ; enfin, l'amour de Dieu est
justice , toutes les fois qu'il proportionne la dispensation ou la diminution de ses dons, selon la règle de
sa sagesse et de sa bonté, en vue de la plus grande félicité de ses créatures. Approchez, mes frères, et contemplez de plus près la face redoutable de la justice
divine ; vous ne tarderez pas à y discerner le doux
regard de la miséricorde. Le péché est venu isoler
l'homme et le séparer de la source inépuisable de
l'amour divin : et voilà que cet amour s'arme
des rigueurs du jugement, pour détruire ce mur
de séparation. Mais attendu que la frêle existence
du pécheur ne pouvait, sous les coups de la justice
suprême , qu'être brisée et anéantie sans retour,
voilà que Celui qui chérit nos âmes, envoie à
leur secours son amour consubstantiel , c'est-à-dire,
son fils unique , *afin que Celui qui porte toutes choses par le Verbe de sa puissance* *, devint chair de
notre chair , sauf le péché, se chargeât pour nous du
double fardeau de nos misères et de la justice armée
contre nous ; pour que Lui seul épuisât tous les traits
de la colère divine, aiguisés contre la race humaine ;
et pour que rouvrant du haut de la croix de nouvelles
sources de miséricorde , Il en inondât cette terre naguère maudite, désormais rendue à la vie et à la félicité. Oui : *c'est ainsi que Dieu a aimé le monde.*

* Heb., I. 3.

Mais si le Père céleste, dans sa charité pour le monde, livre et immole son Fils unique ; c'est aussi par charité pour le monde que le Fils du Dieu vivant se livre lui-même : et de même que l'amour divin crucifie, l'amour est crucifié. *Bien que le Fils ne puisse rien faire comme de lui-même :* il ne peut non plus rien faire de contraire à sa propre volonté. *Il ne recherche point*, il est vrai, *sa propre volonté* * ; mais c'est qu'il est l'Héritier éternel et le Dépositaire de la volonté de son Père. Il demeure dans son amour ; mais Il y puise la prédilection de tout ce qui est cher à son Père céleste, ainsi qu'Il nous le déclare : *mon Père m'a aimé et moi je vous ai aimés aussi* **. Et c'est, ainsi, mes frères que la charité du Roi céleste embrassa par son Fils le monde entier ; pendant que la charité du Fils de Dieu consubstantiel à son Père s'élève simultanément vers le Père éternel et redescend vers le monde. Ici, que celui qui a des yeux pour voir, contemple religieusement la base profonde et la structure intime et primordiale de la Croix, qui se compose de l'amour du Fils de Dieu pour son Père éternel et de son amour pour l'humanité pécheresse ; se croisant l'un l'autre et se pénétrant mutuellement ; amours ineffables qui semblent diviser ce qui est *un*, mais qui, en réalité, ramènent toute division à l'unité. L'amour pour Dieu brûle du zèle de la gloire divine : l'amour pour l'homme se répand en compassions pour

* Jean, V. 30. — ** Jean, XV. 9, 10.

lui. L'amour pour Dieu réclame l'accomplissement de
la loi de justice : l'amour pour l'homme s'oppose à
ce que le prévaricateur périsse dans son iniquité.
L'amour pour Dieu s'élance à la poursuite de son ennemi : l'amour pour l'homme incarne la Divinité, afin
de rendre sa dignité à l'homme par l'attrait de l'amour
divin. Et alors même que l'amour envers Dieu *élève
au-dessus de la terre le Fils de l'homme* *, et que
l'amour de l'humanité ouvre les bras du Fils de Dieu
s'inclinant sur les enfants des hommes, ces deux ten-
dances opposées de l'amour se touchent, se confon-
dent, se mettent en harmonie et constituent enfin ce
signe impérissable de la croix au centre de laquelle la
miséricorde qui pardonne et la *vérité* qui juge, *se ren-
contrent ;* ce centre radieux où la *justice* de Dieu et
la paix de l'humanité *s'embrassent ;* centre créateur
par la vertu duquel *la vérité reluit du sein de la terre
et la justice s'incline du haut des cieux* avec un regard
de mansuétude ! C'est alors, et, c'est ainsi, mes frères
que le Seigneur verse sa *grâce* sur la terre, et que la
terre donne son *fruit* au ciel *.

La croix de Jésus, ouvrage de la haine des Juifs,
et de la démence des païens, n'est plus que l'image
palpable et terrestre de la céleste croix de l'amour.
Sans elle, l'instrument du supplice de Jésus n'aurait
jamais pu retenir Celui qui tient en ses mains la vie
de tout ce qui respire ; que dis-je, cette croix n'eût

* Jean, XII. 32, 34. — ** Ps., LXXXIV. 11, 12, 13.

jamais pu résister au contact du corps de Celui qui n'a-
vait besoin que d'un signe pour qu'aussitôt plus de
douze légions d'anges vinssent le délivrer. C'est en
vain qu'une troupe impure s'arme pour le saisir et le
charger de liens : ces satellites de la haine, portant des
flambeaux et des torches, pour éclairer leur sombre
chemin, ne voient pas que le Seigneur est déjà captif de
son amour pour la race humaine, *de cet amour aussi
puissant que la mort**. C'est en vain que l'inique San-
hédrin s'écrie : *Nous avons une loi, et, d'après notre
loi, Il doit mourir* : oui, il mourra ; mais uniquement
d'après la loi qu'il a lui-même proclamée ; *nul n'a d'a-
mour plus grand que celui qui le porte à donner sa vie
pour ses amis***. C'est en vain que les blasphémateurs
répètent : *Si tu es le Fils de Dieu, descends de la
croix*. Le Fils de Dieu se fera reconnaître, en ne descendant de sa croix qu'après être épuisé Lui-même,
dans le double et sublime élan de l'amour qui le ra-
vit vers son Père, auquel il rend enfin son esprit, et
de son amour pour les hommes, auxquels il prodigue
du haut de sa croix l'eau de la régénération, par la
pénitence, et son sang, source de la vie. *C'est à quoi
nous avons reconnu l'amour, en ce que pour nous il a
donné sa vie*. Avancez, plongez-vous chrétiens, dans
l'étude de ce grand mystère ; et cela, non-seulement
par la parole, aliment d'une curiosité stérile, mais, au
contraire, *en esprit et en vérité*. Par cette voie, vous at-

---

* Cantique des cant., VIII, 6.--**Jean, XV, 13.

teindrez enfin, s'il se peut, au dégré de familiarité avec la croix du Seigneur, qui vous fera trouver la plus douce des jouissances à répéter, en esprit de componction, avec Saint Ignace, martyr : *Mon amour est crucifié.*

Or, l'amour divin, en opérant efficacement par la croix de Jésus, devait nécessairement lui communiquer une vertu toute divine. Aussi voyez, mes frères, avec quelle rapidité, et quelle surabondance cette puissance s'épanche de la croix, et se propage au loin et à l'infini !

Si le grain de blé, disait Jésus-Christ, en parlant de lui-même, *si le grain de blé, en tombant sur la terre ne meurt pas, il demeure seul; mais s'il meurt, il produira beaucoup de fruits* *. Oh ! que ce grain précieux de semence divine, mourant sur la croix, est prompt à faire germer autour de lui les riches rejetons d'une vie nouvelle ! Voyez comment, avant la mort même de Jésus, sur cet arbre de malédiction, et sur les lèvres du larron repentant, s'épanouit la fleur de la prière : *Souviens-toi de moi dans ton royaume !* Fleur d'Eden qui, le jour même est transplantée dans le paradis ! Voyez comment, parmi les secousses de la terre ébranlée et des rochers qui se fendent, le cœur, non moins dur, d'un païen se brise, et porte le fruit des lèvres qui confessent le Sauveur : *En vérité, celui-ci était le Fils de Dieu !* Contemplez l'irrésistible entraî-

* Jean, XII. 24.

nement qui ramène et rassemble tous ceux qui avaient
délaissé Jésus vivant à l'entour de son sépulcre. Mais le
pouvoir vainqueur de la croix se manifeste surtout
dans Joseph d'Arimathée. Aussi long-temps qu'Il ne
connut Jésus que comme prophète et auteur de miracles, le courage manqua à Joseph pour se déclarer son
disciple, *il se cachait par la crainte des Juifs.* Mais
à peine eut-il appris que Jésus venait de mourir de la
mort des condamnés, qu'aussitôt Celui qui est enlevé
de la terre l'attire à soi avec une telle force, que Joseph n'écoute plus ni la vaine gloire, ni la vaine terreur des hommes, et se hâte de déclarer, en présence
des grands de ce monde, son dévouement au Crucifié :
Prenant courage, il entra chez Pilate, et demanda le
corps de Jésus*. N'est-ce pas enfin par la même puissance de la croix que tant de grains de blé, enfouis
depuis si long-temps dans le jardin de la mort, fruc-
tifièrent si soudainement, après la mort de Jésus : *et*
beaucoup de corps des-Saints ressuscitèrent.

Plus la puissance victorieuse de la croix s'étendra
au loin, et plus ses opérations seront éclatantes : elle
concentrera dans Jésus crucifié, tout pouvoir au ciel
et sur la terre ; elle fera éprouver les effets de sa domination salutaire aux esprits détenus dans la prison
des enfers ; elle l'exaltera par delà tous les cieux ; elle
en fera descendre le Consolateur envoyé par lui, car
le consolateur ne serait pas venu, si Jésus n'avait par-

* Marc , XV, 43.

couru le chemin de la croix, et ne l'eût pas transformé en *voie* véritablement *royale*. C'est alors que l'amour de Dieu s'épanchera sans mesure, et sans obstacle, dans les cœurs altérés des croyants, *par la vertu de l'Esprit-Saint* *; et que, triomphant de toutes les résistances, l'amour divin ramènera par une série d'épreuves ce monde racheté au but de la sanctification et de la glorification des élus. Que les ennemis de la croix de Jésus préparent une croix nouvelle à son, Eglise, inutile labeur! Ils ne font que lui apprêter un nouveau triomphe, et un surcroît de gloire. Que les sages de ce siècle décrient *la parole de la croix* , en l'appelant *folie*; cette parole ne sera folie que pour ceux qui doivent périr. Que les Juifs anciens et modernes demandent *un signe*, sans tenir compte des signes qui se déploient à leurs yeux , et que les Grecs demandent *de la sagesse* en paroles, là où il importe de croire effectivement à la sagesse de Dieu , toutefois , l'Eglise ne cessera jamais de prêcher *Jésus crucifié*, devenu *scandale* pour les Juifs et *démence* pour les Grecs et le Christ demeurera toujours pour ceux que Dieu a appelés : *Christ puissance et sagesse de Dieu* **. Enfin, que les temps formidables arrivent, lorsque *les hommes n'écouteront plus la saine doctrine , mais se choisiront eux-mêmes des docteurs, selon leurs convoitises, et, chatouillés par l'ouïe, fermeront l'oreille à la vérité et s'abandonneront à des fa-*

* Rom. V. 5. — ** I. Cor. I. 24.

bles*. Que, sur les pas de l'erreur les hommes amènent
la révolte contre Dieu, et fassent tarir la vérité dans sat
source, par le débordement de l'iniquité ; la puissance
de la croix, affrontant tous ces obstacles, s'étendra
comme après une seconde crucifixion du Seigneur,
par une effusion nouvelle sur toute l'humanité, et sur
toute la nature, elle ébranlera la terre, renversant à sa
surface ce qui était solide, abaissant ce qui était élevé,
éclipsant tout ce qui brillait, non pas tant pour ven-
ger Dieu de ses ennemis, lesquels d'ordinaire travail-
lent eux-mêmes à leur ruine, qu'en vue d'accélérer
et de consommer l'attraction de toutes choses vers
Celui qui s'est élevé au-dessus de la terre. De
même aussi, mes frères, la céleste charité, semblable à l'huile ménagée par les vierges sages à
l'insu de leurs compagnes insensées, sera conservée
jusqu'à l'heure où l'époux désiré paraîtra. Alors elle
se rallumera, elle lancera au loin de triples flammes, alors que seront célébrées les noces de l'Agneau,
alors que le ciel et la terre passeront avec la foi et
l'espérance et que *Dieu sera tout en tous***, parce que
dans toutes les âmes qui le posséderont habitera la
charité répandue en elles par la vertu de l'Esprit-Saint
et par l'efficacité du supplice de la croix.

Tels sont, chrétiens, le commencement, le milieu
et le terme de la croix de Jésus-Christ, toute com-
posée d'amour divin ! De même que dans cet univers

* II. Tim. IV. 3, 4. — ** I. Cor. XV. 8.

visible et palpable, soit que nous portions nos regards
vers l'orient ou vers l'occident, au sud ou au septen-
trion, partout notre œil plonge et se perd également
dans l'immensité du ciel : de même aussi, dans la
haute région des mystères et selon toutes les dimensions de la croix de Jésus, l'âme qui contemple se
perd dans l'Océan sans limites de l'amour de Dieu.
Ah ! cessons de balbutier témérairement sur cet ineffable sujet. Car plus la parole de la croix se prononce
et se manifeste, plus la langue de l'homme mortel
est réduite au silence, plus l'œil de l'intelligence terrestre demeure ébloui de la profusion des célestes
splendeurs qui s'échappent de la croix. L'éternel Auteur de cette croix, *le Père de notre Seigneur Jésus-*
Christ, vous donne selon la richesse de sa gloire d'être
affermis par son Esprit selon l'homme intérieur ; afin
que le Christ habite par la foi dans vos cœurs : et que
vous soyez enracinés et fondés dans la charité pour pou-
voir comprendre avec tous les Saints ce que c'est que
la latitude et la durée et la profondeur et la sublimité,
et concevoir (dans cette plénitude de la croix) la cha-
rité de Jésus qui surpasse toute intelligence, ensorte
que vous soyez accomplis en toute perfection qui vient
*de Dieu *.

D'ailleurs souvenons-nous que si nous ne sommes
pas chrétiens purement de nom, que si nous le sommes réellement ou si du moins nous aspirons à de-

* Eph. I. 14, 19.

venir véritablement les disciples de Jésus-Christ, comme tels nous avons aussi notre croix, selon son commandement : *si quelqu'un veut aller après moi, qu'il se renonce lui-même et prenne sa croix et me suive* *. Mais attendu que notre croix doit ressembler à celle de Jésus-Christ, n'est-il pas consolant de savoir que notre croix, d'après le modèle de la sienne, doit aussi se composer uniquement de charité et d'amour ? Oui, mes frères, cette croix que les hommes mondains fuient comme un instrument de supplice et qui arrache maintenant des gémissements douloureux à ceux-là mêmes qui la portent avec résignation, surtout parce qu'ils aggravent eux-mêmes le fardeau léger de Jésus, par inexpérience ou par pusillanimité en y ajoutant leurs propres fardeaux, cette redoutable croix, disons-nous, est *toute de charité;* du moins elle doit être telle. Qu'y a-t-il de plus consolant? Aussi que chacun de nous apporte ici sa chétive croix et l'applique à la grande croix de Jésus Christ, afin de s'assurer si elle est conforme à son modèle. Car il importe que nous le sachions : toute croix qui ne sera pas semblable à celle du Seigneur, loin de nous élever de la terre, ne fera que nous entraîner dans sa chute et se brisant sous notre poids servira d'aliment au feu éternel. Levons donc encore une fois nos yeux vers la croix du Rédempteur crucifié pour nous; par elle, la charité du Père céleste immole pour

* Matth. XVI. 24.

nous son Fils unique et bien-aimé ; comment notre charité se conforme-t-elle à ce divin modèle ? Sommes-nous prêts à consommer l'œuvre d'Abraham *, par le sacrifice de tout ce qui nous est cher sur l'autel de l'amour de Dieu, et cela sans hésitation, sans retour sur nous-mêmes, et contre toute espérance ? Voici la charité du Fils de Dieu qui se livre lui-même à la crucifixion, non seulement par un entier abandon à la justice de son Père, mais de plus à l'iniquité des pécheurs : notre charité nous a-t-elle appris le secret de cette résignation sans bornes aux décrets de Dieu, résignation comme celle d'Isaac et toujours prête à s'immoler, que ce soit pour la gloire de Dieu, ou pour la purification de nous-mêmes, ou en vue du bien qui peut en résulter pour le prochain ? Enfin voici la charité de Dieu qui s'épanche par l'effusion de l'Esprit-Saint du haut de la Croix, qui couvre les montagnes et comble les vallées, qui embrasse le temps et l'éternité, pour liquéfier et ranimer tout ce qui était endurci et ce qui était mort par l'inimitié, pour retremper toutes choses par la puissance vivifiante de l'amour : est-ce que notre charité sait aussi vaincre le mal par le bien, bénir ceux qui nous maudissent, prier pour ceux qui nous crucifient et ne pas compter dans ce monde un seul ennemi, quand même ce monde ne nous eût jamais donné un seul ami ? Nous n'ajouterons plus rien à ces questions for-

* Gén. XXII.

midables. C'est à la conscience de chacun de nous à continuer l'interrogatoire ; car c'est notre conscience qui nous révélera tôt ou tard, mais inexorablement, ou la désolation qui attend les ennemis de la croix, ou bien le triomphe, la paix et la gloire réservés à ceux qui la chérissent, selon le jugement final de l'Agneau de Dieu immolé sur la croix et à qui seul de la part de toute créature *appartiennent la bénédiction et l'honneur et la gloire et la puissance dans les siècles des siècles* *.

Ainsi soit-il.

* Apoc. V, 13.

SERMON

Pour le jour de Pâques.

Prononcé en l'année 1845.

———⟨⊙⟩———

CHRIST EST RESSUSCITÉ !

—

« *Alors il leur ouvrit l'esprit à l'intellignnce des Ecritures.* » (Saint Luc, XXIV, 45.)

—

COMBIEN de demeures deviennent accessibles et q
de portes s'ouvrent avec la seule *clef de David*, et ¡
un seul de ses mouvements !

Dans nos maisons, l'on a soin de bien clore, et
fermer à double tour la porte, pour n'y pas laisser ε
trer le voleur, ou pour y retenir un habitant indoci
Il en est de même dans la maison de Dieu; lorsq
le cultivateur et le gardien du paradis terrestre eût ε
levé le fruit de l'arbre de la science, aussitôt il

expulsé, l'enceinte d'Eden se ferma, et un gardien plus puissant que l'homme fut chargé d'en interdire l'entrée, armé qu'il était d'un glaive de feu. Et attendu, qu'en outre, le coupable devait être puni, et que, sur la terre d'exil, sa postérité s'abandonnait à l'esprit de rébellion et d'orgueil, Dieu voulut qu'Adam et ses descendants passassent, l'un après l'autre, par les portes de la mort, et fussent relégués dans un lieu de détention, non pour quelques jours, mais pour des siècles. L'on aperçoit également comment la maison du Seigneur fut interdite à l'habitant devenu indigne ; et cette demeure c'est le ciel, auquel on ne pouvait arriver qu'en traversant le séjour d'Eden.

Enfin, le Fils unique du Père, qui dispose des célestes demeures, vient, selon le décret de la miséricorde divine et de son amour pour l'homme délivrer les captifs et ramener les exilés. La clef de David, qui ouvre toutes les portes, c'est la double nature divine et humaine en Jésus-Christ, en vertu de laquelle la divinité descend dans tous les abîmes de la misère humaine, tandis que l'humanité se relève et rentre dans les profondeurs de la divinité. Le mouvement subit de cette clef, sous laquelle tout s'ouvre, n'est autre chose que la résurrection du Christ. C'est elle qui ouvre la prison des esprits, et en retire les détenus ; c'est elle encore, qui ouvre le paradis, et les exilés y sont accueillis ; elle ouvre les cieux, et les cieux se déploient dans l'attente des élus. La vérité que je viens de proclamer à vos oreilles, l'Eglise la peint à vos regards, mes chers frères, puisqu'elle maintient les portes de ce sanctuaire constamment ouvertes durant tout le cours hebdomadaire de la solennité pascale.

Mais faisons attention à une autre porte, que cette même clef de David ouvre en même temps, porte imperceptible peut-être, mais qui conduit au réceptacle des trésors divins. *Alors il leur ouvrit l'esprit,* nous apprend le Saint Evangéliste. Ce fut alors que le Seigneur ouvrit l'intelligence des Apôtres. Quand cela? Lorsqu'il ressuscita, leur apparut, leur montra ses plaies, mangea devant eux, et affermit à jamais leur foi en sa résurrection. *Alors il leur ouvrit l'esprit à l'intelligence des Ecritures, et leur dit : Ainsi il est écrit, et c'est ainsi que le Christ devait souffrir et ressusciter d'entre les morts, au troisième jour, et qu'en son nom la pénitence, et la rémission des péchés, devaient être prêchées à toutes les nations, en commençant par Jérusalem.* Que l'intelligence de ceux qui nous écoutent s'ouvre donc aussi à l'importante vérité qui nous est révélée, savoir : que la résurrection de notre Seigneur, et la foi en elle, ouvrent l'esprit humain, naguère captif, à l'intelligence des objets sublimes et salutaires, offerts à sa méditation.

En effet, n'y avait-il pas long-temps que *Jésus avait commencé de prêcher et de dire : faites pénitence, car le royaume des cieux est proche* (Matth., IV, 17). Or, les apôtres furent les premiers à entendre cette prédication solennelle; eux aussi à leur tour furent envoyés avec la même mission : *allez et*

*préchez en disant : que le royaume des cieux appro-
che* (Matth., X, 7). Les voilà donc dès long-temps
appelés à écouter le sermon sur la pénitence et sur le
royaume de Dieu ; les voilà chargés de le répéter aux
peuples ; cependant leur esprit demeure encore fermé :
chose invraisemblable, mais que la parole de Dieu
atteste. Ce fut après sa résurrection que le Seigneur
leur ouvrit l'esprit à l'intelligence des écritures et que
les considérant comme initiés à cette vérité, il leur dit :
*que c'était ainsi que la pénitence devait être préchée
en son nom avec la rémission des péchés.* Jusque là
les apôtres connaissaient la pénitence comme un exercice salutaire : aujourd'hui ils approfondissent ce que
c'est que la pénitence *en son nom* et ce qui constitue
l'esprit et l'efficacité de la repentance. Ils en avaient
connaissance comme d'une nécessité et d'un devoir ;
aujourd'hui les voilà qui découvrent le fruit et le prix
de la pénitence, je veux dire la rémission des péchés.
Naguère ils ne pouvaient qu'annoncer les approches
du royaume des cieux : mais aujourd'hui ils peuvent
rendre témoignage à la manifestation de ce royaume
au-dedans d'eux-mêmes. De même aussi, ce fut de
bien bonne heure, à plusieurs reprises et avec détail,
que le Seigneur prédit aux apôtres sa passion et sa
résurrection. Tantôt Il donnait à cette prédiction la
forme d'une parabole comme lorsqu'Il disait aux
juifs : *détruisez ce temple et dans trois jours je le
releverai* (Jean, II, 19). En entendant ces paroles,
les juifs pensaient au temple de Jérusalem : *mais Lui*

leur parlait du temple de son propre corps (II , 21).
Au demeurant, les paraboles sur ce sujet étaient quelquefois tout aussi compréhensibles qu'un discours sans
figure, par exemple, *de même que Jonas demeura*
dans les entrailles de la baleine trois jours et trois
nuits ; de même aussi le Fils de l'homme sera dans
les entrailles de la terre trois jours et trois nuits
(Matth. , XII , 40). Mais ce n'est pas tout. C'est ainsi
que le Seigneur s'exprimait en présence des apôtres
à l'égard de la foule ; mais plus d'une fois, Il parla
de sa résurrection à ses disciples sans employer de
figure, avec précision et clarté, par exemple, lorsqu'Il disait : *voici que nous allons à Jérusalem et tout*
ce qui a été écrit dans les livres des prophètes sur le
Fils de l'homme sera accompli ; car on le livrera aux
païens et on l'accablera d'outrages et on lui crachera
au visage et on le mettra à mort et Il ressuscitera
au troisième jour. (Luc, XVIII , 31 , 33).

Peut-on parler plus clairement ? Peut-on, ce semble, ne pas saisir le sens de ces paroles ? Et vous
ajouterez peut-être, mes frères, se pourrait-il qu'on
ne les ait pas comprises ? Or, le Saint Évangéliste,
ayant prévu ce doute affirme avec intention, qu'en
effet, on ne les comprit point. *Ceux-ci* (savoir les
apôtres), *ne comprirent rien de toutes ces choses,*
et ce discours leur demeura caché et ils ne comprirent
pas ce qu'on leur disait. Un autre évangéliste rapporte
qu'en une autre occasion, les apôtres ayant entendu
le Seigneur parler de sa résurrection, eurent tant

de peine à saisir le sens de ses paroles, qu'ils s'y arrêtèrent et disputèrent entre eux, comme sur une énigme insoluble. *Ils gardèrent cette parole en eux-mêmes, discutant sur ce que c'était que ressusciter d'entre les morts.* (Marc, IX. 10.) Il est donc certain que ce ne fut qu'après sa résurrection, que le Seigneur ouvrit l'esprit de ses disciples à l'intelligence des écritures, sur ce que *le Christ devait souffrir ainsi et ressusciter d'entre les morts au troisième jour.*

J'ai tout lieu de craindre, que malgré tant de témoignages éclatants tirés de l'Evangile, un si étrange obscurcissement de l'esprit dans la personne des apôtres, avant la résurrection de Jésus, et une illumination aussi soudaine de leur sphère d'intelligence par le seul fait de l'apparition du Seigneur, que ce contraste, disons-nous, ne demeure encore un mystère pour beaucoup de personnes. Oh, si le Seigneur daignait nous ouvrir l'esprit et nous rendre capables de proférer avec clarté et d'accueillir avec édification, la vérité qui enseigne de quelle manière l'intelligence de l'homme s'ouvre à la lumière du Christ ressuscité, par la puissance de la foi en Lui !

La parole de Dieu désigne l'esprit sous le nom d'œil, l'intelligence sous le nom de vision, l'ignorance comme un aveuglement, ainsi que le Seigneur l'a dit, dans le passage suivant : *C'est pour le jugement que je suis venu en ce monde, afin que ceux qui ne voient point voient, et que les voyants deviennent aveugles.* (Jean, IX, 39.) Or, nous savons que la venue de Jésus-Christ

en ce monde n'a frappé personne de cécité corporelle,
mais, en revanche, à cette époque, il y eut beaucoup
d'aveugles d'esprit. Suivons donc l'indication que nous
fournit la parole divine, pour approfondir l'état et les
opérations de la raison humaine, d'après les analogies de
la vue, et de ses fonctions. L'œil aperçoit les objets en
partie d'après leurs propriétés, ainsi, par exemple,
la lumière lui apparaît radieuse; en partie, il la découvre, en vertu de sa propre organisation, et de son
état spécial. C'est ainsi que l'œil de l'aveugle, s'éclair-
cissant par dégrés, d'abord voit les hommes comme
des *arbres qui marchent*, puis, après son entière guérison, ce même œil discerne tout avec netteté. Mais,
en partie, notre œil voit les objets sous l'influence
du milieu qui remplit l'intervalle entre les spectateurs
et ce qu'il contemple. Aussi est-ce autre chose que
de voir les objets au clair de lune, et à la lueur
des étoiles, autre chose de les envisager à la clarté
du soleil. De même l'œil de l'esprit voit les objets
spirituels diversement, notre intelligence les conçoit, tantôt d'après leurs qualités spéciales, et c'est
ainsi que les *œuvres invisibles de Dieu, depuis la création du monde, sont conçues par les créatures et deviennent visibles à l'esprit*; tantôt l'intelligence voit les
objets selon son organisation et l'état où il se trouve.
Ainsi l'esprit humain, dans l'enfance, voit les objets superficiellement, à leur surface, et, le plus souvent, sans
ordre, ni association d'idées, pendant qu'un esprit mûr
et formé voit ces mêmes objets moins superficiellement,

cherche à les approfondir et découvre leurs affinités.
Tantôt l'intelligence conçoit, à l'aide de la lumière
peut-être, ou naturelle ou surnaturelle, ou emprunte à
cet univers assemblage de matière et d'esprit, ou bien
elle est spirituelle, divine même, selon ce qui est
écrit : *c'est dans ta clarté que nous verrons la lumière.*
Et remarquez, mes frères, que la structure de notre œil
corporel n'est adapté qu'à de certains degrés de lumière,
en sorte que la lumière en s'affaiblissant nous prive de
la faculté de voir, ou dans d'autres cas nous aveugle,
par son intensité. Mais l'organisation de l'esprit humain, considéré comme instrument spirituel, possède
une toute autre énergie, et bien plus de variété. Une
même intelligence est susceptible de déchoir jusqu'à
la condition d'oiseau nocturne, qui ne voit que dans
les ténèbres, ou bien à celle d'un animal féroce, qui
rôde cherchant sa proie, à la lueur de la lune et des
étoiles, ou bien enfin, fidèle à la loi de sa propre nature, notre intelligence est capable de se mouvoir au grand
jour et de contempler les beautés si variées de la création à la sublime clarté du ciel. Oui, notre esprit tantôt descend et se renferme dans la région inférieure des
sens, tantôt s'élève et trouve accès à la lumière spirituelle, alors il s'épure et s'épanouit jusqu'à recevoir la
lumière divine.

Quiconque aspire à contempler les choses spirituelles, certes, ne doit pas se contenter d'ouvrir les yeux du
corps, et d'allumer le flambeau des sens. Plus l'objet
de la contemplation est sublime, plus l'état de notre

esprit doit s'exalter, plus doit s'épurer la lumière qui sert d'intermédiaire à la vision. Il nous faut donc le secours d'une lumière divine, pour contempler ce qui est divin ; il faut de plus, que notre esprit soit organisé conformément à cette auguste fonction. *C'est à la clarté, Seigneur, que nous verrons la lumière.*

La parole de Dieu, les mystères du royaume de Dieu, la doctrine salutaire et les œuvres de Jésus-Christ, sont évidemment des objets divins : il faut donc à l'homme, pour les contempler, sans trouble ni mélange, il lui faut, disons-nous, une lumière divine, une lumière émanant du Christ, une lumière répandue par l'Esprit-Saint, et l'épanouissemet de notre intelligence, par la vertu de cette lumière incréée. Aussi long-temps que ce changement n'est point opéré dans l'homme, l'esprit entend la parole divine, il en voit même l'opération et les fruits, mais il ne peut en embrasser l'étendue, en mesurer la sublimité, en sonder les profondeurs, et cela, parce que l'œil de l'esprit est demeuré dans la région naturelle, et que rien ne l'a préparé aux vives splendeurs d'en haut.

Voilà pourquoi les Apôtres même, après avoir vu des yeux de la chair, la résurrection du fils de la veuve de Naïn, ne pouvaient néanmoins élever leur intelligence jusqu'à résoudre la question : *Qu'est-ce que ressusciter d'entre les morts?* Voilà pourquoi le Seigneur dit à ses Disciples : *J'ai encore beaucoup de choses à vous dire, mais vous ne pouvez le supporter présentement.* Quand donc, Seigneur, pourront-ils porter la parôle et concevoir tes œuvres? Jésus répond : *Lorsqu'il viendra, lui, l'Esprit de vérité, il vous enseignera toute vérité.* (Jean XVI, 12, 13.) Mais quel est l'obstacle à la venue de l'Esprit de vérité? C'est à quoi l'Evangile répond encore : *Il n'y avait pas encore d'Esprit-Saint, parce que Jésus n'était pas encore glorifié.* Cependant, il ressuscite; jusqu'alors la nature divine reposait en lui dans son humanité, mais dès-lors, la nature humaine en Lui s'élève jusqu'à la divinité. Et c'est ainsi que son humanité se manifeste et se pénètre d'une lumière divine, que rien ne voile et qui rayonne au loin autour de lui, l'Homme-Dieu apparaît comme le soleil du genre humain et commence à dissiper les sombres nuages qui l'environnent, sa splendeur frappe les yeux que la foi en sa résurrection avait dessillés, les ouvre et les dilate encore en les élevant à la contemplation des œuvres de Dieu et à l'intelligence de sa parole. *Alors il leur ouvrit l'esprit pour comprendre.*

Que, si la rapidité de cette illumination soudaine de l'intelligence nous surprend, ce phénomène n'a cependant rien d'étrange ni d'incompatible avec une lumière toute céleste. Le soleil, à son lever, nous découvre un monde tout entier de phénomènes divers; est-il donc surprenant que la lumière de la grâce, la lumière du Saint-Esprit, dont l'Apôtre compare les effets au jour naissant et à l'aube qui colore l'horizon, qu'une telle lumière, disons-nous, découvre subitement à nos regards l'immense région de l'intelligence pirituelle. D'ailleurs, la lumière naturelle, comme celle qui est divine, présente une gradation par rapport à ceux qu'elle éclaire; l'une et l'autre ont leur aurore et leur plein midi. Pour les Apôtres, le jour nâquit au moment où le Seigneur souffla sur eux et leur dit : *Recevez l'Esprit-Saint.* (Jean, V, 22.) Et ce jour atteignait pour eux le midi, alors que le Saint-Esprit descendit sur leurs têtes, sous la forme de langues de feu.

Mais, tant que notre œil est encore trop faible pour jouir avec plénitude de la lumière par laquelle le Seigneur ressuscité ouvre notre intelligence, portons un instant nos regards vers la région opposée des ténèbres, afin d'apprendre à mieux chérir cette lumière vraiment merveilleuse, à la jouissance de laquelle nous sommes appelés. Voyez, mes frères, à l'instant où la foi dans la résurrection épanouit l'intelligence des apôtres, voyez, dis-je, comment l'incrédulité renferme l'intelligence des juifs dans des ténèbres palpables et pour ainsi dire matérielles. En effet, que pensent-ils, que disent-ils de la résurrection du Sauveur? *Ce bruit est répandu parmi les juifs jusqu'à ce jour.* Quel est ce bruit? cette version que les prêtres et les anciens inculquèrent aux guerriers, gardiens du saint Sépulcre : *Ses disciples étant venus de nuit l'ont dérobé pendant que nous dormions.* (Matthieu, XXVIII. 13.) Voilà donc le bruit répandu, accrédité parmi les juifs et ces aveugles y ajoutent foi. Cela est-il possible? Comment pourrait-on dérober le le corps de Jésus, puisque vous aviez entouré la tombe de soldats? Mais ils dormaient, disent les juifs. Quoi! des guerriers en faction dormaient? Oui, selon l'opinion des juifs. Cependant étaient-ils tous endormis? Oui, aucun d'entr'eux ne s'éveilla, bien qu'il fallut pour enlever le corps, déplacer la pierre sépulcrale, *qui était très-grande*, ce qui exigeait les efforts de plusieurs hommes et ne pouvait s'effectuer sans bruit? Pas un des soldats ne s'éveilla. Soit; mais qui sont ceux qui attestent que le corps a été dérobé? Ces mêmes soldats. Comment? Ces mêmes sentinelles qui s'endormirent toutes d'un sommeil si lourd rendent témoignage à ce qui se passa pendant leur sommeil, à ce qu'ils n'ont point entendu? Qui a l'audace de débiter des fables aussi absurdes? Ce sont les juifs incrédules. Demandons encore comment les disciples de Jésus qui prirent la fuite à la première ombre de péril, résolurent-ils ensuite de tenter une entreprise aussi téméraire qu'inutile, en dérobant le corps de leur Maître expiré; et cela du fond d'un tombeau scellé et gardé à vue par ordre de l'autorité suprême? C'est que l'incrédulité ne raisonne point; elle lance au milieu de la foule des paroles qui lui plaisent, par cela seul qu'elles respirent l'incrédulité! Mais du moins lorsque tout le monde sut que le larcin avait été commis par la faute des gardes, malgré le sceau du pouvoir et par des coupables découverts, n'a-t-on pas livré à la justice les gardes et les ravisseurs? Loin de là. Le chef de la garde n'a aucun souci, ses subalternes de même et les ravisseurs présumés passent encore huit jours dans Jérusalem, sans qu'aucun des chefs de la nation, jusque là si sévères, s'avisent de les citer en justice pour cause de délit aussi grave. Enfin est-il possible que la fable de l'enlèvement du corps de Jésus eût encore cours parmi les juifs, comme quelque chose qui mérite attention ? Oui ; cela est possible, parce que l'esprit de l'homme, une fois endurci dans l'incrédulité, pareil à un oiseau nocturne n'aperçoit les objets que dans les ténébres de l'incrédulité, n'aime et n'accueille que ses propres rêves et fuit l'éclat de la lumière, qui lui brûle les yeux. *Ce bruit est répandu parmi les juifs jusqu'à nos jours.*

Chrétiens ! Christ ressuscité ouvrit autrefois l'intelligence des apôtres et répandit sur eux par la foi une lumière divine, non pas uniquement pour eux, mais encore afin, qu'à leur tour, ils nous ouvrissent l'esprit et pour que la foi nous rendit enfants de lumière. Le Seigneur permit que la fable absurde qui nous montre le funeste aveuglement des juifs parvint jusqu'à nous, pour nous donner l'horreur de l'incrédulité. N'allez pas dire avec Saint Thomas : *à moins que je ne voie, je ne croirai point.* Souvenez-vous de la parole du Seigneur : *Tu crois ; or, tu verras de plus grandes choses ; bienheureux ceux qui n'ont pas vu et qui ont cru. Ayez foi dans la lumière pour que vous deveniez enfants de la lumière.* (Jean, XII, 36.)

Que la foi et l'amour attirent vers vous les splendeurs du jour, qui se lève de ce sépulcre source de vie, que la lumière qui en émane ouvre votre esprit à l'intelligence des mystères du salut et vos cœurs au sentiment intime de ce royaume de Dieu qui est *au dedans de vous*; qu'au fond de ce cœur, devenu accessible au royaume de Dieu, s'ouvrent aussitôt pour vous le Paradis et le Ciel! Prenons garde, mes frères, que le péché et le manque de foi ne viennent refermer ce qu'a déjà ouvert pour nous la clef de David.

Ainsi soit-il !

SERMON

Prononcé le jour de Pâques,

Sur la leçon de l'Evangile du jour et sur la sainte joie.

———⊷⊛⊶———

CHRIST EST RESSUSCITÉ!

—

L'ÉGLISE de Jésus-Christ vient de faire retentir solennellement à nos oreilles la plus sublime des révélations évangéliques : *Au commencement était le Verbe, et le Verbe était avec Dieu, et le Verbe était Dieu,* et ainsi de suite. Or, comme nous savons qu'elle a coutume de signaler l'objet de chaque fête religieuse, par une leçon tirée de l'Evangile, afin de nous fournir matière à de pieuses réflexions, propres à l'enseignement spirituel, que dois-je faire maintenant, mes frères ?

Essaierai-je de ravir et de transporter vos âmes loin de cette terre et de les enlever bien au-dessus du soleil et des astres ? Les guiderai-je vers la région des cieux, en passant à côté de la hiérarchie des anges , pour atteindre au sommet de toutes les choses créées, là, où il n'y a plus de temps, parce que la permanente et indivisible éternité se manifeste là, où l'espace est absorbé par l'infini; dans cette région supérieure, d'où un seul regard jeté en arrière suffirait pour nous convaincre qu'il n'est rien d'exagéré, que plutôt tout est faible, dans cette expression du sage qui a dit : *Que tout l'univers est devant Dieu, comme ce petit grain de sable, qui fait à peine pencher la balance, et comme une goutte de la rosée du matin qui tombe sur la terre?* (Sag., XI, 23.) Ou bien, vous demanderai-je, mes frères, de vous mettre en sentinelles pour contempler avec l'évangéliste Saint Jean, et cela beaucoup plus haut que ne l'était le prophète Habacuc ; car ce dernier voyait en esprit le Fils de Dieu, tandis que l'Evangéliste l'aperçoit dans le mystère de sa génération éternelle, antérieure à tous les siècles ? Vous entretiendrai-je de ce principe : *Au commencement*, dans le sens élevé de ce principe de tous les principes, ainsi que s'est exprimé le Roi-prophète (Ps., XXIX, 12.), de ce principe qui a devancé l'origine des temps et a tout commencé dans l'éternité même, sans qu'aucun autre principe l'ait jamais précédé, ni lui ait assigné des limites ?

Trouverai-je des paroles pour mettre à la portée de l'intelligence et proférer ce Verbe , qui est au-dessus de la conception des hommes et des anges, et que nulle langue ne peut articuler , ce Verbe qu'a énoncé uni-

quement et qu'énonce ou engendre éternellement le
Père éternel, Verbe qui seul a nommé toutes les
créatures, non pas par des noms explicites qui les font
connaître, mais substantiellement, en les appelant à la
vie et à la félicité? Essaierai-je de traduire en termes
plus simples, le sublime récit du plus sublime des théologiens, lorsqu'il nous dit : *qu'au commencement était
le Verbe,* ce qui signifie qu'il a commencé, non de
manière à ce qu'on puisse se le représenter avant qu'il
fut, mais comme ayant existé avant tous les temps,
dans la source éternelle, de même qu'il subsistera toujours, en vertu de sa pérennité : que le Verbe a été en
Dieu, c'est-à-dire, qu'il est le Fils unique dans le sein
de son Père, duquel il ne s'est point séparé ni détaché par sa naissance, mais qu'il est consubstantiel au
Père et au Saint-Esprit; enfin, que le *Verbe est Dieu,*
c'est-à-dire, que ce nom divin lui appartient dans le
sens propre, comme à Dieu le Père et au Saint-Esprit; toutefois de manière à ce que dans les trois personnes divines il n'est qu'un seul Dieu par substance,
que c'est ce Verbe, consubstantiel de Dieu, qui a créé,
sans exception toutes choses terrestres, visibles et invisibles, qu'en lui réside la vie, autrement la source
vivante de tout ce qui vit, et principalement de tout
ce qui est doué d'une vie spirituelle et immortelle ; que cette vie primordiale et génératrice
a toujours été pour les hommes une lumière qui brillait à leurs yeux dans le Paradis, qui ne se cacha pas
entièrement à leurs regards sur la terre, ne s'éteignit

point dans la nuit du paganisme, bien que celui-ci ne sut ni la discerner ni la recevoir ; qui se manifesta par des ombres dans la loi de Moïse et par une aurore naissante dans les prophètes ; jusqu'à ce qu'enfin le verbe fait chair parut comme le soleil dans les splendeurs du midi, rayonnant de vérité, armé d'une puissance vivifiante et miraculeuse, en sorte que dans sa vie terrestre, sa prédication, ses œuvres divines, dans sa passion volontaire et sa mort, surtout dans sa résurrection, *Nous avons contemplé sa gloire, gloire telle que le Fils unique devait la recevoir du Père, Lui plein de grâce et de vérité ?*

Vous voyez, mes frères, que je m'essaie à peine à méditer les choses divines sous la conduite de Saint-Jean, et déjà peut-être le peu que j'ai dit implique beaucoup de mérite, vu l'extrême infirmité de mes discours et vous ne m'en voudrez pas si j'ajoute, vu l'insuffisance de vos conceptions. Car, remarquez que parmi les évangélistes inspirés, le *fils du tonnerre* est le seul à qui il fut donné d'évangéliser comme la voix du tonnerre, toute la céleste majesté du Verbe-Dieu.

Quoiqu'il en soit, toutes les fois que nous entendons les accents du tonnerre, nous sommes loin de comprendre ce formidable langage aussi pleinement que l'évangéliste comprenait la voix des sept tonnerres, nous sentons néanmoins que leurs roulements nous annoncent les grandeurs de Dieu ; de même aussi, lorsque nous prêtons l'oreille aux paroles de Saint-Jean sur le Verbe-Dieu, bien que nous ne puissions les comprendre pleinement, tant à cause de notre impureté, que de la sublime élévation du sujet, nous sentons cependant, mes frères, que ses paroles nous révèlent la majesté essentiellement divine et pour nous salutaire de notre Seigneur Jésus-Christ. Or, cela doit nous suffire.

Il y a tout lieu de nous demander, mes frères, pourquoi l'église notre institutrice inspirée a cru devoir signaler ce grand jour d'allégresse par une leçon de l'évangile qui est d'une intelligence aussi difficile. En mémoire de la résurrection n'eut-il pas été plus convenable de nous présenter le récit de cette même résurrection et de fournir ainsi de nouveaux motifs de joie en un jour consacré à la joie? Ce sentiment ne fut-il pas le premier fruit de la résurrection du Seigneur, bien qu'alors la joie fut mêlée de crainte, à l'aspect de tant de miracles? Aussi les saintes femmes venues *pour voir le sépulcre*, ayant reçu le message de la résurrection de Jésus-Christ, *s'en allèrent-elles avec terreur et avec joie porter cette nouvelle à ses disciples.* (Mathieu, XXIV. 8.)

Le ressuscité lui-même ne recommanda-t-il pas l'allégresse au jour de sa résurrection? — *Voici que Jésus les rencontra et leur dit : réjouissez-vous* (Id. 9.) Qu'arriva-t-il aux apôtres lorsqu'ils revirent leur maître et se furent assurés de la réalité par les traces de sa crucifixion? *Les disciples se rejouirent en voyant le Seigneur.* (Jean, XX. 20.) D'ailleurs l'Église elle-même n'admet-elle pas aujourd'hui plus que jamais le règne exclusif de la joie, puisqu'elle remplit tous ses offices de chants de triomphe et de cantiques solennels, par préférence à toute lecture et à toute instruction ?

Je dis tout cela sans prétendre demander compte à notre mère des règles qu'elle a prescrites, mais uniquement pour vous faire mieux comprendre le sens de ses institutions et pour vous apprendre à vous y mieux conformer.

Quelle fut, mes frères, la pensée de l'église, lorsqu'au milieu des transports d'une pure joie, elle invita ses enfants à méditer avec efforts une vérité sublime et à contempler avec recueillement ce grand mystère de vérité ? Il est évident qu'elle ne l'eût pas fait, si elle avait supposé en nous les émotions d'une joie sensuelle mêlée de vanité, dissipée et bruyante. Que si l'Eglise nous appelle à des méditations si hautes, c'est parce qu'elle nous attribue un élan d'allégresse spirituelle, aussi pure qu'elle doit être paisible et élevée ; car, en effet, une joie semblable, loin de mettre obstacle aux pensées profondes et recueillies, possède au contraire la propriété de mieux disposer l'homme aux plus sublimes contemplations. L'histoire évangélique nous fournit à l'appui de cette assertion les exemples les plus convaincans. Lorsque la future mère du Précurseur et celle du Messie éprouvèrent en se revoyant une joie pure et sans mélange, en sorte que la joie de Sainte Elisabeth se communiqua au fruit de ses entrailles, quel fut le résultat de ce triple et sublime transport ? Les deux mères ressentirent l'inspiration divine et toutes deux prophétisèrent. Lorsque Thomas, en proie au doute qu'avaient surmonté ses condisciples se privait des joies de la résurrection, sitôt qu'il en eut puisé d'abondantes dans les blessures mêmes du Seigneur, ne voyez-vous pas comment cette joie opère en lui ? Elle éclate et s'épanche par une sainte et sublime confession. *A cela Thomas répondit et lui dit : mon Seigneur et mon Dieu* (Jean, XX, 28). Rien de plus naturel ; car il n'est rien qui ramène plus directement à la foi et à la certitude sur la divinité de Jésus-Christ, que le miracle de sa résurrection.

Nous commençons donc, mes frères, à mieux discerner la nature de la joie qui doit aujourd'hui régner dans nos âmes, pour les rendre dignes de la sainteté de la fête, et fidèles aux intentions de notre mère l'Église. O vous, enfants de lumière qu'elle a engendrés, apprenez à jouir, à vous pénétrer de la suave lumière que le Seigneur ressuscité répand sur vous avec tant de profusion. En vérité, s'il est assez difficile de dogmatiser saintement sur les mystères; il est au contraire beaucoup plus aisé de se réjouir saintement. Veillez donc sur vous-même, afin que votre allégresse présente soit spirituelle, pure, pacifique et capable de donner à vos âmes un pieux essor.

Lorsque, avertis peut-être par les *vierges sages* des approches de l'heure solennelle qui est agréable au céleste époux, vous êtes accourus, mes frères, à minuit, vos flambeaux à la main, et que vous êtes entrés en foule dans son temple; *(a)* lorsque disputant au sommeil les prémices de ce grand jour, vous les consacrez aux louanges du Seigneur, à son évangile, aux augustes mytères et à la parole de vérité : vous manifestez évidemment une allégresse spirituelle et pure. Toutes les fois que vous vous donnez les uns aux autres le baiser de paix, sans vous détourner de qui que ce soit vous témoignez ainsi une joie pacifique. Alors que toutes les bouches se remplissent des noms sacrés du Christ, et des cantiques de sa résurrection; je n'hésite pas, mes frères, à reconnaître dans tout ceci la touchante expression d'une joie qui transporte vos âmes dans la région où le Christ règne ressuscité. Jusqu'ici tout réjouit et tout console; cette sainte matinée resplendit d'une joie pieuse.

Mais hélas ! le reste de la journée et le soir de ce jour, et la semaine pascale que l'Eglise consacre toute entière aux joies de la résurrection, seront-ils, mes frères, dignes de cette nuit et de ce matin religieux ? Bientôt l'allégresse spirituelle ne sera-t-elle pas engloutie par l'ivresse des sens ? Tout ce que vous venez de recueillir pour vos âmes, aux pieds des autels, ne le vois-je pas, au sortir de ce temple, se dissiper au souffle de la vanité? Après ces pompes sacrées après ce spectacle céleste et religieux, n'éprouverez-

(a) Allusion à l'office de minuit, qui signale la fête de Pâques en Russie, comme dans tout l'Orient chrétien.

vous pas le besoin de ces spectacles mondains et vul-
gaires, où les choses, que dis-je, où l'homme même,
se transforment en jouets pour subjuguer l'attention de
vos esprits et se jouer des mouvements de votre cœur :
spectacles, disons-nous, où la passion, la folie et le
vice se personnifiant de mille manières, vont absor-
ber à l'envi votre temps, vos éloges et même vos
ressources pécuniaires, ces deniers que naguère
peut-être l'on refusait à l'indigence? N'est-ce pas
là ce que le prophète appelle l'*ignominie de la joie*?
Les enfants des hommes, dit-il, *ont souillé la joie*
(Joel., I, 12). Je vous conseille et vous conjure,
mes frères, de ne point couvrir de honte par la
suite, l'allégresse dont vos cœurs palpitent dans ce
moment. Est-il convenable de transformer en amusements frivoles, une joie qui vous fut acquise par le
sacrifice et la douleur? *Notre Pâque est Christ qui a
été immolé pour nous, c'est pourquoi*, continue l'apôtre, *célébrons-la non avec le vieux levain, ni avec
celui de la malice et de la ruse, mais sans levain,
avec pureté et vérité* (I. Cor., V, 7, 8). *Comme en
plein jour, marchons avec bienséance : ne vous laissez
point aller aux débauches, ni aux ivrogneries; aux
impuretés, ni aux dissolutions ; aux querelles, ni à
la jalousie. Mais revêtez-vous de notre Seigneur Jésus-
Christ* (Rom., XIII, 13, 14). Oui, Il possède assez
de lumière et de joie incorruptible, pour en combler
chacun de nous, en sorte que nul n'ait besoin de
poursuivre loin de lui de vains fantômes, ni de cher-

cher la pâture d'une âme insatiable dans sa corruption. Allez et cherchez la joie que vous trouverez toujours dans sa véritable source. *Réjouissez-vous constamment dans le Seigneur*, *et je vous le répète encore: réjouissez-vous* (Ph. IV, 4).

Ainsi soit-il.

SERMON

Pour le jour de la Pentecôte.

Prononcé à Saint-Pétersbourg, en 1814.

—◁◈▷—

« *Soyez remplis de l'Esprit-Saint.* » (Eph., V, 18.)

L'AME de toute solennité c'est la présence de celui
que l'on célèbre. Or, pour nous, qui fêtons le jour de
la descente du Saint-Esprit, qu'y aurait-il de plus désirable que la visitation du Consolateur céleste, au milieu de la réunion qui lui est consacrée, alors même
qu'il ne descendrait pas sur nous maintenant, sous la
forme de langues de feu, et ne les ferait pas resplendir sur nos têtes. Ah! si du moins il daignait allumer dans nos cœurs une étincelle mystique de ce feu
qui émane de lui, jusqu'à les embraser par le sentiment de sa présence divine; de même qu'autrefois il
réchauffa *les cœurs trop lents,* dans la foi de deux disciples, et les rendit capables de découvrir, en eux-mê-

mes une trace de la présence du Seigneur : *est-ce que notre cœur ne brûlait pas au-dedans de nous, alors qu'il nous parlait le long du chemin ?* (Luc XXIV, 32.) Mes frères, ce don est si grand, si inestimable, que je ne sais, en vérité, si on peut le demander à la source de tout bien, sans éprouver un tremblement intérieur, et le plus profond étonnement de tant d'audace ! Cependant, l'Eglise nous invite chaque jour, et au début de chaque oraison, à implorer le Saint-Esprit pour que non-seulement *il vienne* vers nous, mais encore pour qu'*il habite* en nous (*a*).

Mais précisément l'objet de cette aspiration de notre part, qui nous semble si difficile, voilà que le Saint-Esprit nous l'offre par la bouche du grand apôtre ; que dis-je, il nous l'offre, bien plus, il nous l'impose, il nous l'insinue, il nous en fait une loi : *Soyez remplis de l'Esprit-Saint.*

Mais, bienheureux Paul, quel est donc ce précepte que tu nous donnes et qui est aussi merveilleux qu'incompréhensible : *Soyez remplis de l'Esprit-Saint.* Est-ce qu'il dépend de notre volonté d'en remplir nos âmes ? Et si ce trésor est réellement si proche de nous et si accessible, comment se fait-il qu'il soit si rare et si ignoré ?....

Chrétiens, il paraît certain que parmi nos condis-

(*a*) Allusion aux paroles de l'invocation qui précède tous les offices de l'église et qui commence ainsi : *Roi des Cieux, Consolateur, Esprit de vérité.*

ciples d'Ephése, auxquels l'apôtre des Gentils donna primitivement le précepte que nous méditons, il n'y avait pas un seul fidèle qui ne comprit l'exhortation, et qui eut besoin d'y opposer nos doutes et nos incertitudes. Que, s'il en eût été autrement, ce Maître inspiré de Dieu eût, sans doute, prévenu toute discussion, en s'expliquant : Oui, à l'époque dont nous parlons, les âmes altérées connaissaient bien la voie indiquée jadis par un prophète : *ô vous qui avez soif venez aux eaux; et vous qui n'avez point d'argent, venez, achetez et mangez, venez, achetez sans argent, et sans aucun prix, le vin et le lait.* (Isaïe, LV, 1.) De nos jours, hélas! selon toute apparence : *l'argent est employé à ce qui ne peut nourrir, et nos travaux à ce qui ne peut rassasier.* (XV. 2.) Il nous semble que le Seigneur met ses dons à un trop haut prix; nous nous imaginons que ce ne sont point nos bras qui manquent de force, mais plutôt la main de Dieu qui s'est raccourcie dans la distribution des dons spirituels.

Non, non! le Seigneur toujours sans parcimonie *répand de son esprit sur toute chair.* (Joel. II. 28.) Que si nous sommes loin de nous remplir de l'Esprit-Saint, ce n'est pas, mes frères, que ses dons nous fassent défaut; c'est nous qui manquons aux dispensations célestes. Soyez donc consolés, vous les pauvres en esprit, et que ceux qui languissent dans l'infirmité de la chair se redressent! Enfin que le Seigneur soit justifié dans ses paroles!....

Il fut un temps où les apôtres, ces temples vivants du Saint-Esprit, ne possédaient pas encore la conscience et la perception de Celui qui habitait en eux. Déjà ils avaient reçu le don des miracles et néanmoins ils méconnaissaient le principe et n'apercevaient pas la tendance de cette vertu divine qui agissait en eux à leur insu. Aussi, l'esprit de charité se manifestait-il quelquefois en eux comme un esprit de colère et d'indignation ; et ceux-là même qui étaient appelés au ministère du salut, étaient prêts à faire descendre du Ciel une flamme exterminatrice. Le Christ, qui est la vérité, confondit l'étrange ignorance d'eux-mêmes qui dominait ses disciples : *Vous ne savez pas de quel esprit vous êtes animés.* (Luc, IX. 55.)

Plus tard, lorsque l'Esprit, qui précédemment agissait dans les apôtres d'une manière cachée, les eût visités par une effusion solennelle et les eût remplis d'intelligence et de sagesse, ils apprirent aussitôt à le connaître si intimement et avec une telle lucidité, qu'ils distinguaient sa présence, non-seulement de toute influence de leur propre esprit, mais aussi de cet esprit plus général et naturel qui règne et agit dans les âmes non régénérées par l'Esprit de Dieu et qui peut-être avait exercé jadis sur eux son influence. C'est pourquoi l'un d'entre eux a dit : *Nous n'avons pas reçu l'Esprit de ce monde, mais l'Esprit qui vient de Dieu, afin que nous reconnussions les dons que Dieu nous a conférés.* (I. Cor. II. 12.)

Or, remarquons, chrétiens, que l'apôtre ne dit

14

pas : l'Esprit nous a été donné, mais bien : *nous avons reçu l'Esprit.* Ceci semble nous dire : il est notoire que Dieu donne son Esprit à quiconque est disposé à le recevoir. Mais hélas ! la plupart des hommes sont asservis et offusqués par l'esprit du monde. Nous, au contraire, nous avons secoué le joug de cet esprit de ténèbres pour recevoir en nous les influences radieuses de l'Esprit qui vient de Dieu ; et c'est ainsi que s'est développée en nous la conscience intime des dons que Dieu nous a destinés. *Nous n'avons pas reçu l'esprit de ce monde, mais celui qui vient de Dieu, afin de reconnaître les dons que Dieu nous a faits.*

Croyez-en donc, mes frères, non pas de faibles ministres de la parole tels que nous sommes, croyez-en plutôt ces vases d'élection, ces envoyés du Saint-Esprit : nonobstant certaine existence individuelle et libre de l'homme, sa condition commune est d'être placé sous l'empire de l'un ou de l'autre principe, je veux dire l'*esprit de ce monde,* ou *celui qui vient de Dieu ;* et cela d'après le mouvement spontané qui le porte à accueillir librement l'opération de l'un des deux. Que si vous n'éprouvez pas cette double action en vous-mêmes, n'en concluez pas autre chose sinon : que *vous ignorez de quel Esprit vous êtes animés.*

Mais afin de mettre autant que possible à la portée de notre intelligence ces rapports mysté-rieux de l'esprit de l'homme avec l'Esprit de Dieu, qu'il nous soit permis d'employer ici une para-bole et une figure, à l'exemple de celles que revêt si souvent la vérité divine, pour être mieux aperçue par la foule des hommes plus ou moins sensuels. L'enfant dans le sein de sa mère possède une âme et une vie qui lui sont propres; néanmoins cette vie est plongée dans celle de sa mère qui la pénètre et la nourrit, à tel point que la vie de l'enfant comparée à la plénitude d'existence de l'homme fait, mérite à peine ce nom. Voilà l'image de l'état où se trouve l'homme naturel en ce monde ! Son âme possède une vie et une liberté qui lui appartiennent; mais emprisonnée qu'elle est dans la chair, cette âme est étreinte et gouvernée par la puissance de ce monde; il désire, mais c'est selon les impulsions qu'il reçoit de la convoitise des sens, de la convoitise des yeux et de l'orgueil de la vie, ces triples dominateurs ici-bas; il agit spontanément, mais ce n'est que dans la sphère étroite et inférieure des sens; il vit, mais selon l'esprit du monde et dans un éloignement *qui le rend étranger à la vie divine* (Eph., IV, 18). Toutefois la réclusion de l'enfant dans le sein maternel n'est point un état définitif établi par la nature ; ce n'est que le moyen et la voie qui doivent le conduire à l'existence dans sa plénitude. Force lui est de venir au monde, de contempler les beautés de l'univers, d'en goûter les biens et d'apprendre à en connaître le Créateur : telle est aussi la sublime destinée de l'homme-esprit détenu dans la chair et renfermé dans les limites de ce monde. *Il vous faut naître d'en haut* (Jean, III, 7). En effet, il le faut, car ceci, selon les desseins de

Dieu, n'est point l'apanage d'un petit nombre, mais au contraire une loi immuable, une prédestination de la race humaine, un but auquel nous prépare tout le cours de la vie naturelle en lui servant de transition. L'être détenu dans ce monde doit être *retiré de sa prison, afin de confesser le nom du Seigneur* (Ps. CXLI), pour *être éclairé* de la lumière du Christ, pour *goûter le don céleste et la vertu du siècle futur* (Hébr., VI, 4, 5); pour *recevoir* dès cette vie et dans ce monde l'*Esprit qui vient de Dieu*, pour commencer à respirer sur cette terre l'air des cieux. Or de même que l'enfant à sa naissance, dès l'instant où il se sépare de la vie maternelle, n'éprouve aucune peine à vivre de sa propre vie, mais porte en lui-même une source jaillissante d'activité qui s'épanche sans cesse et se fortifie, tandis qu'autour de lui il trouve l'élément nécessaire à sa respiration : pareillement, mes frères, l'homme entraîné hors du monde par la grâce, est bien plus proche du foyer d'une nouvelle vie qu'il ne se l'imagine ; car c'est nous qui pouvons demeurer loin de l'Esprit de Dieu, mais cet Esprit n'est jamais loin de nous. Oui, cet Esprit, selon les paroles du Sage, *pénètre à travers tous les esprits* (Sag. VII, 23), parce qu'Il est inviolable dans sa sainteté et partout présent dans sa miséricorde. Il se répand sur toutes les facultés qui l'accueillent et s'abandonnent à son influence ; et jusque dans le cœur du vieil homme, Il trouve la source d'une nouvelle vie. *Celui qui croit en moi*, a dit le

Dispensateur de l'Esprit, *fera couler de son sein des torrents d'eau vive. Or, Il dit ceci,* ajoute le disciple bien-aimé, pour expliquer les paroles de son divin Maître, *Il dit ceci de l'Esprit, qu'allaient recevoir ceux qui croyaient en son nom* (Jean , VII, 38 , 39).

Enfin, et voici la principale différence entre la génération naturelle et la naissance spirituelle : la première s'accomplit d'après une loi de la nature, tandis que la seconde est le fruit de la foi en Jésus-Christ, qui aspire à Dieu. *Celui qui croit en moi fera couler de son sein des torrents d'eau vive.* Mais pourquoi des torrents jaillissant d'une seule âme, lorsqu'une seule goutte échappée de la plénitude de la grâce suffirait pour vivifier des myriades d'esprits ? C'est afin de manifester, comme parle l'Écriture, la richesse surabondante de la miséricorde, en vertu de laquelle l'Esprit Saint se plaît non seulement à remplir mais à combler et à dépasser la mesure de nos désirs, en sorte qu'Il nous prodigue pour ainsi dire beaucoup plus que nous ne recevons de Lui.

Et nous, enfants de la foi, nous méconnaîtrions encore la présence de l'Esprit Saint au milieu de nous, et nous serions réduits à demander dans quel lieu Il établit son règne ? Toutefois bien avant son éclatante effusion sur le royaume de la foi, les enfants de la loi de justice sentaient si vivement son opération et sa divine présence, qu'ils ne savaient où se cacher, où trouver du repos, dans l'excès de leur salutaire et religieuse frayeur ! *Où m'en irais-je loin de ton*

Esprit? (Psm. CXXXVIII. 7.) s'écriait le Prophète-Roi. Est-ce à nous d'hésiter et de tâtonner pour savoir comment la libre intelligence de l'homme peut se prêter à l'opération incessante de l'Esprit tout puissant? Mais déjà au temps de Job l'on avait compris, *que l'Esprit habite dans l'homme, et que c'est le souffle du Tout-Puissant qui l'instruit!* (Job. XXXII. 8.) Faut-il ici rappeler notre propre confession, que nous répétons si souvent à la voix de l'Église, pour nous rapprocher de Dieu par la prière, ces saintes paroles qui contiennent l'aveu de la toute présence de son Esprit? *O Toi qui es partout et remplis toutes choses* (a).

Quoi, Il remplit toutes choses! Mais comment se fait-il que tous n'en sont pas remplis ni pénétrés? Il est évident que cette question doit nous être adressée et que c'est à nous à nous interroger nous-mêmes.

Se peut-il, mes frères, que nous soyons pleins de Dieu, aussi long-temps que la chair qui le combat sans relâche, ne rencontre parmi nous aucun obstacle à son empire ténébreux? Si la satiété de la chair, son ivresse et ses jouissances ne font qu'éteindre en nous tout désir de la parole divine et toute soif de justice, si nous ne vivons que par cette chair *où il n'habite rien de bon* d'après la propre expérience et le témoignage d'un homme de Dieu? (Rom. VII. 18.) Ah! s'il en est ainsi, c'est nous, mes frères, qui nous précipitons au-devant de l'arrêt formidable que

(a) Suite de l'invocation : *Roi du Ciel, Consolateur*, etc., qui a été indiquée ci-dessus.

Dieu prononça jadis contre le monde primitif : *Mon esprit ne saurait jamais habiter parmi ces hommes, car ils ne sont que chair.* (Gén. VI. 3.) *L'homme ne recueillera que ce qu'il aura semé. En effet celui qui sème dans la chair, recueillera de la chair la corruption; et celui qui sème dans l'esprit, recueillera de l'esprit la vie éternelle.* (Gal. VI. 7. 8.)

Comment ferions-nous pour nous remplir de l'Esprit de Dieu, puisque tous nos soins tendent à nous pénétrer de l'esprit de ce monde? Si nous ne remplissons notre raison que des notions de la science élémentaire; si nous n'offrons à notre imagination que les charmes de ce monde et ses prestiges ; si nos cœurs ne s'émeuvent que par les passions du monde ; si notre volonté n'obéit qu'à ses lois, si nos actions n'ont pas d'autre but que de lui complaire? Si nos meilleurs sentiments, et mêmes nos vertus, sont atteintes et infectées par le souffle corrupteur du monde ; notre charité par des préventions, notre douceur par la flatterie, nos sentiments généreux par l'orgueil, notre application au travail par la cupidité, nos aumônes par la vanité, la dignité de notre conduite par le mépris d'autrui, et nos plus nobles entreprises par une ambition effrénée? Ceux-là sont susceptibles de recevoir l'Esprit de Dieu *qui n'ont point reçu l'esprit de ce monde,* ou *qui l'ont expulsé, en n'aimant ni le monde ni ce qui est dans le monde.* (Jean, II. 45.)

Enfin, comment ferions-nous, mes frères, pour nous pénétrer de l'Esprit-Saint, nous qui sommes si rem-

plis de nous-mêmes, qu'il serait impossible de découvrir dans notre intérieur un seul recoin exempt de
souillure, qui soit propre à recevoir et à contenir sans
le mêler de fange, une seule goutte de cette eau qui
abreuve tous les êtres, et qui, couvrant de ses flots
toute la succession des temps et des lieux, *jaillit et
s'écoule vers la vie éternelle?* (Jean, IV, 14.) — O
douleur! notre impureté est comme une digue qui
arrête dans son cours les émanations de l'Esprit du
Seigneur, de cet Esprit qui, semblable aux torrents
des eaux printanières, descend ici-bas pour engendrer
la nouvelle créature et *renouveler la face de la terre.*
Non, ce n'est point la colère mais la miséricorde divine qui s'oppose à l'infiltration des eaux de la grâce
dans les âmes qui en sont indignes; car, en inondant
ce sol impur, elles deviendraient autant de flammes
ardentes à les consumer.

C'est pourquoi ne vous affligez point et gardez-vous
de murmurer contre l'Esprit du Seigneur, vous tous
qui travaillez avec effort à dompter la chair, à mourir au monde, et à vous-mêmes, vous tous qui allez à Jésus-Christ, avec une soif spirituelle, et qui,
néanmoins, ne pouvez encore l'étancher à la source
des bénédictions, ni savourer intérieurement cette
grâce céleste qui console, sanctifie et régénère; ou bien
vous qui, après l'avoir goûtée un instant, êtes sujets à
la perdre. Car il est écrit dans l'Evangile, qu'un jour,
Jésus-Christ prêchant et parlant *de l'Esprit que devaient
recevoir ceux qui croyaient en son nom* (*il n'y avait*

pas encore d'Esprit-Saint accueilli par l'homme),
parce que Jésus-Christ n'était pas encore glorifié. Dans
une autre occasion, le Seigneur déclare à ses disciples
que, même après l'avoir suivi fidèlement, ils devaient
être éprouvés par la privation de sa présence visible,
avant que de passer à la mystérieuse communion de
l'Esprit-Saint : *il est préférable pour vous que je m'en*
aille, car si je ne m'en vais point, le Consolateur ne
viendra point à vous; que si je m'en vais, je vous l'en-
verrai. (Jean, XVI, 7.) Même après sa résurrection,
alors que *toute puissance lui fut donnée au ciel et sur*
la terre, il fallait aux apôtres cinquante jours de *pa-*
tience, de prières et de supplications unanimes (Act.,
I, 14.), pour se dépouiller de tout, et pour devenir
capables de recevoir l'Esprit-Saint, et de vivre désormais de sa plénitude. Un dépouillement absolu dut
précéder pour eux le jour d'allégresse et de solennité
divine. Qui sait si pour vous aussi, imitateurs zélés des
Apôtres mais encore dépourvus de l'onction intérieure, qui sait dis-je, si pour vous, l'Esprit-
Saint *n'est pas encore* précisément, parce que Jésus-Christ *n'est pas encore glorifié en vous.* Peut-être
ne l'avez-vous encore accueilli que comme *Pro-*
phète, portant sur ses lèvres la parole divine ; peut-
être ne vous êtes-vous pas consacrés à Lui, comme
au *Pontife* suprême, afin qu'associés à son universel
sacrifice, Jésus vous offre tout entier en sacrifice
agréable à son Père céleste ; peut-être ne l'avez-vous
pas encore exalté dans vous-mêmes comme votre

Roi, afin qu'aucun désir, qu'aucune pensée ne s'élève dans vos âmes, qu'à un signe de sa main? Qui sait enfin, s'il n'est pas préférable pour vous, de concevoir et d'embrasser d'abord *le Christ selon la chair* (II Cor., V, 16), avant que de l'accueillir spirituellement, qui sait s'il ne vaut pas mieux que l'Epoux désiré de vos âmes vous soit retiré pour un temps, afin que la privation de tout attrait consolateur épure par degrés votre foi, exalte votre amour, affermisse votre patience, embrase votre prière, bannisse le péril de toute complaisance en vous-mêmes et vous prépare par l'épreuve à un surcroît de félicité.

Ceux qui ne sentent pas encore, mais qui du moins commencent à recevoir l'onction sainte que leur communique une main invisible, *ceux-là*, dis-je, *n'ont pas besoin qu'un autre les instruise, puisque cette onction même les instruit de tout* (I, Jean, II, 27). Mais nous au contraire, que ferons-nous, mes frères? nous qui vivons encore pour la chair et le sang, et qui par conséquent *ne pouvons hériter le royaume de Dieu?* Qu'allons-nous devenir, nous morts spirituellement, secs et glacés, semblables aux ossements dispersés dans la plaine, selon la vision d'Ezéchiel? *Ressusciteront-ils ces ossements? — O mon Dieu! c'est Toi qui le sais!* — Et maintenant, dis, toi-même à ces ossements desséchés : *Voici que je mettrai en vous un Esprit de vie; que je déposerai mon Esprit en vous, et que vous revivrez et vous apprendrez que c'est moi qui suis le Seigneur.* Ainsi soit-il.

SERMON

Pour la Consécration d'une Eglise.

Prononcé le 18 Septembre 1830, après les prières solennelles pour que
Moscou fut préservé du Choléra.

———————

J E ne vous entretiendrai aujourd'hui, mes frères,
que brièvement, bien qu'il y ait beaucoup à dire.
Nos supplications à Dieu s'étant prolongées ne permet-
tent plus de longs discours. Prêtez moi donc l'oreille
pour peu de temps, mais soyez attentifs :

Dans nos prières, il a été fait mention d'une maladie
mortelle qui sévit dans Israël, sous le règne de David
et qui cessa miraculeusement (II. Rois, XXIV.). Ce souvenir s'applique au lieu et au temps où nous sommes.

Le Roi David fut séduit par une tentation de vaine
gloire, il voulut étaler les ressources de son royaume
et ordonna le dénombrement de ses sujets en état de
porter les armes, bien qu'un pareil recensement ne fut
pas en usage chez les Hébreux. Le juste n'est point

à l'abri d'une chûte pour peu qu'il s'abandonne à l'insouciance.

Le recensement durait encore, que déjà le monarque se sentit troublé dans sa conscience, et craignit que son péché ne lui attirât un châtiment de Dieu. En effet, un prophète parut, et, par ordre divin, offrit à David le choix entre trois châtiments divers : la guerre, la famine ou la peste. Apprenez, par cet exemple, que ces trois fléaux, et autres calamités semblables, ne sont pas des évènements fortuits, bien qu'en partie leur apparition soit due à certaines causes naturelles, ce qui n'empêche pas qu'ils ne soient autant d'instruments de la justice divine, pour la punition des hommes qui ont péché.

David s'humilia devant Dieu, se soumit à ses décrets sans murmure, et s'abandonna pleinement à sa sainte volonté. *Que je tombe dans les mains du Seigneur, s'écrie-t-il, et le Seigneur envoya la mort dans Israël, depuis le matin jusqu'à l'heure de midi.* Remarquez ici, mes frères, le fruit précoce de l'humble résignation de David aux décrets de l'Eternel ; ce ne furent point trois mois de guerre, ni trois années de disette, ni trois jours de peste, que Dieu envoya à la Judée, selon la menace du prophète, mais uniquement un mal homicide, *qui dura depuis le matin jusqu'à l'heure de midi.*

Ainsi se déclara le châtiment de la faute qui fut aussitôt suivie de la pénitence de David. Et David dit au Seigneur, lorsqu'il vit l'ange qui frappait le peu-

ple : *Me voici, c'est moi qui ai péché.* David fit pénitence entière du mal du péché, et aussitôt le *Seigneur
se repentit* du mal de la punition *et dit à l'ange exterminateur : Il suffit, maintenant retire ton bras.* Remarquez, Chrétiens, les effets salutaires de la pénitence.

Afin d'accomplir pleinement l'œuvre de commisération, de délivrance et de salut, le prophète, instruit par
un ange, convia David d'élever un autel au Seigneur,
près de la grange d'Orna le Jébusien ; là où, dans la
suite des temps, fut bâti le temple de Salomon. *Et
David y dressa un autel au Seigneur, et il y apporta
des hôlocaustes et des victimes pacifiques. Et le Seigneur détourna le fléau de dessus Israël.* Remarquez
donc la nécessité de la prière durant les calamités publiques, et surtout l'utilité de la prière, offerte solennellement à Dieu devant son autel, d'après la règle spirituelle et sacrée, selon l'institution divine.

Maintenant, mes frères, n'appercevez-vous pas quelque chose de semblable à la vision de David ? Ne
voyons-nous pas aussi *un ange du Seigneur debout, entre le ciel et la terre, et son glaive tiré est dans sa
main, et il est levé sur Jérusalem ?* (I. Par. XXI, 16.)
Ne contemplez pas avec les regards de la crainte, qui
d'ordinaire voient ce qui n'est pas, au lieu d'apercevoir ce qui est réel ; fixez sur le péril un œil
intrépide et pénétrant, guidé par la prudence.
Un fléau destructeur, qui pendant plusieurs années ravageait les régions de l'Asie musulmane,
s'est étendu sur les pays de l'Europe chrétienne.

L'an dernier, l'épidémie s'est présentée aux confins de notre patrie; elle recula d'abord devant les mesures de précaution d'une autorité végilante; mais, à cette heure, elle reparait de nouveau. Nous qui jusqu'à ce jour avons été épargnés, bénissons la longanimité de notre Dieu. Cependant l'Ange exterminateur est visible : son glaive est tiré; Il menace !

Que devons-nous faire? ce que firent David et les habitans de Jérusalem à l'aspect de l'ange exterminateur, *David se prosterna et avec lui les chefs d'Israël, revêtus d'habits de deuil.* Faisons ce que firent autrefois les habitans de Ninive pour détourner un fléau qui n'était plus une conjecture, mais qui avait été prédit formellement. *Les hommes de Ninive eurent foi en Dieu et ils ordonnèrent le jeûne. Et ils crièrent assidûment vers Dieu et chacun se détourna de sa mauvaise voie et rejeta l'injustice qui était dans ses mains.* (Jon. III. 5. 8.)

Abaissons, mes frères, abaissons nos cœurs devant Dieu en toute humilité et avec résignation à ses décrets rédoutables. Confessons non seulement la justice de Dieu qui nous châtie pour nos péchés et qui confond notre vie si peu digne du nom chrétien; mais encore confessons sa miséricorde, et sa patience, afin qu'Il ne nous frappe pas les premiers, mais qu'Il daigne nous montrer d'avance l'instrument du supplice d'autrui et semble nous avertir par ces paroles : *si vous ne vous repentez tous vous périrez de même.* (Luc. XIII. 5.) Faisons donc pénitence, ô mes frères, et portons un fruit qui en soit digne, je veux dire, l'amendement de notre vie. Renonçons à notre orgueil, à nos vanités, à notre présomption. Eveillons en nous la foi; affermissons-nous par l'espoir en Dieu et dans le nom de Jésus-Christ, médiateur entre Dieu et l'homme et Sauveur de ceux qui périssent à cause de leurs péchés. Arrachons du fond de nos cœurs *la racine de tous les maux, la cupidité*; faisons croître la charité, la justice et l'amour du prochain. Trève de luxe! Réprimons les désirs sensuels qui demandent le superflu. Embrassons la tempérance et le jeûne. Hâtons-nous de nous revêtir sinon d'habits de deuil du moins de simplicité. Jetons loin de nous ces parures recherchées, emblèmes odieux de frivolité et d'inconstance. Abjurons avec mépris tous ces vains amusements qui tuent le temps que la charité réclame. Redoublons de ferveur dans nos prières, offertes en secret, en tout lieu et en tout temps offertes publiquement sous la conduite matérielle de l'Eglise. Sachons employer avec recueillement et avec confiance le remède souverain et universel qui nous est donné dans le saint sacrifice de paix, en appliquant à notre salut la participation au corps et au sang de Jésus-Christ.

Bien qu'aucun ange, ni aucun prophète ne soit venu nous exhorter à ériger un nouvel autel au Dieu de nos pères, néanmoins le zèle religieux ne s'est point ralenti parmi nous; car, pendant une seule semaine, plus d'un temple vient d'être consacré, plus d'un encore s'achève pour la célébration des saints mystères (a),

Seigneur, *exauce la terre* qui t'implore et qui invoque humblement ton nom, détourne de la Russie le fléau qui la menace ; préserve cette cité et tous ceux qui vivent selon la foi, répands ta grâce sur tous ceux qui portent de bons fruits et qui font le bien dans tes saintes demeures !

Que ta miséricorde repose sur nous, parce que nous avons espéré en toi ! Ainsi soit-il.

(a) A dater du 4 décembre 1830, jusqu'au 20 du même mois, il y eut quatre églises et chapelles successivement consacrées dans Moscou ; la dernière fut l'église des saints martyrs de Chersonèse, bâtie au centre du cimetière de Daniloff.

SERMON

Pour le dix-huitième anniversaire de la délivrance de Moscou,

Prononcé le 12 Octobre 1830, vingtième dimanche après la Pentecôte, à la suite des prières solonnelles pour la cessation du choléra.

—

Encore une fête solennelle ; et encore une fois retentit à mon oreille la terrible menace du Seigneur : *Je changerai vos jours de fête en des jours de larmes et tous vos chants de joie en lamentations.* (Amos. VIII. 10.) Aujourd'hui nous commémorons, mes frères, et nous voudrions célébrer la délivrance de cette cité, captive jadis pendant quarante jours, entre les mains de nos plus cruels ennemis. Nous voudrions glorifier Dieu notre libérateur par des cantiques de louanges. *Lève-toi, ma gloire; je me confesserai à toi, Seigneur, au milieu de ton peuple.* (Psm. CVII. 3. 4.)

Mais que devient cette cité jadis délivrée ? Que font ses habitants ? Ne les vois-je pas hélas ! engagés dans une nouvellle épreuve ? Plusieurs centaines de malades

15

souffrent sur leurs couches ; une foule d'hommes
encore sains compatissent à leurs souffrances ; en voici
qui pleurent leurs trépassés ; plus loin, les pusillanimes
sont garrottés par la terreur ; les plus courageux sont
moins calmes que de coutume et s'entourent de pré-
cautions ; ceux qui aiment leur prochain ont le cœur
navré de la détresse commune ; les plus pieux d'entre
nous s'inclinent et s'humilient sous le bras appesanti
du Très-Haut.

Qui va l'emporter ? Sera-ce la fête ou la douleur,
les chants d'allégresse ou les lamentations ?.. Car il
est difficile de concilier et de confondre des émotions
si diverses. Aussi le sage Salomon les repartit-il sur
des temps différents, lorsqu'il dit : *Il est un temps*
pour les pleurs et il est un temps pour les réjouis-
sances. (Eccl. III. 4.)

Hélas ! ce n'est pas en ce jour qu'il convient d'emprunter les accents de la renommée et d'entonner
des cantiques de triomphe ! Non qu'il soit permis,
dans les temps d'épreuve, d'interrompre les actions
de grâce à notre Dieu qui nous a comblés jadis de
ses bienfaits. Loin de là, nous devons évoquer avec
gratitude le souvenir des grâces reçues après d'antiques épreuves et cela au jour même de la colère
divine, d'abord, mes frères, parce que cela est juste,
et parce que la mémoire du passsé doit ranimer en
nous l'espérance des grâces nouvelles après le châtiment présent. Mais que dis-je, il ne suffit pas de
remercier Dieu de ses anciennes miséricordes ; il faut

le bénir de sa visitation rigoureuse, selon l'exemple de Job : *Il n'est arrivé que ce qu'il a plu au Seigneur ; que le nom du Seigneur soit béni à jamais.* (Job. I. 21.) Et de même que ce juste, malgré le sentiment pieux qui remplissait son cœur, ne put s'empêcher de donner quelque chose à l'infirmité de la nature humaine, se conformant pour ainsi dire au dessein de Dieu qui le visitait par la douleur, *Job déchira ses vêtements et coupa les cheveux de sa tête et répandit la cendre sur elle en signe d'affliction :* de même aussi, mes frères, revêtons nous dans ce moment des marques du deuil et non de la joie, car nous sommes faibles spirituellement, nous devons nous humilier sous la main de Dieu qui nous châtie et surtout reconnaître combien nous sommes pécheurs. En effet, le Seigneur nous visite sans doute à cette heure selon la mesure de nos péchés ; donc nous avons besoin de faire pénitence par dessus toutes choses ; or, mieux que la joie c'est la douleur qui convient à la pénitence, pourvu que cette tristesse *soit selon Dieu*, que nous avons contristé par nos transgressions. *La tristesse qui est selon Dieu*, dit l'apôtre, *produit une pénitence à salut dont on ne se repent point.* (II. Cor. VII. 10.)

Résignons-nous, abandonnons-nous pleinement aux décrets de la justice de Dieu, obéissons au moindre signe de sa providence. Acceptons comme une portion du châtiment que Dieu nous inflige, la privation de toute joie publique et de toute réunion solennelle, en ce jour que nous avions coutume de vouer unanimement dans l'enceinte de ce temple aux hymnes religieux de la reconnaissance nationale (a).

Nous emprunterons maintenant le sujet de quelques réflexions pieuses à la mémoire d'Ezéchias atteint d'abord d'une maladie mortelle, puis miraculeusement guéri : *j'ai crié vers le Seigneur comme l'hirondelle et j'ai gémi comme la colombe : mes yeux se sont épuisés à force de regarder en haut vers le Seigneur* (Isaïe, XXXVIII, 14). Or, si j'emprunte aux livres sacrés les accents de cette plainte antique, ce n'est pas, mes frères, pour augmenter l'amertume de votre affliction présente, mais c'est pour vous offrir l'image de cette tristesse qui mène au salut. Une grave maladie avec tous les présages de mort était venue assaillir et contrister Ezéchias : toutefois sa tristesse, exempte de tout murmure, de tout mouvement d'impatience, n'était pas sans espoir. Le cri de sa détresse s'élevait à Dieu avec une crainte salutaire : et c'est dans ce sens qu'Ezéchias se compare lui-même à la timide hirondelle. Il priait sur sa couche avec douceur et humilité : voilà ce qu'il indique par l'emblème de la colombe gémissante. Et lorsque ses premières supplications semblaient ne pas être exaucées, il ne s'aban-

(a) Tous les ans à pareil jour le clergé et le peuple de Moscou s'assemblent pour célébrer l'office dans la cathédrale de l'Assomption. En 1830, le Metropolitain n'avait convié à la fête que les ordres religieux, pour ne pas distraire les prêtres des paroisses de l'exercice de leur ministère auprès des malades.

donna pas au découragement et redoubla de ferveur dans son oraison, jusqu'à ce que la parole expirât sur ses lèvres ; alors il levait encore au ciel ses yeux suppliants et à demi éteints, sans les détourner du Seigneur. Qu'arriva-t-il enfin? Dieu dans sa miséricorde ne dédaigna pas les accents de cette pieuse tristesse et ne rejeta point une prière aussi fervente que soutenue. *Il m'a délivré*, racontait Ezéchias, *et Il a dissipé l'affliction de mon âme ; et c'est Lui qui m'a servi de guide pour le reste de mes années.*

Nous aussi, mes frères, crions vers Dieu au milieu des douleurs qui nous assiègent, mais avec crainte, avec humilité, avec foi, pleins de ferveur et d'espoir et avec constance : *car la miséricorde vient du Seigneur, et c'est de Lui qu'émane abondamment la délivrance* (Ps. CXIX, 6). *Oui, c'est le Seigneur qui tue et qui fait descendre aux enfers et en retire* (I. Rois, II, 6).

Seigneur Jésus-Christ ! *en Toi était la vie de toute éternité ; en Toi la vie s'est manifestée dans le temps ; c'est Toi qui tiens les clefs de l'enfer et de la mort. C'est Toi qui, aux jours de ta chair, te plus à répandre la vie et la guérison sur les hommes, afin que nul mortel, quelle que fut sa détresse, ne cessât jamais d'espérer dans ton secours.* Non content de guérir les malades par l'imposition des mains et le contact de tes vêtements, tu daignas étendre ta vertu curative sur de pauvres lépreux qui n'osaient t'aborder ; tu fis parvenir le message de sa guérison au fils d'un homme en dignité sans lui montrer ton

auguste front. C'est encore toi qui n'as point rejeté
l'instante prière de la femme Cananéenne, et tu
daignas suppléer par ta grâce, au manque de foi de
ce malheureux père qui t'implorait pour son jeune
fils en proie à la violence des démons; tu te laissas
fléchir par la prière de Jaïre jusqu'à ressusciter sa
fille; et pour ressusciter Lazare, n'es-tu pas accouru
Seigneur, sans avoir été appelé? Enfin ne rends-tu
pas le fils de la veuve de Naïn à sa mère éplorée
sans autre intercesseur que ton ineffable compassion.
Où sont les grâces d'autrefois, Seigneur? (Psm.
LXXXVIII. 50.) Car bien que tu n'habites pas avec
nous visiblement, néanmoins, selon ton infaillible promesse, *voilà que tu es avec nous tous les jours et jusqu'à la consommation des siècles.* Que si, à cause de
nos péchés, la mort sévit parmi nous avec tant de
fureur, ah! du moins que ta vie ne cesse pas de se
manifester dans notre chair mortelle, et cela pour
la gloire de ton saint Nom. Ne rejette point, Seigneur, nos prières imparfaites et peu dignes de Toi;
n'appesantis pas sur nous ta juste colère à cause de
notre peu de foi, de notre endurcissement et de nos
impatiences. Daigne agréer la confession de notre faiblesse comme un acte de foi, et le cri de notre douleur comme une prière. Alors que nos yeux levés
vers toi défaillent et s'épuisent par l'excès de notre
infirmité, que ce soit ta miséricorde infinie qui inter-
cède en notre faveur. Prends pitié, Seigneur, de
ces veuves que la mort de leurs enfants menace; vois

tous ces enfants encore au berceau, *qui ne savent pas distinguer leur droite de leur gauche*, et qui par conséquent sont loin de concevoir la faute ni de soupçonner le coup mortel qui va les rendre orphelins. Contemple tout ceci, ô Seigneur, prends pitié de tes créatures et que ta grâce invisible se hâte de répandre sur nous ta parole de consolation, source de guérison et de vie, et que ta parole, ô mon Dieu, ne remonte pas à toi sans avoir porté son fruit. Ainsi soit-il (*a*).

(*a*) Sur cinq homélies prononcées publiquement par le métropolitain Philarète, en 1830, pendant la durée du choléra à Moscou, nous regrettons de n'en avoir traduit que deux. Mais elles suffiront pour donner aux lecteurs de tous les pays chrétiens, une juste idée de cette éloquence mâle et pénétrante qui ne faiblit point en présence des calamités publiques. A l'époque dont nous parlons, Philarète ne se contenta pas de prêcher; il étendit sa sollicitude pastorale à tous les malades, ne cessa pas un instant à donner l'exemple à son clergé ; composa et fit distribuer dans Moscou de courtes prières sur des feuilles volantes, qui passaient de main en main et ranimaient la foi des malades et des affligés dans cette grande capitale en deuil. En un mot, il veilla de toute son âme et de tout son génie au salut du troupeau qui lui était confié.

SERMON

Pour la consécration du Temple, annexé à la maison de détention des condamnés à la déportation en Sibérie (*), et placé sous l'invocation de la Très-Sainte Vierge, secourable à ceux qui périssent.

Prononcé le 23 Décembre 1843.

———◁●◉●▷———

« Le géolier les mit dans un cachot intérieur, et leur serra les pieds. Sur le minuit, Paul et Silas, faisant leur prière, chantaient les louanges de Dieu, et les prisonniers les écoutaient. (Actes, XVI, 24, 25.) »

—

Et nous aussi, mes frères, nous prions et louons notre Dieu, sinon dans le cachot même, du moins tout auprès, et les détenus nous écoutent.

En méditant sur ce qui vient de s'accomplir en ce lieu, je sens le besoin de me livrer à la joie que la

(*) Tous les déportés en Sibérie en vertu de sentences judiciaires, sont dirigés sur Moscou, où ils font une station prolongée, et se reposent à mi-chemin de la terre d'exil.

charité inspire : mais j'éprouve en même-temps un mouvement intérieur de la crainte de Dieu.

Si quelqu'un se fut avisé de placer une demeure royale dans l'enceinte d'une prison ; n'eut-on pas trouvé l'entreprise peu convenable à la majesté d'un palais ? Comment donc avons-nous osé élever au milieu de ces murs une habitation plus que royale, la maison de Dieu ?

Pureté et sainteté, tels sont les attributs qui conviennent à la maison du Seigneur, préférablement à toute autre habitation humaine, bien que celle-ci doive posséder aussi sa pureté. Or, une prison étant surtout un dépôt de condamnés, n'est-ce pas précisément une sentine où la société humaine rejette loin d'elle toutes les souillures de la perversité ? S'il en est ainsi, n'est-ce pas altérer la pureté et attenter à la sainteté de la maison de Dieu, que de la mettre en contact direct avec le réceptacle de tant de coupables ?

Les préceptes et les canons des Saints-Pères de l'Eglise écartent de toute participation aux Saints mystères, et admettent à peine à franchir le seuil des temples, tous ceux qui sont chargés de péchés mortels, aussi long-temps que la pénitence, les larmes et le temps ne les ont point amendés et purifiés de leurs souillures. Tant de sévérité ne doit pas vous surprendre, puisque la justice humaine après avoir dévoilé les péchés de ces mêmes hommes, péchés qu'elle appelle des crimes, a coutume de bannir les coupables loin de la demeure des citoyens paisibles, et cela

souvent à perpétuité. Comment se fait-il néanmoins
que le saint temple que nous venons d'inaugurer et où
se célèbrent les formidables mystères, soit pour ainsi
dire venu chercher ces infortunés, auxquels les saints
canons interdisent non seulement la communion, mais
aussi l'entrée de toute église?

Prends pitié de nous indignes ministres de ta parole
et de tes sacrements, Seigneur Jésus-Christ seul saint,
si nous ne veillons pas avec assez de sollicitude à écarter de ta demeure ce qui en est indigne; si nous pré-
valant de la parole de l'apôtre qui nous recommande :
*de nous ressouvenir des captifs, comme si nous étions
captifs avec eux* (Héb., XIII, 3), nous brûlons
de partager avec eux ce qu'il y a de plus consolant
pour nous sur la terre, savoir : la grâce répandue dans
le lieu saint, la communion salutaire des sacrements
ou du moins leur proximité bienfaisante. N'est-ce
donc pas dans une prison, vers des condamnés, vers
des captifs que tu es venu Toi-même en ce monde,
pour y ériger un temple vivant, qui est la Sainte Eglise !
Après le paradis, l'univers entier est-il autre chose
qu'une vaste prison? L'homme en général n'est-il pas
un condamné, transgresseur de la loi divine, un exilé
du Paradis, un captif du péché et le malheureux esclave de cette chair corruptible qui contriste son âme
en la dominant ? Cependant ta pureté n'a pas eu horreur de nous, ta sainteté ne nous repousse point. Tu
parus, et dans cette vaste prison, en faveur de ce
criminel, exilé, captif, détenu, tu vins placer sur

le calvaire, l'autel de ton sacrifice sur la croix; par ta passion et par ta mort ne daignas-tu pas y célébrer ta divine et universelle liturgie, et y consommer ton holocauste éternel qui est toujours le même en tout lieu, comme en celui-ci, où nous t'invoquons! Et qui furent alors les plus proches de ton autel propitiatoire? A ta droite, le larron repentant; à ta gauche, un criminel comme lui. Si la proximité de ce dernier excite l'indignation, quelle source de consolation dans la proximité du malfaiteur à ta droite, qui participa par la foi à la vertu de ton sacrifice, qui te rendit gloire, obtint le salut et laissa après lui, aux plus grands pécheurs, son exemple, comme un bouclier contre le désespoir! Maintenant, Seigneur Jésus-Christ notre Dieu! Toi qui es saint et qui sanctifies, pontife et victime, Sauveur des coupables, Libérateur de ceux qui périssent, suprême Dispensateur de la grâce et des gloires du Ciel, que ta sainteté vienne aussi reposer avec ta grâce sur l'autel que nous te consacrons! Et s'il arrivait que parmi ceux qui en approchent, ton regard, qui sonde les cœurs et les reins, aperçut des malfaiteurs ou de ces hommes qui sont à leur niveau, daigne Seigneur, chercher et trouver parmi eux des pécheurs qui ressemblent au larron repentant, crucifié avec toi. Que le rayon de ton Toute-science et de ta justice perce leurs âmes, comme un trait acéré, qu'il frappe leurs cœurs de cette douleur salutaire que la vraie pénitence fait naître. Et lorsqu'ils crieront vers toi du fond d'un cœur brisé : *Souviens-*

toi d'eux dans ton royaume d'un souvenir de miséricorde ; accorde leur la céleste espérance, et hâte-toi, Seigneur, de rouvrir dans leurs consciences apaisées l'entrée secrète du Paradis.

Et vous que l'arrêt de la justice humaine a rendus étrangers pour nous, mais que la charité chrétienne nous invite à désigner du nom de frères ! Apprenez à connaître cette charité par ses œuvres qui sont devant vous.

Pourquoi sont accourus vers vous prisonniers, tous ces hommes libres, opulents, et occupant un rang honorable ? Tout comme vous sortiriez avec joie de votre prison, s'il vous était loisible, c'est avec non moins de joie que tous ces chrétiens, s'arrachant à leurs affaires et à leurs devoirs, sont accourus vers vous dans votre prison. N'auraient-ils pas quelque besoin de vous ? Certes, ils n'en ont aucun. Quelle est donc la puissance qui les attire vers ce lieu ? C'est l'attrait de la charité chrétienne. Il faut que cet ascendant soit fort et qu'il y ait de la douceur à obéir à cet attrait. Selon les inspirations de l'amour chrétien, ceux qui vous visitent trouvent un accroissement de félicité à compâtir à vos maux, à pourvoir à vos besoins, à soulager le fardeau qui vous accable ; par dessus toutes choses ils brûlent de vous signaler l'unique voie qui puisse vous conduire à la réconciliation avec votre sort, moyennant votre réconciliation avec vous-mêmes et avec le Dieu de toute miséricorde.

Pourquoi tant de ministres des saints autels sont-ils venus à vous, pour élever au milieu de vous avec tant de solennité ce temple chrétien ? Pourquoi l'Eglise dans sa justice est-elle moins sévère et moins inexorable pour vous, que la justice sociale; bien que l'Eglise exige non seulement la pureté des actions mais encore la sainteté intérieure, ce qui pourrait lui inspirer plus de rigueur envers des coupables ? Pourquoi, dites-moi, à l'instant même où le pouvoir social vous rejette et vous proscrit, l'Eglise s'élance-t-elle à votre poursuite? Il n'est point d'autre explication pour de tels phénomènes, que celle qui est renfermée dans la charité. Oui, c'est encore elle qui arma jadis de la formidable rigueur des canons les dépositaires de la foi, d'après ce qu'a dit un saint apôtre : *sauvez les par la terreur, en les arrachant aux flammes,* c'est encore cette charité qui prescrivit d'adoucir la sévérité des règles : faites *grâce avec discernement.* (Jude. I. 22.) La charité en Jésus-Christ choisit et proclama cette voie de salut si extraordinaire : *je ne suis point venu appeler les justes, mais les pécheurs à la pénitence.* (Matth. IX. 13.) *Le fils de l'homme est venu chercher et sauver ce qui était perdu.* (Matth. XVIII. 11.) Voilà la source de la charité qui en ce jour porte les quatre-vingt-dix-neuf brebis sauvées à chercher et à retrouver la brebis égarée.

O mes frères en Jésus-Christ, qui nous êtes chers jusque dans votre état de dégradation ! Ne demeurez pas froids et insensibles à ces pieuses avances de la charité. Pour peu que vous soyez disposés à la reconnaissance, selon la commune loi de notre nature ; pourriez-vous ne pas être bons et affectueux envers ceux dont la bonté pour vous est si active ? Refuseriez-vous toute espèce de consolation à ceux qui ne s'occupent que de vous consoler ? Occupez-vous donc à votre tour de leur procurer la consolation qu'ils ambitionnent et qui n'est autre que votre amendement spirituel et moral.

Quand vous apercevez autour de vous les traces d'une puissance inhérente au christianime, qui développe dans votre prochain l'aptitude à trouver du bonheur dans la visitation et le soin des prisonniers et des condamnés ; hâtez-vous d'en conclure que notre céleste religion a aussi le pouvoir de rouvrir la source du bonheur intérieur dans l'âme de ceux qui sont en prison ou qui partent pour un exil éternel ; félicité, que nul cachot ne peut détruire et qui sur la route pénible de l'homme banni, ne restera jamais en arrière. Apprenez que la vraie source de cette puissance victorieuse et bienfaisante, c'est la grâce divine. Or, les réservoirs de cette grâce d'enhaut sont ici-bas : *la parole de Dieu, l'Eglise et ses Sacrements* ; les moyens propres à nous attirer et à nous acquérir les dons de la grâce sont : *l'oraison du cœur, la méditation de la parole divine, la participation recueillie aux exercices du culte* et, d'après certaines règles, *la communion des sacrements* avec foi et avec amour.

Je ne serais nullement étonné d'entendre vos plaintes sur la difficulté que vous éprouvez à élever vos cœurs à Dieu, du fond de l'abîme de vos misères. Je suis loin de nier que cette difficulté existe; mais en même temps je soutiens et j'affirme qu'il est un moyen sûr de la surmonter. Et pour vous le prouver, mes frères, par l'autorité de faits incontestables je me bornerai à vous rappeler tant de prisons et de lieux d'exil infiniment plus affreux que le séjour où vous êtes et où vous serez; et qui néanmoins ne purent mettre obstacle aux élévations de l'âme sur les ailes du désir.

Les apôtres Paul et Silas, détenus dans la ville de Philippes, meurtris de coups par une populace ameutée, couverts de blessures pour avoir prêché l'évangile et avoir chassé un esprit impur, furent jetés dans un cachot sous bonne garde. Le geôlier non content de les avoir enfermés dans la prison intérieure *leur serra les pieds dans des ceps.* Or que font Paul et Silas, tout épuisés qu'ils sont de mauvais traitements et de blessures et ne pouvant reposer leurs membres sous la pression des ceps de bois qui leur serrent les pieds? Que font-ils à l'heure où ceux qui n'ont rien souffert ont coutume de céder à l'infirmité du corps? *Sur le minuit Paul et Silas étant en prières chantaient les louanges de Dieu.* Peut-être penserez-vous qu'il n'y a que des apôtres qui puissent atteindre à cette force d'âme et triompher ainsi de l'accablement et de la douleur; cela n'est pas exact. Aux accents de la prière des apôtres, les autres détenus qui, loin d'être apôtres n'étaient pas même chrétiens, selon toute vraisemblance (car ceci se passait dans une cité païenne), se sentirent élevés au-dessus de leurs misères et de l'infirmité de la chair et ne se livrèrent point au sommeil au milieu de la nuit ; *et les prisonniers les écoutaient.* Or, il faut que l'oraison des apôtres les eût transportés et ravis, puisqu'un miracle s'accomplit en eux : *les liens de tous furent relâchés.*

Qui n'a pas ouï parler du vertueux Joseph, enlevé à son père, vendu comme esclave par ses frères, traîné au loin sur un sol étranger ; et là, calomnié et jeté en prison ? Vous n'ignorez pas non plus que tant de calamités ne purent abattre le courage de ce jeune homme ni ébranler sa vertu, qui se maintint libre dans les fers et rayonna dans la nuit d'un cachot. Ne voyez-vous donc pas mes frères, que l'on peut être plongé dans un cachot, languir dans l'exil et néanmoins se soutenir en esprit, posséder l'espérance et acquérir la vraie dignité et la vraie gloire.

Visitons encore une autre prison, contemplons d'autres chaines ; elles nous apprendront que l'emprisonnement et les fers loin de perdre l'innocence peuvent contribuer au salut du coupable, pourvu qu'il sache les mettre à profit : *Manassé coupable d'avoir délaissé son Dieu et commis d'autres grands crimes, fut lié et garroté, chargé de chaînes aux pieds et emmené à Babylone. Et pendant qu'il était dans la détresse, il recherche la face du Seigneur son Dieu, et il s'humilia profondément devant le Dieu de ses pères et l'implora et fut exaucé.* (Paral. II. 23, XI. 13.)

Que si vous ne pouvez point transformer votre prison, votre bannissement, votre exil en séjour dè gloire, en asile d'innocence et de vertu, efforcez-vous du moins comme Manassé, de rendre vos maux salutaires, par le moyen de la pénitence, de l'amendement de votre vie, et par une soumission sans murmure aux arrêts de la justice et aux décrets de votre Dieu.

Enfin, que vous dirai-je, à vous que la charité rassemble en ce lieu, à vous qui visitez assidûment les prisons et qui prodiguez tous vos soins à ceux qui les habitent, ou qui y passent? Surtout, que dirai-je, en particulier, aux collaborateurs de cette œuvre pieuse, sur laquelle le sceau de la grâce divine vient d'être imprimé? Certes, il n'est pas besoin de beaucoup de paroles, là où les actions inspirées par une intention pure, parlent d'elles-mêmes, et continuent de s'accomplir. *Dieu n'est pas injuste pour oublier vos œuvres, et le travail de la charité que vous avez témoignée en son nom.* (Héb. VI, 10.)

Que l'amour de Dieu ne cesse jamais d'embrâser votre zèle et d'adoucir vos travaux! Que le nom du Seigneur Jésus, communique sa vertu efficace aux discours et aux œuvres de votre charité compatissante! En consolant avec fruit les affligés, en opérant la conversion de ceux qui s'égarent et en recueillant le joyeux témoignage de votre conscience, puissiez-vous, mes frères, voir apparaître à ces âmes jusque dans cette prison, Celui qui en a effacé l'approbre et a daigné l'embellir par l'assurance qu'il nous donne d'y avoir été: *j'étais en prison.* Ainsi soit-il.

16

DISCOURS

Adressé à Monseigneur Joseph Dmitroff, après la cérémonie de son sacre.

Prononcé dans l'Eglise Cathédrale de Saint-Alexis, le 29 décembre 1842.

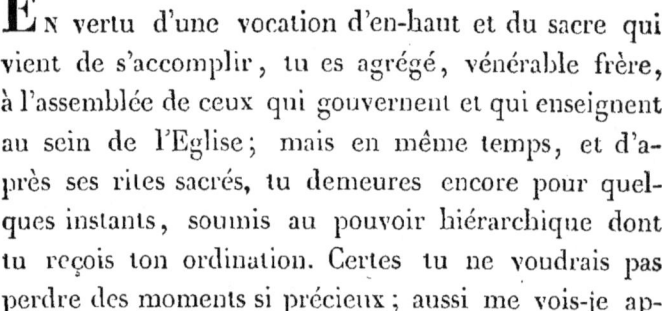

En vertu d'une vocation d'en-haut et du sacre qui vient de s'accomplir, tu es agrégé, vénérable frère, à l'assemblée de ceux qui gouvernent et qui enseignent au sein de l'Eglise ; mais en même temps, et d'après ses rites sacrés, tu demeures encore pour quelques instants, soumis au pouvoir hiérarchique dont tu reçois ton ordination. Certes tu ne voudrais pas perdre des moments si précieux ; aussi me vois-je appelé à recueillir avec toi les simples leçons qui en découlent.

Sans mon secours, tu découvres le sens des augustes fonctions, consommées en ta personne : toutefois, selon la parole et l'exemple du grand Apôtre, rappeler ici des vérités connues, *c'est ce qui ne m'est pas pénible, et votre sureté le demande.* (Phil., III, 1.)

Tu viens de proférer *la bonne confession en présence de beaucoup de témoins*. Tu as proclamé les dogmes de la Foi, les saints canons de l'Eglise, les devoirs de ton nouveau ministère, tu as invoqué le Dieu protecteur de la fidélité dans le sacerdoce, le Dieu vengeur envers l'infidélité. Par de tels vœux, tu as comblé l'Eglise de consolation et de joie, justifié ton élection, et tu te prépares deux fermes soutiens dans ton ministère : je veux dire, l'espérance en Dieu, qui protège et fortifie ses ministres zélés et fidèles, et la crainte du Dieu vengeur qui n'épargne point la tiédeur de ses ministres, et sévit contre leur infidélité.

Pendant que l'on entonnait ici le cantique du *Trois fois saint* (a), nous t'avons introduit dans le sanctuaire, et, pour ainsi dire, initié plus intimement à l'hymne de louange, offert à la Très-Sainte Trinité, dans le sein de laquelle a été plongée, pour ainsi dire, la mystique fonction de ton sacre. Et tout ceci s'est accompli afin de signaler : que la grâce de l'épiscopat émane tout entière de la majesté divine, de même que le but principal de cette effusion de grâce, est de nous appeler à garder et à servir fidèlement le mystère et la gloire de la très-sainte Trinité.

Ensuite, n'as-tu pas fléchi le genou, ô mon frère, devant l'autel du souverain Pontife, invisiblement présent, de celui *qui a traversé les cieux* et devant qui

(a) Pour mieux comprendre cette allusion, le lecteur n'a qu'à consulter la liturgie de Saint Jean Chrysostôme, dont il existe des traductions latine, allemande et française.

tout genou doit fléchir au ciel, sur la terre et dans les enfers. Garde religieusement ce souvenir, alors que tu occuperas une place élevée dans l'Eglise et qu'il te faudra représenter ce Pontife éternel : oui, souviens-toi toujours que tu ne seras exalté dans l'enceinte de l'Eglise de Jésus-Christ, qu'autant que tu resteras son serviteur humble et fidèle, agenouillé en esprit devant Jésus.

Les caractères sacrés du Saint-Evangile ont reposé sur ton front : Ah ! que la parole du Christ domine et subjugue en toi toute pensée et que la sagesse de Dieu triomphe en toi de toute subtilité des hommes. Car la vertu de la parole du Christ t'a été conférée, comme *une arme spirituelle, puissante en Dieu pour renverser les forteresses, en sorte que tu puisses détruire les raisonnements humains ; et tout ce qui s'élève avec hauteur contre la science de Dieu; et pour que tu soumettes tous les esprits à l'obéissance de Jésus-Christ* (II. Cor., X, 4, 5).

Que te dirai-je enfin des fonctions sacrées et des oraisons qui ont accompagné la solennelle imposition des mains de tes confrères ? Ne serait-ce qu'une cérémonie ecclésiastique, un ministère purement humain? Mais une parole humaine pourrait-elle jamais instituer un gardien des divins mystères, et la main des hommes peut-elle jamais accomplir l'œuvre de Dieu ? Quel est l'insensé qui eut osé s'arroger ce droit d'ouvrir ses lèvres à de semblables accents, et lever la main avec audace ? Non, béni soit Dieu, si admirable dans ses

élus. *L'Esprit-Saint institua les évéques au commencement :* c'est encore lui qui les institue jusqu'à la
consommation des siècles. L'Esprit-Saint répandit son
souffle puissant sur les apôtres, comme une baleine
impétueuse. C'est encore Lui qui respire dans les
paroles mystérieuses que prononcent et reçoivent
tour-à-tour, le ministre du sacre et celui qui en est
l'objet. L'Esprit-Saint descendit sur les apôtres et
leurs disciples sous la forme de langues de feu, alors
que les apôtres transmettaient leurs dons par l'imposition des mains et ceux qui ont succédé au même
Esprit, reçoivent à leur tour les dons et les pouvoirs
de l'Episcopat. Telle est ta foi, mon vénérable frère,
ainsi que la nôtre : c'est pourquoi, lorsqu'à ton tour
tu prononceras les paroles sacrées de l'ordination,
lorsque tu étendras ta main, instrument de la consommation des mystères ; arme-toi de toute la puissance
de la foi et du désir, livre-toi sans réserve, tel qu'un
instrument humble et docile à l'opération efficace de
l'Esprit de Dieu. Ainsi dépouillé et soumis, tu feras
descendre la grâce et tu engendreras de nouveaux ministres de l'Esprit de Dieu, de nouvaux vases d'élection et de grâce.

L'on vient de te revêtir des ornements du sacerdoce épiscopal, et de tous les emblêmes qui le distinguent. Oui, ces vêtements sont autant de symboles
qui t'avertissent de revêtir chaque jour plus excel-
lemment, la parole du Sauveur du monde, et de t'approprier les célestes vertus, inhérentes au suprême

Pontife de notre confession, qui est Jésus-Christ ; et ce sont : la sagesse du Seigneur, son zèle pour la gloire de Dieu, sa pureté, son humilité, et les entrailles de sa miséricorde. En un mot, les insignes de ta dignité te sollicitent de porter l'image de son amour divin, et la croix de son ineffable patience, bien plus efficacement dans ton cœur que sur ton cœur.

Après tous les autres insignes de la vocation qui t'attend, reçois enfin la crosse pastorale. Puisse-t-elle te rappeler tantôt la verge d'Aaron, qui germa et porta des fleurs et des fruits, tantôt celle de Moïse qui frappa et découvrit le sein des mers. Que la crosse, emblème de ton autorité fleurisse, et répande au loin les parfums de la vérité et de la piété, qu'elle produise les fruits des bonnes œuvres et brise désormais tous les obstacles qui interceptent pour le peuple de Dieu, la voie du salut. *Veille sur toi-même et sur le troupeau*, et que le Seigneur te conduise avec tes ouailles en un lieu verdoyant, et sur les rives d'une eau paisible ; puisse-t-il nous nourrir tous !

En particulier, nous te recommandons, vénérable frère, de prier assidûment pour le salut du monarque défenseur de la Sainte-Eglise, et protecteur de ses ministres, pour la prospérité de sa personne et de son auguste maison, pour la paix des saintes Eglises de Dieu, et le bien-être de la Russie orthodoxe, sans jamais oublier dans tes oraisons ceux qui, d'après la volonté de Dieu, viennent de coopérer à ton élection et à ton sacre.

DISCOURS

Adressé à monseigneur Cyrille, évêque de Dmitroff, coadjuteur du diocèse de Moscou, après le sacre de ce prélat, dans l'église cathédrale de l'Assomption.

Prononcé le 26 octobre 1824.

———◁●▷———

Que de grandes choses viennent de s'accomplir pour toi ; et que de choses te sont demandées en retour. Tu viens de recevoir un don sublime, et tu as prononcé de redoutables vœux, le don que l'Eglise t'a conféré est pour toi le gage d'inestimables biens ; Mais tes vœux t'appellent à de grands et pénibles travaux. C'est pourquoi, mon frère, je te félicite d'avoir obtenu une dispensation toute divine, mais au même instant, je tremble avec toi et pour toi, en contemplant le fardeau des engagements qui nous sont communs.

De quelles réflexions, de quels sentiments, te ferai-

je part au sortir de ce temple, après la fonction mystique et sacrée dont tu es devenu l'objet ? Seraient-ce des
pensées de terreur ? Mais l'Eglise qui t'appelle à un ministère pacifique, n'a pas eu le dessein de te ravir la
paix qui est dans ton cœur ; et d'ailleurs les troubles
de l'âme, à l'aspect des obstacles et du péril, loin
d'aplanir ces difficultés, loin de conjurer les orages,
ne font qu'attirer le danger sur nos têtes, s'ils ne
les augmentent pas. Te saluerai-je, mon frère, par
l'expression de la joie ? Mais je crains sur cette terre,
je crains toute joie qui se croit à l'abri de la crainte !
Tempérons la crainte par la foi dans la grâce divine
qui t'a visité, et par le ferme espoir en Celui qui t'a
élu et accueilli dans son sanctuaire : oui, je t'exhorte à
modérer ta joie, par la défiance de toi-même et de tes
propres forces ; et marchant désormais entre la crainte
et l'allégresse, comme entre deux remparts contre le
découragement et l'audace, va mon frère, suis la
voie étroite mais sûre, *vas en paix.*

Cependant, pour te mieux affermir sur le chemin
de ton nouveau ministère, hâte toi de porter tes regards vers le point d'où ta carrière commence. Autant qu'il m'est donné de voir, ce sentier part de Jérusalem, et dans la cité sainte, de certaine maison :
*dans laquelle, vers le soir, au jour de sabat et les por-
tes étant closes, les disciples se tenaient assemblés.*
(Jean, XX, 19.), j'entends les disciples de notre suprême Pasteur. Là, contemple-le, là vois-le, debout,
au milieu d'eux, leur annonçant la paix, leur per-

mettant de toucher son corps ressuscité, les remplissant de terreur et de joie, exhalant sur eux le souffle de l'Esprit-Saint, les relevant, abattus qu'ils étaient par sa mort, et les régénérant par la participation à sa propre vie ressuscitée; puis aussitôt, leur montrant la voie qu'ils devaient suivre désormais par la vertu efficace de l'Esprit. *De même que mon Père m'a envoyé, moi aussi je vous envoie.* (*Id.* 21.) Contemple ensuite ces envoyés du Très-Haut, parcourant l'univers, occupés à semer la parole de vérité et de salut, répandant à pleines mains les trésors de la grâce ; et, parvenus enfin au terme de leur carrière ici-bas, transmettant cette même mission à nos Saints-Pères et devanciers. Vois ceux-ci, occupés à transmettre de génération en génération et de siècle en siècle, la tradition apostolique, sans l'interrompre ni l'altérer; en sorte que le lot qui maintenant est devenu ton partage est le même que celui qui fut tiré par la main des Apôtres. De même la voie qui vient de s'ouvrir devant toi, n'est que le prolongement de celle que frayèrent autrefois les premiers envoyés du Christ. Quelle merveilleuse chaîne de missions divines ! *De même que le Père céleste a envoyé son Fils unique,* ce Fils unique de Dieu envoya les Apôtres, ou plutôt l'Esprit-Saint, par leur ministère, envoya nos saints devanciers, lesquels à leur tour eurent leurs successeurs. Or, c'est ainsi que de proche en proche, nous aussi fragiles et périssables instruments, avons été associés et rivés à la chaîne d'or des envoyés du Seigneur, ouvrage de la grâce divine.

De même que mon Père m'a envoyé, moi aussi je vous envoie.

La sainte pensée qui rappelle la divine mission de notre Seigneur Jésus-Christ, mission qui est le modèle du ministère qui t'est confié aujourd'hui, puisse-t-elle être ton guide et te demeurer toujours présente sur la voie qu'il te faudra parcourir. *Le Père a envoyé son Fils au monde pour le sauver :* efforce-toi de marcher sur les traces de l'unique et suprême Sauveur des hommes, afin de devenir l'instrument de leur salut. *Le Fils de l'homme n'est point venu pour être servi mais pour servir et donner sa vie en rançon pour plusieurs* (Matth., XX, 28) : conformément à ce modèle de perfection, applique-toi, mon frère, à servir les autres le plus que possible par charité, et souffre le moins possible, par principe d'humilité, que d'autres te servent ; pénètre-toi de l'esprit du bon Pasteur qui donne sa vie pour ses brebis. *Je suis né*, dit le Seigneur à Pilate, *et je suis venu au monde afin de rendre témoignage à la vérité* (Jean, XVIII, 37) : va de même avec courage, témoigne la vérité sans redouter ses ennemis : et loin de te troubler en présence des grands de la terre : *parle aux rois des justices du Seigneur et ne sois point intimidé.* (Ps. CXVIII. 49.) Selon le modèle de la mansuétude de Jésus, *prends garde de rompre en deux le roseau brisé, ou d'éteindre le lumignon qui fume encore.* (Matth. XII. 20.) Que si tu rencontres dans le temple qui t'est confié des vendeurs et des acheteurs, ressouviens-toi du zèle de la maison de Dieu qui le dévorait. Si des obstacles et des périls se trouvent sur ton chemin, souviens-toi que Jésus aussi avait son calice antérieur à sa passion et qui déjà buvait son sang. Néanmoins aucun danger ne lui fut mortel, et lorsque la mort l'eût atteint, elle ne put le vaincre. Souviens-toi encore que celui qui surmonta tous les périls et la mort même, pour ressusciter à la vie éternelle est éternellement et présentement au milieu de nous ; que son souffle qui répand l'Esprit-Saint, arrive jusqu'à nous de Jérusalem ; que sa parole efficace : *je vous envoie*, n'est point réduite au silence, et qu'étant créatrice elle est par conséquent avec nous, lorsque *nous sommes en mission selon le Christ*. (Cor. V. 20.), en sorte que nous sommes tenus de croire fermement que Celui qui nous envoie, nous confère en même temps sa puissance et veille à notre sécurité véritable et spirituelle ; *le Seigneur t'enverra un sceptre de puissance.* (Psaume CIX. 2.)

Animé et fortifié par ces réflexions, arme-toi de courage et de sérénité, mon bien-aimé frère en Jésus-Christ, dès le début de la carrière qui s'ouvre devant toi ; prête-moi ton appui, afin que nous portions ensemble notre commun fardeau ; fardeau également redoutable pour nous deux, mais qui doit nous être cher pour l'amour de Celui qui nous l'impose et de tous ceux dont nous sommes obligés de soulager les langueurs.

Voici je remets entre tes mains la crosse pastorale, qui est le double symbole de l'autorité que le Seigneur te confie et de la sollicitude toute paternelle qu'attend de toi le troupeau.

Prends courage et fortifie-toi dans le Seigneur; que ton cœur, exempt de toute angoisse, adresse désormais au trône de la majesté divine des prières ferventes pour la Sainte-Eglise que le Seigneur a fondée sur la terre, pour le Monarque marqué de l'onction de sa grâce, sans oublier ceux qui viennent de prêter leur ministère au sacre de ta nouvelle dignité. (*a*)

(*a*) Ces dernières paroles font allusion au premier canon apostolique en vertu duquel l'épiscopat ne peut être conféré par un seul, *mais par deux ou trois évêques réunis.* (Cant. Apost. Cant. 1.)

ORAISON FUNÈBRE

Prononcée le 5 juillet 1817

Dans la grande église du monastère de Saint-Alexandre Newski, à Pétersbourg, en présence de Sa Majesté l'empereur Alexandre I.er et de la famille impériale, à l'occasion des obsèques du comte Paul Stroganoff, lieutenant-général.

⎯⎯⎯◁◉▷⎯⎯⎯

« *Bienheureux l'homme qui supporte l'épreuve, car ayant été éprouvé, il recevra la couronne de vie.* »
(Jacques, I. 12.)

⎯

Tu sais maintenant ce que signifie cette parole de l'apôtre, s'il t'est donné de nous entendre, ô toi qui présides en silence à ce discours; et tu ne saurais t'affliger, de ce qu'en te saluant une dernière fois sur la terre, nous n'avons pas choisi une allocution plus douce et plus solennelle. Eût-il mieux valu, en effet, parler de la gloire de ces couronnes corruptibles, à l'instant même où elles étalent leur néant et ne reposent plus sur ta tête immortelle; ou bien rappeler ces insignes accordés à tes services, alors que l'Eglise redouble de ferveur dans ses oraisons, pour que tu obtiennes *la marque de la vocation d'en haut*; ou bien fallait-il reproduire ici les dénominations honorifiques que tu portais, lorsque déjà un *nom nouveau* t'a été donné, nom qu'ici-bas *nul ne connait*? (Apoc. II. 17.) En serait-ce assez, que d'évoquer le souvenir de tes prospérités terrestres, que tu n'appréciais que comme un instrument de bonnes œuvres; prospérités, disons-nous, qui appartiennent aussi aux élus, comme possesseurs *du présent et de l'avenir*, mais qui ne sont point leur apanage; attendu qu'elles leur sont communes avec ceux qui *reçoivent durant leur vie, leur récompense?* Ah! qu'ai-je dit? le souvenir même de tes vertus ne saurait embellir pour toi notre discours : car mieux que nous maintenant tu discernes cette vérité : *qui se soutiendra si le Seigneur regarde aux iniquités.* C'est pourquoi nous te saluons, ô frère, avec l'espoir de la béatitude réservée à celui qui non content de se nourrir ici-bas comme l'enfant, de bénédictions terrestres, a été comme un homme fait, éprouvé et purifié par la patience dans les tentations et dignement préparé à la couronne céleste. *Bienheureux l'homme, qui supporte l'épreuve : car ayant été éprouvé, il recevra la couronne de vie.*

Vous qui participez à cette lugubre cérémonie! venez, aidez-moi, à faire entrer comme un flambeau resplendissant dans les ténèbres de la destinée humaine, et jusqu'au fond du cercueil qui est sous nos yeux, la doctrine consolante qui nous révèle : *la voie qui mène à la félicité par l'épreuve.*

Jadis le sentier du bonheur sans mélange était spacieux, de toute la largeur de la région d'Eden, et depuis son origine jusqu'à sa fin il traversait le paradis, séjour des délices. Mais les semences du fruit défendu qu'avait goûté l'homme primitif, se répandirent sur la terre et aussitôt le sentier de la félicité se couvrit de ronces et d'épines. En vain les hommes, guidés par une vague réminiscence ou par des désirs trompeurs, s'épuisèrent-ils en efforts pour se frayer des routes larges et commodes; leur largeur, devenue peu naturelle ne servit plus qu'à faire connaître que ces routes étaient fausses et ne pouvaient conduire au but : *la voie large mène à la perdition.* (Matth. VII. 13.)

Or, attendu que la voie spacieuse et visible attirait à elle de plus en plus les voyageurs de la terre et les entraînait à leur perte; pendant que la voie du salut, cachée et même impraticable sans un guide d'en-haut, devenait chaque jour plus déserte et plus ignorée : il plut enfin à la bonté divine de manifester miraculeusement sur la terre Celui qui est *le chemin, la vérité et la vie.* Mais le Christ n'enleva pas non plus de la voie du salut les ronces et les épines qui la couvrent; cette œuvre fut réservée au temps où il viendra de nouveau purger la vaste enceinte de son aire *et consumer toute*

ivraie par un feu qui ne s'éteint point. Quant au présent, le Seigneur nous signale *la voie étroite qui mène
à la vie;* Lui-même a passé par ce chemin, et nous
a laissé un *modèle afin que nous suivions la trace de
ses pas.* (Pierre, II. 21.)

Il existe des sentiers divers et des routes indirectes
qui rentrent dans la voie commune, conduisant à la
béatitude; néanmoins l'on reconnait toujours la voie
véritable à ce signe certain, c'est qu'elle est *étroite*
et qu'elle exige des efforts de la part de ceux qui y
marchent. Ce rude chemin mes frères, tantôt traverse un torrent de larmes : *heureux ceux qui pleurent;* tantôt passe par un désert où il nous faut perdre
tout ce que nous croyons posséder en nous-mêmes :
bienheureux les pauvres d'esprit; ailleurs la voie descend dans les vallées profondes de l'anéantissement :
*bienheureux ceux qui sont persécutés, bienheureux vous
serez alors que les hommes vous haïront et vous trai-
teront avec outrage.* Quelquefois il nous faut briser
à main armée les obstacles sur notre passage et par
d'immenses efforts gravir la cime de la perfection :
le royaume des cieux est forcé; ailleurs il ne s'a-
git de rien moins, que de nous précipiter par un
élan de dévouement et de foi dans de mortels dangers, en vue d'acquérir une salutaire confiance en
Dieu : *celui qui perdra son âme la sauvera.* (Marc.
VIII 35.) Ce qui semble nous seconder dans les
voies de la chair, souvent nous entrave dans la voie
spirituelle; les chars de triomphe de ce monde, pour

la plupart ne sont pas construits dans une juste proportion avec cette porte étroite, qui conduit à la vie : c'est pourquoi il est si *difficile à ceux qui se fient dans leur richesse d'entrer dans le royaume des cieux.* (Marc. X. 24.) Notre guide céleste en nous montrant le chemin, exige de nous que nous nous séparions en quelque sorte de nos plus proches compagnons de voyage : *je suis venu, dit-il, séparer l'homme d'avec son père et la fille de sa mère ; quiconque aime son père et sa mère plus que moi, n'est pas digne de moi ; et celui qui aime son fils ou sa fille plus que moi n'est pas digne de moi.* (Matth. X. 35, 37.) Pour arriver au royaume de l'amour divin qui embrasse toutes choses, il importe de rester préalablement solitaire de cœur, à l'exemple de Celui qui a dit : *je suis seul moi jusqu'à ce que j'aie passé.*

Dira-t-on aujourd'hui comme autrefois : *qui donc peut-être sauvé ?* Aujourd'hui comme autrefois, mes frères, le suprême arbitre du salut répond : *ceci est impossible aux hommes, mais à Dieu tout est possible.* Que si l'homme s'imagine opérer par lui-même son salut, quand même il connaîtrait tous les moyens qui conduisent au but, nous le disons sans détours pour un tel homme, le salut est impossible. Mais c'est précisément cette impossibilité du salut par nos propres forces, qui bien comprise par l'humanité et la foi, devient une possibilité de salut, selon les décrets de l'amour et de la sagesse divine : *les choses impossibles pour l'homme ne le sont pas pour Dieu.* (Luc.

17

XVIII. 17.) L'homme hélas ! *est incapable de recevoir quelque chose de bon par lui-même, comme venant de lui ; tantôt il sert Dieu par l'esprit , mais par la chair il obéit à la loi du péché ; tantôt le vouloir lui est inhérent, mais la faculté de faire le bien lui manque ; enfin il pratique le bien mais non celui qu'il désire.* Dieu seul possède le savoir , la puissance , la volonté et l'efficacité créatrice. Sachant mieux que nous ce dont nous avons besoin , souvent Dieu nous conduit vers un but ignoré , et , voulant notre bien plus que nous-mêmes , souvent il fait avec nous ce qui répugne à tous nos désirs. *Le Seigneur garde les petits enfans* (selon l'esprit) *et il commandera à ses anges de les porter dans leurs bras* ; il se plait à les nourrir *du lait* des consolations et à peine ouvrent-ils leurs bouches , qu'Il daigne *les remplir.* Il voit de loin nos puissants ennemis, ceux qui nous haïssent et sont plus forts que nous : il vient au devant de nous au jour de la tribulation et nous en retire en nous *mettant au large.* Mais aussitôt qu'il nous juge capables d'être introduits à l'école supérieure de l'éducation divine , ou dans l'arène même des combats spirituels : c'est alors que le *Seigneur châtie celui qu'Il aime et frappe tout enfant qu'Il adopte* (Hebr. XII. 6.); C'est alors que la croix et la tentation nous sont imposées irrémissiblement, et de temps à autre avec plus d'abondance *comme la solide nourriture des parfaits.* Les douleurs, les privations, les maladies, les événemens inattendus qui accablent, viennent tour à tour nous visiter aux heures marquées, et nous instruisent dans la science de l'abnégation, du mépris pour le monde, de la longanimité, de la résignation à la volonté divine, science ignorée du monde, qui en connait à peine le nom. Nous sommes conduits à *travers le feu et l'eau*, pour recouvrer la blancheur de la neige et la pureté de l'or ; *afin que l'épreuve de notre foi, bien plus précieuse que l'or qui se fond et que le feu purifie, aboutisse à la louange, à l'honneur et à la gloire, au jour de la manifestation de Jésus-Christ.* (I. Pierre. I. 7.)

Quiconque ne conçoit pas encore ni ne goûte les choses divines, peut du moins étudier ces vérités, d'après les lumières purement humaines; il n'a qu'à épeler les caractères de cette nature élémentaire qui est sous nos yeux et y déchiffrer, ne fut-ce que sur des tables de pierre brisées et mutilées, l'unique loi spirituelle dans son universalité. En effet, quel est le champ le plus richement béni ? Serait-ce celui qui sous un ciel propice, mais sans une main qui le cultive, reste désert, ou bien ne produit que des herbes sauvages, et sert tout au plus de pâturage à la brute ? n'est-ce pas plutôt cet autre champ déchiré par le soc de la charrue, s'épuisant à nourrir les semences qui lui sont confiées et se couronnant enfin d'une moisson destinée à nourrir l'homme ?... Quelle eau conserve ses propriétés plus inaltérables ? N'est-ce pas celle qui a moins de repos; qui le plus souvent gémit sous les coups de l'orage, subit la loi de

la pesanteur et va se briser contre les rochers ? Quelle
est la force qui toujours grandit et s'accroit ? N'est-ce
pas celle qui lutte sans relâche, aux prises avec le
travail et la fatigue ? Qu'est-ce qui exalte et perfec-
tionne le mieux la vertu ? Est-ce la prospérité qui
assoupit d'ordinaire les plus hautes facultés de l'âme,
ou n'est-ce pas plutôt l'adversité, qui introduit le
chrétien dans une carrière digne de lui, et l'appelle
à des combats dignes de son courage ?.. Hélas ! qui
n'est pas courageux, en temps de paix ? Qui n'est pas
magnanime alors que rien ne l'afflige ? Mais soudain,
l'ennemi nous assaille; et la sentinelle qui sommeille
a de la peine à ressaisir ses armes. La douleur vient-
elle nous frapper ? Sous ses coups, le prestige de notre
fermeté disparait et comme un arbre creux, se réduit
en poussière. Mes frères, toute épreuve envoyée par
la Providence, constitue *le sel* du bonheur terrestre,
répandu sur nous avec profusion, ce sel blesse le goût,
mais aussi, sans lui, les saveurs les plus délicieuses se
transformeraient en pourriture et en infection. Voilà ce
que nous découvrons dans l'ordre naturel, il en est de
même dans l'ordre spirituel. *Enlevez les tentations et*
il n'y en aura plus qui soient sauvés, (a) s'écriait jadis
un de ceux que la tentation avait rendu fort et habile.

Ne nous étonnons donc point, de ce qu'un sage
appréciateur des dons célestes, comme s'il dédaignait
toute prospérité, demande à Dieu pour lui-même le don

(a) Saint Antoine-le-Grand.

de l'épreuve : *éprouve-moi, mon Dieu.* (Ps. CXXXVIII. 23.) Conformons-nous plutôt au conseil et à l'exhortation de l'apôtre : *ayez toute espèce de joie, mes frères, lorsque vous êtes livrés à des épreuves diverses.* (Jacques. I. 2.) Mais s'il nous est commandé d'affronter les épreuves avec joie, à plus forte raison est-il juste d'estimer heureux ceux qui ont déjà parcouru la carrière, atteint le but par la patience; ceux qui par conséquent reposent en paix, dans l'espoir de la couronne de vie? *Bienheureux l'homme qui supporte l'épreuve, car ayant été éprouvé, il recevra la couronne de vie.*

C'est à tort qu'en nous rappelant la vie et le trépas de nos proches, nous aimons à nous arrêter de préférence sur leur part de cette félicité, qui nous éblouit toutes les fois qu'elle brille, puis en s'éclipsant nous replonge dans les ténèbres. Que si nous envisagions plus religieusement les épreuves dont Dieu s'est servi pour les purifier et les préparer à la vie éternelle; c'est alors que chaque événement nous fournirait matière à de pieuses méditations d'où jailliraient les plus douces consolations. Pénétrés de cette vérité, nous oserons fixer un regard scrutateur sur le mystère d'une vie qui est déjà scellée dans ce cercueil, jusqu'au jour où se dérouleront les pages du livre de vie. (Apoc. XX. 12.)

Issu d'une race illustrée par d'éclatants services rendus à la patrie, et par la reconnaissance de la nation, fils heureux d'un père qu'environnaient les prospérités, heureux père d'un fils digne de lui; admis dans sa jeunesse dans l'intimité et la confiance de nos souverains, puis appelé à servir l'état sur un plus vaste théâtre ; citoyen aspirant à la gloire du guerrier, guerrier comblé de marques d'honneur, méritées par de rapides exploits; homme selon le cœur de Celui qui possède les nôtres, tels sont les principaux traits sous lesquels, durant tout le cours de sa vie, s'est montré à nos regards, le boyar Paul Stroganoff, justement estimé pour sa valeur (a). Où es-tu maintenant, toi qui fus ici-bas la brillante image du bonheur et de la gloire ? Que reste-t-il au monde de tout ce que tu as été, si ce n'est le douloureux souvenir de ce qui est perdu sans retour ? Mais n'apercevez-vous pas, mes frères, sur ces sentiers couverts des débris de la grandeur humaine, n'apercevez-vous pas les mystérieux vestiges de la voie de Dieu, hérissée de salutaires épines ? Dieu a fait à son serviteur, pour nous servir des paroles de l'apôtre, la grace, *non-seulement de croire, mais encore de souffrir*. (Phil. I, 29.) Oui, ce fut de sa propre main, ainsi qu'il arrive le plus souvent, ce fut de sa propre main que le défunt tira de l'urne invisible des destinées, le lot qu'il ne soupçonnait pas devoir lui apporter tant d'épreuves. Heureusement pour sa patrie, mais non pour son repos, son ardeur

(a) Le comte Paul Stroganoff, fils du grand chambellan de ce nom, passa des charges de cour aux fonctions d'adjoint du ministère de l'intérieur, sous le règne d'Alexandre I. Les guerres de Turquie et de Suède l'entraînèrent dans les rangs de nos braves, et il y parvint au grade de lieutenant-général.

guerrière lui fit échanger les travaux de la paix contre les hasards des champs de bataille, il ceignit l'é-
pée de ses ancêtres, et courut à la rencontre de nos
ennemis , sans se douter qu'en les combattant il
moissonnait ses jours et enlevait à sa faible santé
ce qu'il prodiguait à la gloire. Cependant les inclina-
tions belliqueuses du père se communiquaient à son
fils unique , jeune homme impatient d'imiter de tels
exemples. Il semble qu'un pressentiment pénible et
secret s'empara dès-lors du cœur de ce bon père ; car
il ne consentit au vœu de son bien-aimé, qu'à condition qu'il ne se rangerait jamais sous les drapeaux
paternels. Précaution vaine ! *Ce que le Dieu saint a
conçu, qui peut l'enfreindre ? Et son bras puissant qui
peut le détourner ?* (Isaïe, XIV, 27). Il était arrêté
là-haut (nous ignorons la loi, mais nous avons vu le
jugement de Dieu s'accomplir) : il était arrêté, disons-
nous , que de même qu'autrefois la souche première
de cette illustre lignée succomba sous les coups des
ennemis de la Russie (a) , de même aussi le dernier
rejeton de leur race, serait enlevé par la tempête
qu'avaient suscitée en Europe ceux qui voulaient l'asservir. Ainsi la source de ce noble sang et son dernier
fruit devaient également tarir et se sécher, victime de
l'inimitié et consommer à la distance de plusieurs siècles leur généreux sacrifice. Il était arrêté là-haut que

(a) Le premier des Stroganoff, conquérants de la Sibérie, périt
au XVe siècle, entre les mains des infidèles.

l'homme appelé non seulement à croire, mais à souffrir, se verrait selon la mesure du don qu'il avait
reçu, associé au sacrifice d'Abraham! Et voilà que le
tourbillon de la grande lutte, au mépris des ménage-
ments humains, entraîne le jeune guerrier, le jette
pour un instant sous les drapeaux de son père, et cet
instant suffit pour que la mort l'enlève sous ses
yeux (a)! Cruelle épreuve pour la foi et la patience
du chrétien : voir mourir un fils sans avoir le loisir
de le pleurer; assister au trépas d'un fils chéri et renoncer aux plus chères espérances; contempler la mort
d'un fils unique et du même coup survivre à toute sa
postérité! Cependant nul murmure pusillanime ne vint
troubler ce solennel sacrifice selon l'ordre d'Abraham;
et ce père infortuné, mais profondément soumis à la
volonté de Celui, *de qui toute paternité emprunte son
nom dans les cieux et sur la terre* (Eph., III, 15),
rentra dans ses foyers déserts pour y partager sa douleur avec une épouse fidèle; pour mettre ordre à la
vaste administration de ses biens et se préparer à rendre au suprême Père de famille un dernier compte de
tout ce qu'il lui avait confié (Luc, XVI, 2). Ici sa
foi, mise à l'épreuve, porta de nouveaux fruits; car
Paul Stroganoff aima mieux s'imposer des privations,

(a) En 1814, le jeune Stroganoff, officier d'ordonnance, chargé
pour son père d'un message verbal, du général Wasilschikoff, avait
à peine rempli sa commission, lorsqu'un boulet ennemi l'emporta sous
les yeux mêmes de son père.

que de retirer sa main charitable de dessus la foule d'indigents qui vivaient de ses bienfaits.

Mais le rude sentier de l'épreuve, selon les décrets de l'Eternel, devait se prolonger pour lui jusqu'au terme de sa vie. Une maladie, engendrée par de grandes fatigues, aggravée peut-être par la douleur, fut l'instrument dont la divine providence se servit pour opérer le salut de ce chrétien, en crucifiant sa chair. Le mal dont il souffrait, non seulement l'avertissait chaque jour des approches de l'éternité ; il brisait encore un à un les liens qui l'attachaient au monde, arrachait dès ici-bas son âme à toute préoccupation terrestre, afin de la préparer à l'union avec Dieu qui n'admet point d'intermédiaire, ni d'attrait qui Lui soit étranger. Sous l'influence de ce guide sévère dont les leçons peut-être n'étaient pas encore entièrement comprises, Paul Stroganoff quitte soudain sa maison et sa patrie. *Un amour aussi puissant que la mort* entraîne après lui son épouse : mais bientôt le malade, mieux initié au secret de la défaillance de ses forces, demande à bord du navire qui le portait, le secours des saints sacrements, se fortifie en esprit par l'aliment céleste, se résout à faire cesser les tourments de son épouse qui le voyait s'éteindre sous ses yeux, s'en sépare et la dépose sur un rivage étranger, comme une naufragée qui n'a plus d'espérance. Alors, calme et résigné, le malade se lance sur l'Océan, en s'écriant avec David : *je suis seul jusqu'à ce que je sois passé;* et, à deux journées de distance, ayant demandé encore une fois le saint viatique, le voilà qui entre dans son repos.

Quelles vont être nos réflexions, chrétiens, mes frères, à l'aspect de cette voie providentielle, si peu conforme aux plans et aux combinaisons de notre frivole sagesse, et néanmoins si droite et si sainte, puisque c'est la main d'un Père miséricordieux qui l'a tracée? *Soumettons-nous au Père des esprits* (Héb., XII, 9), ainsi que se résigna à sa volonté l'enfant adoptif de sa grâce, que nous remettons à cette heure entre ses mains. Soumettons-nous, et nous obtiendrons aussi la couronne de vie que nous demandons et que nous espérons pour lui avec ardeur.

Soumettez-vous de même au Père des esprits, vous tous que ce lugubre événement va peut-être introduire dans une nouvelle carrière d'épreuves. Les voies de la tentation s'enlacent et dérivent les unes des autres : mais les couronnes de vie ne leur manqueront pas, pourvu que vous persistiez à les suivre avec patience jusqu'à leur terme final.

Et toi, épouse et mère doublement orpheline ! Quelque soit le lieu solitaire où tu te caches avec ta douleur, tu y entendras la voix maternelle de l'Eglise qui te parle en esprit, de foi et de charité : *soumets-toi au Père des esprits*, et persévère avec courage dans la voie de l'épreuve qui pour toi se prolonge et te montre au loin la couronne du salut éternel. *Dieu est fidèle et Il ne permettra pas que tu sois éprouvée plus que tu ne peux supporter* (Héb., X, 13).

Père des esprits et Dieu de toute chair ! reçois dans
ton sein l'âme de Paul, ton serviteur ; daigne l'accueillir comme le fruit parfait d'un douloureux sacrifice ; car tu as éprouvé ton serviteur, *comme l'or dans
le creuset* (Sag., III, 6). Accorde-lui la béatitude
que tu réserves à ceux qui ont supporté l'épreuve et
donne-lui la couronne de vie éternelle. Daigne répandre sur ceux qui le pleurent, ton Esprit, source vivante des consolations. *Car tu es le Père des miséricordes et le Dieu de toute consolation, qui nous console dans chacune de nos afflictions* (II. Cor., I, 34).

Ainsi soit-il.

HOMÉLIE

Sur la Renaissance d'en-Haut.

———◆◇◆———

« Ne vous étonnez pas de ce que je vous ai dit :
qu'il faut que vous naissiez d'en-Haut. (Jean, III. 7.) »

—

Il n'est pas surprenant que la naissance de certains hommes dont la vie est éminemment agréable à Dieu, et salutaire à leurs semblables, devienne l'objet d'une promesse de joie et soit célébrée ensuite avec solennité. Ainsi la naissance du grand précurseur du Messie fut prédite par un ange : *plusieurs à sa naissance se réjouiront.* (Luc, I. 14.) Mais quand nous voyons le jour de naissance de chaque homme en particulier devenir, selon l'usage, le motif d'une fête personnelle ou domestique il est difficile de nous défendre d'un mouvement d'embarras et même d'étonnement.

Quoi, la naissance à une vie fugitive qu'une mort inévitable doit terminer, vaut-elle la peine d'être célébrée ? *L'homme né de la femme, comme parle Job,*

vît peu d'années et il est plein de trouble. (Job. XIV. 1.)
Est-ce là l'occasion d'une fête? *J'ai été conçu dans
l'iniquité*, s'écrie David, *et, c'est dans les péchés que
ma mère m'a mis au monde* (Psm. L. 7.) Y a-t-il là
quelque chose à célébrer? Bienheureux celui qui peut
célébrer une autre naissance, destinée à guérir les
imperfections, à faire cesser les maux de cette première naissance : une naissance nouvelle, spirituelle
et qui nous vient d'en-haut.

Il vous faut naître d'en-haut, dit le Seigneur à
Nicodème, durant son entretien nocturne et solitaire
avec ce dernier. Or notre Seigneur n'a pas dit : il *te*
faut naître de nouveau, bien qu'il n'adressât la parole
qu'à un seul homme, mais il dit : il *vous* faut; afin
qu'il fut manifesté, qu'il ne s'agissait pas d'une nécessité purement individuelle, mais que cette parole était
une loi pour vous tous qui aspirez à devenir les vrais
disciples du divin maître Jésus-Christ. *Il vous faut naître
d'en-haut.*

Cette doctrine du Seigneur sur la régénération de
l'homme parut étrange à Nicodème, quoiqu'on ne
puisse lui attribuer de mauvaises intentions, car il
avait reconnu la mission divine de Jésus à ses miracles; encore moins lui imputerait-on une ignorance
grossière, puisque Nicodème était un des chefs du
peuple et de plus pharisien. D'abord c'est le raisonnement charnel qui s'éveille en lui, sous l'influence
des notions empruntées au monde matériel et il interroge : *Comment l'homme peut-il naître étant vieux?*

Est-ce qu'il peut rentrer encore une fois dans le sein de sa mère et renaître? Mais sitôt que ce raisonnement élémentaire eût été réfuté par la notion d'une naissance d'en-haut produite par l'eau et l'esprit; c'est à son tour le doute philosophique qui entre en lice et demande des éclaircissements et des preuves : *comment ces choses peuvent-elles arriver?* Ne voit-on rien de semblable aujourd'hui? N'entendez-vous pas dire : qu'est-ce que la régénération? que signifie la pensée de reproduire l'homme durant le cours de son existence, alors que sans aucun doute il est appelé à rester personnellement le même. A quoi servent des subtilités si raffinées, ce langage mystérieux et incompréhensible? Ne suffit-il pas de rester simplement bon chrétien? De tels discours opposés aux plus profonds enseignements du christianisme, ne ressemblent-ils pas de nos jours à des pierres lancées au hasard, sans même que l'on sache ce que l'on veut atteindre et frapper? Apprenez-donc, mes frères, qu'il ne s'agit ici nullement d'une doctrine arbitraire et ambitieuse; car avec l'apôtre : *je souhaite à tous ceux qui sont parmi vous de ne point s'élever au-delà de ce qu'ils doivent.* (Rom. XII. 3.) Apprenez qu'il n'est pas question ici d'un mysticisme obscur, que personne en vérité ne saurait préférer à une clarté désirable; que nous ne nous écartons point de la simplicité que j'ai aussi à cœur, selon le précepte de l'apôtre, *de peur que vos esprits ne viennent à se corrompre, et ne dégénèrent de la simplicité en Jésus-Christ,* non, apprenez qu'il s'agit pour vous maintenant ou d'acquérir ou de perdre le royaume de Dieu. La régénération n'est point exigée pour devenir des sages ou des mystiques, mais afin que nous puissions obtenir le royaume de Dieu. Que si vous repoussez le précepte de la renaissance, vous renoncez à la possibilité de voir le royaume céleste. *Quiconque n'est pas né d'en-haut ne peut voir le royaume de Dieu,* a dit le Seigneur. C'est pourquoi, je vous le répète : Bienheureux celui qui peut célébrer sa naissance d'en-haut !

A cela vous pourriez objecter : Et pourquoi ne pas nous féliciter du bonheur de notre renaissance, puisque nous avons été régénérés par l'eau et l'esprit, dans le Saint-Baptême ? Voilà qui mérite des recherches plus approfondies, que nous puiserons dans la doctrine de la renaissance.

Distinguons d'abord le baptême par l'eau, et le baptême par l'esprit, de même que Jésus-Christ établit entre eux une distinction, lorsqu'il dit aux apôtres : *Jean vous a baptisé d'eau, mais vous allez être baptisés par l'Esprit-Saint.* (Apôt., I, 5.) Puis, demandons-nous : Le baptême que nous avons reçu ne serait-il qu'un baptême par l'eau ? Non, sans doute, car s'il en était ainsi, notre baptême différerait peu de ces ablutions rituelles, usitées sous l'ancienne loi ; ce ne serait plus qu'une cérémonie qui ne mériterait pas le nom de sacrement, dont l'Eglise le qualifie. Alors l'invocation du Père, du Fils et du Saint-Esprit, proférée au baptême ne serait plus qu'une formule impuissante;

d'ailleurs soutenir qu'ayant été baptisés au nom du Saint-Esprit, nous ne l'avons pas été par lui, ce serait admettre une contradiction inconciliable. *Vous tous qui avez été baptisés en Christ,* comme le déclare l'Apôtre, *vous vous êtes revêtus du Christ* (Gal. III, 27.) Certes, ce n'est pas l'eau seule qui opère ce miracle ; c'est évidemment l'Esprit. Or, si notre baptême est plus qu'une simple ablution ; force nous est de confesser que c'est un baptême par l'eau et l'Esprit, autrement dit, une renaissance par l'eau et l'Esprit, selon la parole expresse du Seigneur, et d'après l'expression de Saint Paul, *Un bain de vie nouvelle,* en un mot, une régénération. Donc, nous avons effectivement reçu par le saint baptême la grâce de la renaissance, nous avons été *engendrés,* comme l'explique Saint Pierre, non *d'une semence sujette à la corruption, mais incorruptible par la parole de Dieu, qui subsiste éternellement* (I. Pierre, I, 23,) en d'autres termes, par la vertu efficace du nom du Père, du Fils et du Saint-Esprit.

Qu'est-ce à dire ? Le royaume de Dieu est donc réellement au-dedans de nous ? Cela doit être ainsi : encore une fois, nous sommes donc bienheureux ! Quiconque le peut, n'a qu'à l'affirmer ; quant à moi je n'ose, parce que j'aperçois trop de choses qui répugnent à cette conviction ; je vois en nous plus de manifestations, plus d'œuvres du vieil homme que de l'homme régénéré, de l'homme nouveau ; bien plus de la misère d'Adam que de la béatitude du Christ.

Rappelez-vous, mes frères, de quels traits l'Ecriture sainte nous peint l'homme régénéré : *Quiconque est né de Dieu ne commet pas de péché, parce que la semence divine demeure en lui; et, il ne peut pécher, attendu qu'il est né de Dieu.* (Jean, III, 9.) Ceci veut dire que la grâce divine, pareille à un germe, à un principe de vie nouvelle, déposé dans le sein de l'homme, le nourrit de foi et d'amour pour Dieu, et produit en lui les bonnes pensées, les intentions et les œuvres pures; en sorte qu'il n'est plus naturel à l'homme régénéré de commettre le péché, ni d'y trouver de la jouissance. Or, chacun de nous qui avons reçu le baptême, oserait-il dire de lui-même, qu'il est tel ?

Quiconque est né de Dieu est vainqueur du monde. (Jean, V, 4.) Chacun d'entre nous, mes frères, a-t-il le sentiment et la conscience de cette victoire ? N'en est-il pas plusieurs parmi nous qui sont vaincus par la cupidité, par la vaine gloire et les vanités mondaines, vaincus et traînés par le monde en captivité ?

Il est écrit des régénérés : *vous avez l'onction de Celui qui est saint et vous savez toutes choses* (I. Jean. II 20.) *et vous n'avez pas besoin qu'un autre vous instruise, car cette onction même vous instruit de tout.* (Ibd. 27.) Indiquez-moi de grâce, dans cette assemblée, un seul de ceux qui savent tout, afin que j'en obtienne la solution des difficultés qui obscurcissent la doctrine que nous exposons.

Nous voici placés au milieu des contradictions et des contrastes. D'une part, il y a toute raison de

18

penser que nous participons à la régénération spirituelle par la vertu du saint baptême; de l'autre, il
existe des signes certains qui nous obligent d'avouer,
que nous ne possédons point la plupart des qualités
et des œuvres qui sont les attributs de l'homme régénéré. Comment expliquer et concilier de telles
incohérences ?

C'est ici le lieu d'appliquer la parabole du Seigneur
qui dit : *le royaume céleste est semblable à un trésor
caché dans un champ.* (Math. XIII 4.) Ce champ,
c'est l'homme : la profondeur à laquelle le trésor se
trouve enfoui sert à désigner le cœur de l'homme,
plus ou moins ouvert à l'opération de la foi. Là, dans
cette région intérieure, l'esprit de Dieu agissant par
le sacrement du baptême, a soufflé invisiblement
(car il souffle où il lui plait) et ce souffle divin y
a déposé un trésor, un germe incorruptible de régénération, un principe de vie nouvelle venant de Dieu.
Ainsi donc, mes frères, le trésor est déposé là ; il
est réellement sous le sol de notre champ, mais
chacun de nous a-t-il fait de son côté ce qu'exige
ensuite la parabole ? L'a-t-il *retrouvé* en lui-même,
ce trésor, à force de s'étudier, de se bien connaître
et de rentrer fréquemment en lui-même ? L'a-t-il
caché et mis à l'abri des voleurs, et rendu invisible à
force d'humilité ? *A-t-il vendu tout ce qu'il possédait,*
a-t-il renoncé au monde et à la chair, a-t-il sacrifié
sans réserve ses passions et ses désirs pour acquérir
ce trésor intérieur et l'appliquer à son propre salut ?

Or, si nous n'avons rien fait de semblable ; si nous n'avons pris aucune peine pour découvrir ce qui est caché dans notre champ ; si nous nous bornons uniquement à nous repaître de plaisirs sensuels qui sont à sa surface, comme les animaux broutent l'herbe ; si nous ne faisons au contraire qu'enfouir plus avant, ce trésor caché de la grâce, en entassant au-dessus les balayures et les immondices de nos vaines pensées, de nos actions impures et de nos iniquités ; alors, mes frères, le trésor est là, il git profondément, mais inutilement pour nous ; la semence incorruptible qui est en nous ne germe point, elle ne fleurit ni ne porte de fruits ; notre vie spirituelle est pour ainsi dire, à l'état d'embryon ; il nous reste à désirer que quelqu'un d'autre s'occupe de notre renaissance, comme Saint-Paul le faisait autrefois pour les Galates anciennement baptisés, lorsqu'il leur envoyait par écrit ces touchantes paroles : *mes petits enfans, pour qui je sens de nouveau les douleurs de l'enfantement, jusqu'à ce que Jésus-Christ soit formé en vous.* (Gal. VI. 19.) Ce qui signifie : comme une mère qui enfante, je suis dans l'angoisse et la souffrance, afin de coopérer à votre naissance spirituelle et ce n'est pas pour la première fois. Précédemment cela était nécessaire, lorsque par la foi et le don du baptême, il s'agissait de déposer dans vos cœurs les prémices de l'Esprit-Saint, mais maintenant *quayant commencé par l'esprit, vous achevez par la chair* (I. Gal., III, 3), il me faut entreprendre pour vous un nouveau labeur, afin d'exhumer le trésor spirituel enfoui par la chair qui vous domine, afin de faire fructifier le rejeton tardif de la grâce divine ; afin de reproduire et de faire reparaître en vous l'image du Christ, jusqu'à le manifester dans toutes vos facultés, vos dispositions intérieures et vos œuvres semblables aux siennes. *Je ressens de nouveau les douleurs de l'enfantement jusqu'à ce que le Christ soit formé en vous.*

Quiconque accueille ces réflexions, et reconnait la nécessité de la régénération pour tout chrétien véritable ; bien qu'il ne découvre pas encore dans sa conscience et dans ses œuvres les signes distinctifs et les fruits de la renaissance : celui-là, disons-nous, doit méditer sérieusement sur le péril qui le menace et sur le terme qui l'attend. En effet, la sentence de Jésus-Christ est prononcée ; certes elle est irrévocable. Ce qu'il déclarait à Nicodème seul avec lui, au milieu d'une nuit silencieuse, Il le répétera, mes frères, Il le répétera au dernier jour, en présence des anges et des hommes : celui qui n'est pas régénéré d'en haut ne peut voir le royaume de Dieu.

Il en est qui pensent : peut-on mesurer et déterminer chaque pas que nous faisons vers le royaume céleste ? Qui sait, si tant bien que mal, nous n'arriverons pas à être sauvés ? Ceci ressemble à l'indolence du laboureur qui, rebuté par les peines et les chances douteuses de l'agriculture, s'aviserait de dire : qui sait si le blé ne viendra pas sans semence et sans culture ? Or l'apôtre a dit : *celui qui sème dans l'esprit, ré-*

coltera la vie éternelle (I. Gal., VI, 8). Que si nous
ne semons point, nous n'aurons certainement rien à
recueillir. D'autres au contraire diront : soit; je vais
donc décidément semer dans l'esprit, et je serai régénéré. Non, mon bien-aimé! ceci n'est pas encore
une voie sûre. Ni le *peut-être* de l'insouciance, ni le
ton affirmatif de la présomption ne valent rien pour
le succès des œuvres spirituelles. Quiconque s'imagine
obtenir une régénération de commande, court le danger de devenir visionnaire. L'enfant ne saurait naître
à volonté et à heure fixe : c'est à sa mère à l'enfanter
conformément à la loi de la nature. De même aussi
l'homme ne peut se régénérer quand et comme il lui
plaît : c'est à l'esprit de Dieu à le régénérer, selon
l'ordre de la grâce.

Entre ces deux extrêmes, je veux dire l'insouciance
et l'audace présomptueuse, il est un sentier modeste
tracé par l'Esprit, et l'apôtre nous l'indique par ces
paroles : *opérez votre salut avec crainte et tremblement*
(I. Phil., II, 12). *Opérez votre salut* et ne vous ima-
ginez pas qu'il s'opérera de lui-même ; mais opérez-le
avec *crainte et tremblement*, sans vous reposer sur ce
que vous faites par vous-mêmes et prenant garde de
contrarier l'opération divine qui s'accomplit en vous.
*Car c'est Dieu qui opère en nous et le vouloir et le
faire par sa bienveillance* (Ibid., 13).

Désirez-vous, mes frères, apprendre à connaître ce
qui dans notre régénération, dépend principalement de
nous-mêmes et ce qui est exigé de notre part? Con-

templez, selon l'indication de l'apôtre, l'image de notre régénération, telle que nous la présente notre naissance naturelle. La mère qui enfante dans la douleur ne souffre pas seule ; son fruit souffre aussi et il pleure. Voilà un emblème frappant du dogme de la régénération. Déplore, mon frère, ta vie charnelle dont tu n'es pas encore détaché ; pleure les péchés que tu as commis, non seulement en vue de l'enfer qui te menace, mais surtout à cause de ton infidélité envers le Dieu qui t'a créé et qui t'aime ; pleure, parce que tu as été ingrat envers Jésus-Christ qui a souffert pour toi ; pleure, parceque tu as contristé l'Esprit-Saint ; verse des larmes, de ces larmes qui s'échappent du cœur, des larmes d'amour et de regret ; nourris-toi de ces pieuses larmes, selon ce qui est écrit : *Mes larmes ont été mon pain la nuit et le jour.* (Psm. XLI. 4.) Car *la tristesse qui est selon Dieu produit une pénitence pour le salut dont on ne se repent point.* (Cor., VII. 10.) Pénitence non seulement en parole, mais active, non pas de courte durée, mais décisive et constante ; pénitence que l'Eglise désigne pour ceux qui ont été baptisés, sous l'auguste nom *de second baptême* et qui par conséquent, est l'attribut essentiel de toute régénération ; une pénitence enfin, qui fait éclater l'allégresse dans les cieux.

Vous qui aspirez à devenir enfants de Dieu, apprenez à connaître et à goûter la saveur pure *de la tristesse qui est selon Dieu !* Alors vous connaîtrez la régénération, vous goûterez cette vie nouvelle, dont vous-mêmes et les cieux se réjouiront ; votre joie sera pleine et sans mélange et ne vous sera plus ravie dans les siècles des siècles.

Ainsi soit-il.

SERMON

Après la Consécration du Temple de l'Annonciation de la Vierge, dans l'enceinte du monastère de Tchoudowo, à Moscou.

Prononcé le 3 Décembre 1844.

Et Moi je te dis : Que tu es Pierre, et sur cette pierre j'édifierai mon Église, et les portes de l'enfer ne prévaudront pas contre elle. (Matth., XVI, 18.)

Toutes les fois qu'un nouveau temple est inauguré et que l'on prie pour que Dieu le rende à jamais iné-branlable, il est d'usage de proclamer les paroles de Jésus-Christ, qui promettent une inébranlable stabilité à son église.

Quelle fut la pensée des pères, nos saints prédéces-seurs, lorsqu'ils prescrivirent de joindre à la prière so-lennelle pour la durée du temple, la promesse du

Seigneur touchant la perpétuité de l'Église ? Sans
doute, ils pensèrent à l'efficacité de cette promesse,
pour que l'oraison fut exaucée ; car tout temple chrétien est consacré et placé sous la garde de Dieu, non
pour lui-même, mais bien en faveur de l'Eglise qui
s'y assemble, c'est-à-dire du plus ou moins grand
nombre de fidèles qui s'y réunissent selon l'ordre sacré,
et c'est pourquoi tout temple est appelé une *Église*.
Il suit de là, que lorsque nous prions pour la durée
d'un temple il nous faut rattacher l'espoir d'être
exaucés, à la foi dans la perpétuité de l'Église ; voilà
le motif de confiance, que nous cherchons dans la
promesse donnée par le Seigneur à son église, alors
qu'il dit : *Les portes de l'enfer ne prévaudront point
contre elle.*

Cependant, puisque nous possédons l'infaillible promesse du Seigneur, concernant l'inébranlable solidité
de l'Église, serait-il encore nécessaire de prier pour
l'obtenir ? Nous prions néanmoins pour ce but, indépendamment de la solennité présente, peut-être
lorsque nous chantons : *Tu es, Seigneur, le solide
fondement de ceux qui espèrent en Toi ; daigne, Seigneur, affermir ton église.* Et ce qui prouve que cette
invocation n'est pas superflue, c'est le triste souvenir
de la destruction de plusieurs églises, jadis florissantes
et célèbres. Qu'est en effet devenue l'église d'Afrique,
au centre de laquelle Saint-Cyprien martyr brillait
autrefois d'un éclat si suave ; l'église disons-nous, qui a
légué à l'Église universelle tant de canons mémorables ?

Elle a cessé d'exister sans même laisser de sa destruction le moindre vestige ! Que si l'expérience atteste la possibilité de voir tomber et se détruire les églises les plus prospères ; à quoi devons-nous rapporter la promesse qui déclare que : *les portes de l'enfer ne prévaudront point contre elle ?* Enfants de l'Église, où nous faut-il chercher le fondement de sa sécurité ? Ce sont là de graves questions, qui ne sauraient être étrangères à aucun d'entre vous : car nous sommes dans l'enceinte de l'Église, comme dans l'arche de Noé ; si cette arche venait à se briser et à s'enfoncer dans l'abîme, quelle autre puissance serait capable de nous soutenir à la surface des flots ?

Mes frères, c'est à regret que j'aborde en ce moment le sujet d'une controverse. Je n'ignore pas le conseil de Saint-Paul qui nous recommande : *de ne point nous livrer à des disputes de mots, qui ne sont bonnes qu'à pervertir ceux qui les écoutent.* (II. Tim. II. 14.) Mais je sais aussi que ce maître pacifique se vit contraint de soutenir des controverses, non de celles qui tendent à pervertir, mais à édifier ceux qui les écoutent, et cela toutes les fois qu'il jugea le silence plus dangereux que la discussion.

Même il advint que Saint-Paul contredit ouvertement l'apôtre, Saint-Pierre, aussi éminent que lui parmi les apôtres, certes sans porter la moindre atteinte à l'unité de leur foi et de leur charité mutuelle. *Or, Céphas étant venu, je lui résistai en face parce qu'il était répréhensible.* (Gal. II. 11.) Oui il est désirable de n'employer le plus souvent la parole du Seigneur que comme un flambeau, destiné à éclairer les voies de l'intelligence et les sentiers de la vie, ou comme une nourriture pour nos ames. Mais ce n'est pas en vain, que cette même parole nous est représentée sous l'image d'un *glaive spirituel;* plus d'une fois il devient indispensable de s'en servir pour trancher les vaines subtilités, qui menacent d'envelopper les âmes simples, dans des filets bien différents de ceux des saints apôtres.

A ceux qui demandent comment il se fait que l'Église de Jésus-Christ demeure inébranlable et indestructible, nonobstant l'ébranlement et la ruine de plusieurs églises? L'Église universelle répond ce qui suit : L'Église du Christ est inébranlable d'abord dans la personne de Jésus-Christ, sur lequel elle est affermie à jamais, comme sur un fondement éternel et avec qui elle est unie, comme un corps l'est à son chef, c'est-à-dire, par le lien d'une vie immortelle. En second lieu, elle est inébranlable, dans son unité œcuménique, non qu'une partie quelconque plus ou moins considérable ne puisse déchoir de cette unité, mais parce que, nonobstant de telles apostasies, l'Église demeure toujours une, sainte, catholique et apostolique, fidèle dépositaire des enseignements de la foi et de la doctrine des mœurs, gardienne de la sainte Écriture dans son intégrité, comme de la sainte tradition et conservant la succession non interrompue de la hiérarchie et de l'usage des sacrements.

Cette manière de résoudre la question découle si directement de la parole divine, qu'il suffira pour l'appuyer de répéter ici quelques unes des paroles de Jésus-Christ, et de rappeler certains témoignages des écrivains ecclésiastiques.

Le Seigneur dit : *j'édifierai mon église et les portes de l'enfer ne prévaudront pas contre elle.*

L'apôtre Saint-Paul écrivait à l'Église de Corinthe, concernant le fondement de l'Église, ce qui suit : *nul ne peut poser d'autre fondement que celui qui est placé et qui est Jésus-Christ.* (1. Cor. III. 11.) Remarquez, mes frères, que l'apôtre ne se borne point à reconnaître dans la personne de Jésus-Christ, le premier et solide fondement de l'Église, mais encore il nie la possibilité de tout autre fondement semblable ; et attendu qu'il écrivait alors pour combattre ceux qui disaient d'eux-mêmes : *je suis le disciple de Céphas, de Paul ou d'Apollos* ; il est évident que son assertion en renferme une autre : savoir que Céphas, c'est-à-dire l'Apôtre Saint-Pierre, ne saurait être considéré comme base primordiale et permanente de l'Église ; bien qu'il soit juste de reconnaître en lui, un fondement secondaire reposant sur le Christ, et empruntant de lui sa solidité, privilège dont il jouit conjointement avec tous les apôtres et les prophètes, ainsi que l'affirme un autre passage de Saint-Paul : *établis sur le fondement des apôtres et des prophètes et la pierre angulaire étant Jésus-Christ lui-même.* (Eph. II. 20.)

C'est encore aux chrétiens d'Ephèse que le même Apôtre, parlant du Christ, a dit : *C'est lui qui a institué les uns apôtres, les autres prophètes, les autres évangélistes, d'autres encore pasteurs et docteurs, pour la consommation des choses sacrées, pour l'œuvre du ministère, pour l'édification du corps du Christ, afin que nous fassions croître en Lui toutes choses, en Lui qui est le chef; de qui le corps entier se compose et se forme convenablement, moyennant un contact mutuel, selon l'opération et dans la mesure des parties du corps servant à la croissance du corps entier, qui se développe ainsi lui-même par la charité.* (Eph., IV, 11, 12, 15, 16.) Voilà l'image de l'Eglise aussi vivante, qu'elle est pleine de sens et de profondeur ! En effet, si l'Eglise doit être le corps du Christ, ce ne saurait être sans doute, que l'Eglise universelle, car jamais personne n'a osé attribuer plusieurs corps à Jésus-Christ :

Que si l'Eglise universelle est le corps du Christ, Fils de Dieu, il suit de là, que ce corps demeure pur, toujours sain, toujours indestructible, autrement il serait indigne du Fils de Dieu. Si c'est de Lui que le corps de l'Eglise universelle emprunte l'élément qui la constitue, moyennant un contact qui opère en elle la croissance, il est hors de doute que l'Eglise ne reçoit de son chef que vie, puissance, lumière, pureté incorruptibilité. Si de plus, pour la composition de ce corps du Christ, il a été donné des apôtres, des prophètes, des Evangélistes, des pasteurs et des docteurs de vérité; il est manifeste que ces pasteurs et ces docteurs

(c'est-à-dire la hiérarchie de l'Eglise), doivent durer sans interruption, ainsi que la structure et la croissance du corps de Jésus-Christ. De même que nous voyons tout corps qui se développe, renfermer bien des parties qui ne lui sont point inhérentes, et qui s'en séparent, sans porter préjudice à sa croissance et à la perfection de ce corps : de même aussi, le progrès et la prospérité du corps de l'Eglise ne subissent aucune atteinte, alors même qu'elle est abandonnée de cette foule d'hommes *qui croient pour un temps* et qui, à l'heure du péril ou de toute autre tentation *déchoient*. Ces hommes, disons-nous, *qui sont sortis du milieu de nous, mais qui ne sont pas des notres*. (Jean, II, 19.)

Or cette doctrine de la permanence de l'Eglise, présente un caractère distinctif de vérité évidente, car, ceux qui pensent autrement ne la rejettent point ; seulement ils s'efforcent d'y ajouter ce que nous ne connaissons point, et ce que n'ont jamais enseigné les évangélistes et les apôtres.

L'on dit en Occident ; l'Eglise est inébranlable, d'abord en Jésus-Christ ; secondement dans un sens plus limité, et à peu près exclusif, elle l'est dans la personne de l'apôtre Saint-Pierre ; troisièmement dans celle de son successeur, que l'on qualifie de chef visible de l'Eglise ; à quoi l'on ajoute, que ce sont là les seules bases solides sur lesquelles il soit possible d'asseoir l'édifice du salut des chrétiens, avec une entière sécurité.

Que devons-nous penser, mes frères, des deux dernières clauses ajoutées à la doctrine du salut ? Sont-elles nécessaires ? S'accordent-elles avec les enseignements des Apôtres et de l'Eglise apostolique, tels que nous venons de vous les exposer ?

Pierre l'élu de Dieu ! toi qui le premier as confessé le seul *nom par la vertu duquel nous pouvons être sauvés !* Aide-nous à proclamer et à exalter l'unique nom du Christ, Fils du Dieu vivant, chef de l'unique corps de l'Eglise, et à l'élever avec toi au-dessus de toute dénomination humaine.

S'il est vrai, d'après la déclaration rigoureuse de l'apôtre Saint-Paul, que nul ne peut poser de fondement autre que celui *qui est posé, et qui est Jésus-Christ.* Comment essaierait-on d'associer à cette pierre fondamentale un second et un troisième fondement ?

Que si, comme l'explique plus loin le même apôtre, nous sommes édifiés sur le fondement des apôtres et des prophètes, la pierre de l'angle étant Jésus-Christ : à quel titre voudrait-on exclure onze apôtres de l'enceinte de ces fondations, et mettre à leur place celui qui n'appartient point au collége apostolique ?

Que si, conformément à la parole de Saint-Paul : pour l'opération des choses saintes et l'édification du corps du Christ, il a été donné, disons-nous, des apôtres en nombre proportionné à la multitude de ceux qui sont appelés à la foi, et si tous reçurent collectivement et sans intermédiaire la grâce conférée par Jésus-Christ et par l'Esprit-Saint : quelle différence y aurait-il si, parmi les successeurs des apôtres, l'un eut été institué et sacré par Pierre, le prééminent, l'autre par Jacques ou par Jean, lesquels à l'égal de Saint-Pierre étaient *considérés comme des colonnes de l'Eglise* (I. Gal., II, 9), un autre enfin par Paul qui *ne différait en rien* de ses frères? (Ibd., 6). Oui, Saint-Paul, disons-nous, lui qui selon l'antique témoignage de l'Eglise, fut associé à Saint-Pierre pour la prééminence. Il en est de même de quiconque aurait été ordonné par Saint-André, avant tous appelé à l'apostolat, et ainsi de suite. Pour préposer Timothée sur l'Eglise d'Ephèse avec autorité épiscopale, Paul n'eut pas recours à Pierre, de même que ce dernier ne s'adressa pas à Paul, pour placer Saint-Marc sur le siège d'Alexandrie. Or Timothée et ses successeurs s'appuyaient sur le fondement de l'apôtre Saint-Paul, avec autant de solidité que Saint-Marc, et ses successeurs sur celui de l'apôtre Saint-Pierre. Quand est-ce que Pierre devint l'unique soutien de la stabilité de l'Eglise? en quelle conjoncture, en quel lieu, et qui fut celui qui succéda à Saint-Pierre dans ce ministère exclusif? L'Ecriture Sainte ne nous fournit point ces notions. Au contraire, l'Ecriture et la tradition nous apprennent qu'après le glorieux martyre de Saint-Pierre, le grand révélateur des mystères du Christ, Saint-Jean l'évangéliste, et Simon, parent de notre Seigneur, évêque de Jérusalem, vécurent encore long-temps et exercèrent le ministère apostolique. Et autant il est certain que ces deux disciples n'avaient aucun besoin de recourir au siège de Rome, autant il est indubitable que le siège de la Cité Reine, conjointement aux autres évêques s'inclinait devant la prééminence des deux apôtres. Plus tard, la tradition sacrée nous présente trois successeurs de Pierre, au lieu d'un successeur unique. La preuve de ce fait, nous pouvons l'emprunter aux trésors de l'antiquité, tels que nous les fournissent ceux-là même qui nous contredisent maintenant. Saint-Grégoire-le-Grand, surnommé en grec le Dialogue, occupait dans la hiérarchie la même place, le même siège, que l'on attribue uniquement à l'apôtre Saint-Pierre. Or Grégoire-le-Grand, dans son épitre à Eulogius, patriarche d'Alexandrie (*), s'exprime ainsi : bien qu'il y ait plusieurs apôtres, néanmoins pour ce qui concerne la primauté, le siège du premier entre les apôtres a obtenu l'autorité dans l'opinion publique, siège unique, en trois lieux différents. Car c'est lui qui a élevé le siège sur lequel il termina sa vie terrestre. C'est encore lui qui illustra le siège, auquel il préposa un disciple évangéliste. C'est lui qui consolida le siège, où il fut assis pendant sept ans, quoiqu'il s'en soit éloigné depuis. Pierre seul, continue Saint-Grégoire, possède un siège unique, sur lequel, par ordre divin, trois évêques président aujourd'hui. Ayant eu connaissance du titre de patriarche *œcuménique* (qui d'ailleurs n'était usité en Orient que dans un sens purement honorifique), ce saint Pape jugea cette déno-

* Edition de Paris, 1775, t. II, p. 37.

mination trop étendue et par conséquent redoutable. Aussi prenant à cœur la dignité de tous les patriarches, non d'un seul, il écrivait à Eulogius, patriarche d'Alexandrie et à Anastase d'Antioche (liv., IV, 36.), les paroles suivantes : *Si l'on permet de s'appeler ainsi sans opposition, l'on rejette par là, la dignité de tous les patriarches.* Vous venez d'entendre, mes frères, la doctrine de l'Eglise d'Orient relativement aux sièges des patriarches, et cela de la bouche du patriarche d'Occident ! C'est que dans le temps où vivait saint Grégoire, l'orient et l'occident ne faisaient qu'un, ainsi que leur avait enjoint l'Eternel : *Orient d'en haut.*

Or si la parole de Dieu ne proclame qu'un seul chef de l'Église dans la personne du Christ, de quel droit la sagesse humaine, indépendamment de ce chef divin, prétend-elle imposer au corps immortel de l'Église, une autre sommité mortelle ?

Si l'Église universelle, selon la parole expresse du Seigneur, doit être telle : *que les portes de l'enfer ne prévaudront point contre elle*, est-il conséquent de lui imposer un chef, sous l'autorité duquel les portes de l'enfer, pourraient enlever la tête du corps de l'Église.

A quoi servit-il à l'hérésie des Monothélites, telle est la question du savant Bossuet, évêque et théologien d'Occident, dans son sermon sur l'unité de l'Église, à quoi lui servit-il d'avoir par un coup imprévu entraîné le Pape ? A cela l'Orient antique et moderne répond : En effet, il a été de peu de fruit pour l'hérésie des Monothélites d'avoir conquis le pape Honorius ; attendu que le pape n'est point le chef unique de l'Église ; attendu qu'après la chute dans l'hérésie, l'Église conserva pour la défense de la vérité les autres patriarches qui ne sont point sous son autorité, et les conciles. Que si au contraire l'hérésie se fut réellement emparée du chef de l'Église universelle, en sorte qu'elle eut acquis un chef œcuménique, revêtu de la pleine autorité, où en seraient maintenant la dignité et l'inébranlable stabilité de l'Eglise.

Béni soit donc le divin fondateur de l'Eglise, qui n'a point confié le soin de sa conservation à un homme mortel, quel qu'il soit, sujet au péché. Le Seigneur n'a pas dit à Pierre, encore moins à aucun de ses successeurs : *Les portes de l'enfer ne prévaudront point contre toi*, mais il a dit de son Eglise : que les portes de l'enfer ne prévaudraient pas contre elle, alors même qu'elles l'emporteraient plus d'une fois, sur tel ou tel homme, quand même elles triompheraient de celui qui est appelé à être le soutien de plusieurs, mais non du corps entier de l'Eglise.

Quiconque est frappé de ce que les paroles du Seigneur, concernant le fondement de l'Eglise, s'adressent à l'apôtre Saint-Pierre et à lui seul, celui-là doit méditer les circonstances qui précèdent cet évènement. Pierre, devançant les autres disciples, confessa le Christ, par la déclaration nouvelle et toute chrétienne : *Tu es le Christ, Fils du Dieu vivant !* C'est pourquoi il reçut seul, et de préférence au reste des Apôtres, la nouvelle révélation relative à l'Eglise : *et moi je le dis ;* en sorte que sur la pierre fondamentale, primordiale et universelle, Céphas fut posé le premier entre les fondements secondaires de l'édifice, je veux dire les Apôtres, et cela non seulement comme individu, mais, principalement, comme organe de la foi, qu'il avait confessée. C'est dans ce sens que Saint-Jean Chrysostôme interprète les paroles de Jésus-Christ : *Sur cette pierre j'édifierai mon Eglise, signifie sur la foi de la confession.* (Hom. LIV, sur Saint-Matthieu.)

Que ceux qui déploient plus de zèle pour Saint-Pierre qu'il ne leur en demande, veuillent bien se montrer plus dociles aux enseignements du grand Apôtre, qu'aux subtilités de leur propre esprit ou de celui des autres. Oui, Saint-Pierre aspire, mes frères, à vous fonder et à vous affermir, non sur lui-même, mais sur le Christ. Aussi a-t-il dit : *En allant à lui qui est la pierre vivante, dédaignée par les hommes, mais exquise et précieuse devant Dieu, vous mêmes édifiez-vous ainsi que des pierres vivantes, pour former un temple spirituel* (I. Ep. de Pierre, II, 4, 5.) Saint-Pierre ne connaît qu'un seul nom, sans lequel on ne saurait être sauvé, celui du Christ et non pas trois *noms* qui seraient le Christ, Pierre et son successeur. Car il n'est point, s'écrie-t-il, *d'autre nom sous le ciel, qui soit donné aux hommes et par la vertu duquel nous devons être sauvés.* (Actes. IV. 12.)

Christ, *Pierre vivante*, tel est mes frères, le premier, l'unique, l'universel et inébranlable fondement, portant tout l'édifice, fondement sur lequel nous sommes appelés à faire reposer nos cœurs, notre foi, notre vie, notre espérance du salut ; toutefois en nous associant aux bases secondaires qui sont les apôtres, les prophètes, les pasteurs et docteurs de l'Église œcuménique. Ainsi fondés et cimentés, nous serons à l'abri de toute ruine et de tout péril. Que si nous ne travaillons point à établir solidement notre foi et nos cœurs sur ce fondement éternel ; il n'existe plus pour nous de *colonne réputée* solide, ni aucun soutien de l'humaine sagesse qui aient la puissance d'étayer notre *demeure*, assise hélas ! sur le *sable* mouvant des opinions, des préjugés et des intérêts de la terre ; par conséquent menaçant ruine !...

Que si nous nous sentons frappés de stupeur et d'admiration, à l'aspect de tant de grâce et de force conférées à Pierre par la parole du Seigneur : *tu es Pierre et sur cette pierre j'édifierai mon Église*, rappelons-nous les circonstances qui amenèrent la plénitude de ce don céleste. Ce fut pour l'apôtre le fruit de sa profession de foi, avec effusion de toute son âme, profession sincère, exempte de doute et de crainte, courageuse, nullement empruntée à la chair et au sang, mais au contraire manifestée par le Père Eternel : *tu es Christ, fils du Dieu vivant*. L'édification de l'Église universelle est une œuvre hors de la portée de nos efforts et de nos sollicitudes, bien qu'elle doive nous être familière dans nos oraisons. Mais il est, mes frères, une portion de l'œuvre divine qui concerne plus directement chacun de nous, et qui exige toute notre ardeur et toute notre application. C'est l'édification de ce temple dont l'apôtre a dit : *vous êtes les temples du Dieu vivant*—la construction, disons-nous, de cette demeure intérieure de nos âmes, dans le secret de laquelle doit s'opérer notre salut. Pierre est grand par la grâce, au sein de l'Eglise pleine de majesté et de grandeur; mais pour ce temple humble et modeste au dedans de nous, il faut absolument que chacun de nous devienne selon sa mesure le fidèle imitateur de Saint-Pierre, l'héritier de la grâce répandue sur lui. Il faut que nous soyons aussi *disciples* du Christ, c'est à-dire que nous fassions usage de tous les moyens à notre portée pour acquérir la connaissance de Dieu et de son Christ. Il faut que chacun de nous demande et obtienne du Père céleste la manifestation de cette lumière vivante, comprise par le cœur. Il faut, chrétiens, que vous aussi, vous remplissiez vos âmes des trésors de la foi *en Christ, fils du Dieu vivant*. Il est indispensable pour nous de confesser sincèrement, sans hésitation et sans crainte, le Christ, Fils du Dieu vivant, au besoin par la parole, toujours par notre vie; l'adorant comme notre Maître et notre Sauveur, il nous faut travailler à conformer toutes nos actions à sa sainte doctrine et à ses commandements. Et si jamais, mes frères, par infirmité ou par imprudence, il vous arrivait d'être submergés par les tentations comme

Pierre se sentait enfoncer dans les flots, vous aussi, hâtez-vous de tendre les bras à Jésus-Christ, par un élan de repentir, par la prière et l'espérance en Lui. Ce n'est que par de semblables dispositions et par de telles œuvres, que nous aurons notre part de la promesse faite à Saint-Pierre : *J'édifierai mon église en vous, et les portes de l'enfer ne prévaudront point contre elle.*

Ainsi soit-il.

SERMON

Sur les Traditions.

Prononcé le 13 Décembre 1838, après la consécration de l'église de la Sainte-Trinité, dans l'enceinte du monastère de Daniloff, à Moscou.

———✦———

« Je vous loue, mes frères, de ce qu'en toutes choses vous vous souvenez de moi, et que vous gardez mes enseignements ainsi que je vous les ai transmis. (I. Cor., XI. 2.) »

———

L'APÔTRE Saint-Paul, en donnant aux chrétiens de Corinthe des enseignements salutaires, les loue de ce qu'ils gardent les traditions. Quelles sont ces traditions? C'est ce que l'on peut inférer des divers passages de ses Epitres, où il les leur rappelle et leur donne le complément de ces mêmes traditions. L'apôtre dit par exemple, *que l'homme ne doit point se couvrir la tête* pendant la prière : voilà le complément d'une tradition qui prouve qu'il en existait une, sur les oraisons en commun. Ailleurs Saint-Paul dit encore : *N'avez-vous pas de maisons pour y manger et y boire? Ou bien serait-ce que vous méprisez l'église de Dieu?* Ce reproche relatif à quelques désordres accidentels et au manque de recueillement dans les églises, prouve l'existence antérieure d'une tradition, sur la sainteté des temples chrétiens, qui les met au-dessus des habitations ordinaires et qui impose le devoir du respect et de la dévotion. Mais c'est surtout avec un surcroit de clarté, que l'apôtre signale comme étant l'objet d'une tradition, la célébration des saints mystères du corps et du sang de Jésus-Christ, lorsqu'il s'exprime ainsi : *J'ai reçu du Seigneur et je vous ai transmis.* De cette citation il résulte, que le grand apôtre loue les Corinthiens de leur fidélité à garder les traditions; sur le culte public, sur la sainteté des églises et sur la célébration des saints mystères.

Lorsque nous fixons nos regards sur ce temple édifié avec tant de soin, et maintenant consacré par la grâce divine, lorsque nous considérons que cette œuvre a été entreprise librement, sans contrainte, par zèle pour le service de Dieu et de son sanctuaire, dans le désir pieux de faire régner ici la prière, et d'y offrir constamment le saint sacrifice pour les vivants et pour les trépassés; avec le dessein de substituer en ce lieu les consolations de la foi et de l'espérance à tant de souvenirs douloureux. (*a*) Je loue avec effusion et de toute mon

(*a*) L'enceinte du monastère renferme beaucoup de tombeaux.

âme, ceux qui ont entrepris et achevé cette œuvre agréable à Dieu. Mais attendu que mes chétifs éloges ne sauraient leur assurer la récompense que je leur souhaite, j'appelle à mon aide l'apôtre Saint-Paul, je lui montre le fruit de ce zèle, que lui-même appréciait dans les Corinthiens, afin que nos frères participent à leur tour à son suffrage et à sa bénédiction. Oui, je vous loue, mes frères, de ce que vous vous rappelez ce qu'ont enseigné les apôtres, et que vous gardez ce qui nous a été transmis par nos saints pères et nos devanciers dans la foi.

C'est sans doute un objet digne de nos désirs que de mériter le suffrage des apôtres, pour prix de notre fidélité à garder les traditions véritables. Veuillez donc enfants de l'Eglise, prêter une oreille attentive à la doctrine des traditions.

Depuis le temps où la doctrine chrétienne fut déposée dans les livres sacrés, l'Eglise afin de conserver la saine doctrine sans altération, a pour coutume et pour règle, non-seulement d'appuyer ses enseignements sur l'invariable témoignage des Ecritures inspirées; mais encore d'emprunter les paroles et les expressions qui désignent les points principaux de la doctrine, en puisant à la source même des révélations. Voilà pourquoi il s'agit d'analyser le symbole de la foi en le comparant à la sainte Ecriture, pour demeurer convaincu, que les Pères des conciles œcuméniques de Nicée et de Constantinople ont retracé les dogmes de notre croyance, non par des paroles et des expressions

prises au hasard, mais au contraire, par des textes
formels de l'Ecriture sainte, en sorte que cette profession de foi, a pour nous une double importance ; car
en premier lieu, les pères de l'Eglise proclament la
vérité par leur symbole, et de plus, c'est l'Ecriture sainte
le Verbe de Dieu qui parle par leur bouche. Il en
est de même de la doctrine sur les traditions : la
chose et le nom sont empruntés à l'Ecriture sainte,
comme nous venons de l'indiquer, d'après les paroles
de Saint-Paul.

Mais le principal fondement de la doctrine qui nous
occupe se trouve renfermé dans la déclaration suivante
du même Apôtre : *C'est pourquoi, mes frères, demeurez fermes et conservez les traditions qui vous ont été
enseignées, soit de vive voix, soit par notre lettre.*
(II. Thessal., II, 15.)

Voici donc en même temps un enseignement à bien
comprendre et à bien observer, un précepte sur les
traditions, et une introduction à la connaissance de ce
qu'elles contiennent. *Soyez fermes et conservez les traditions*, c'est-à-dire, gardez-les avec persévérance,
tel est le précepte, l'expression du devoir qui nous est
imposé. *Les traditions qui vous ont été enseignées soit
verbalement, soit par lettre*, en voici donc la défi-
nition : l'Apôtre appelle *tradition* tout ce que les chrétiens avaient appris de lui, concernant la Foi, la hiérarchie, le culte public, les disciplines de l'Eglise et
les règles de conduite. Puis, il distingue deux espèces
de traditions : celle qui fut transmise par écrit, et la

tradition par la parole, ou la tradition non écrite. Mais attendu que l'on désigne plus communément la tradition écrite sous le nom de *Sainte-Ecritures*. Il est d'usage d'employer le terme de tradition, par rapport à tout ce que nous avons appris de la bouche et par l'exemple des saints Apôtres et des saints Pères leurs successeurs.

Il est digne de remarque, que le grand Apôtre recommande également et en même temps aux chrétiens l'observance religieuse de la double tradition ; c'est-à-dire, qu'il leur enjoint d'adhérer fermement à l'Ecriture sainte, et de garder le dépôt des traditions sacrées. Il fait marcher de front et de concert, l'Ecriture et la tradition ; il exige de nous l'attention et le zèle à conserver l'une et l'autre. En faut-il d'avantage pour constater l'importance des traditions adoptées par l'Eglise, et pour nous encourager à leur rester fidèles ?

Ici nous pourrions mettre fin à nos enseignements, sur la tradition sacrée, si, succédant immédiatement aux Apôtres, comme leurs premiers disciples, nous avions sous les yeux la tradition apostolique, dans toute son intégrité et son authenticité.

Mais les traditions chrétiennes ont traversé beaucoup de pays, de nations, de langues et de siècles. Aux traditions primitives des Apôtres, se sont jointes les instructions des Pères de l'Eglise, à un degré d'antiquité plus ou moins reculé. Dans certaines parties des traditions vivantes, il s'est manifesté de la diversité d'où peut naître la contradiction. Il a fallu que l'Eglise examinât l'authenticité et l'autorité des traditions, recherche qui n'est pas à la portée de chaque individu. Le moyen le plus sûr pour les reconnaître serait d'en constater la première origine; mais à côté des origines connues, il en est qui se cachent dans le crépuscule du passé. Que nous faut-il faire ?

Avant de vous le dire, mes frères, examinons d'abord ce qui se fait. Les uns vouent toute leur attention à ce qu'il peut y avoir d'obscur et d'incertain dans les traditions, d'où résulte la conjecture, que si les saintes traditions ne sont pas une œuvre purement humaine, du moins la Providence les abandonne au caprice des hommes et au cours des circonstances; et par conséquent l'opinion, qu'il est loisible de ne tenir aucun compte des traditions, attendu que nous possédons *la parole certaine des prophètes et celle des apôtres, contenue dans l'Ecriture inspirée et pouvant nous instruire pour le salut, afin que l'homme de Dieu soit accompli et préparé à toute espèce de bonnes œuvres.* D'autres, attentifs aux préceptes qui recommandent de conserver les traditions, s'attachent aveuglément et arbitrairement à quelques observances, qui sont prises au hasard, sans vouloir s'enquérir de leur authenticité, de leur pureté et de leur importance. Que faut-il donc faire? Il faut, mes frères, s'abstenir également de tomber dans les deux extrêmes que nous venons de vous signaler.

La Sainte Ecriture fut commencée par Moïse. Comment avant lui, dans la succession des siècles écoulés depuis l'origine du monde, comment, dis-je, la vraie religion se conserva-t-elle, et avec elle le culte qui lui était approprié ? Par le moyen de la tradition. Il suit de là, qu'avant la mission de Moïse, Dieu avait choisi la tradition pour instrument du salut des hommes, de même qu'Il choisit plus tard la parole écrite. L'Ecriture Sainte du Nouveau Testament fut commencée par Saint-Matthieu l'évangéliste, huit ans après l'Ascension de notre Seigneur. Dans cet intervalle où étaient l'Evangile, le fondement des dogmes, la doctrine des mœurs, la règle du culte, et les lois du gouvernement ecclésiastique ? Tout cela existait dans la tradition. D'après le témoignage d'un des écrivains sacrés, savoir l'évangéliste Saint-Luc, l'Ecriture Sainte n'est autre chose qu'une continuation et une forme plus stable donnée à la tradition sacrée, par une dispensation de l'Esprit-Saint : *suivant le rapport que nous en ont fait ceux qui, dès le commencement, les ont vus de leurs propres yeux, et qui ont été les ministres de la parole : j'ai cru devoir aussi vous en écrire par ordre toute l'histoire* (Luc, I, 2).

Vous avez à cœur de tout établir sur le fondement inébranlable de la Sainte Ecriture. Voilà qui est bien et cela doit être ainsi. Cependant d'où savez-vous quels sont les livres sacrés, et pourquoi dans le nombre, tel ou tel livre fait réellement partie du code de la révélation ? Cette certitude émane principalement de la tradition sacrée. Il est donc évident que l'Ecriture Sainte a besoin du secours de la tradition.

Que si l'importance de la vraie tradition est si manifeste, antérieurement à la parole écrite et conjointement avec elle; quand pensez-vous que l'importance de la tradition ait pu diminuer? Apparemment à l'époque où l'écriture ayant pris la place de la tradition orale, nous aurait déclaré qu'il n'est plus nécessaire d'en tenir compte? Or, l'écriture dit le contraire : *soyez fermes et conservez les traditions qui vous ont été enseignées, soit par la parole, soit par écrit.*

Au demeurant, si les apôtres eux-mêmes étaient soumis à une épreuve pour constater la légitimité de leur mission ; et cela résulte du texte de la révélation de Saint-Jean, là, où le Seigneur donne son approbation à l'ange de l'Église d'Ephèse, *parcequ'il mettait à l'épreuve ceux qui se disaient apôtres et qui ne l'étaient point* : à plus forte raison convient il de vérifier les traditions postérieures aux apôtres, ayant traversé tant de siècles, afin de nous assurer qu'elles proviennent des apôtres et des saints Pères, et qu'elles n'ont point subi d'altération étrangère à leur source. Sans cette précaution de l'Église, notre culte envers Dieu pourrait encourir le reproche que le Seigneur adressa aux Pharisiens et aux Scribes de la Judée, qui observaient les traditions des anciens : *c'est en vain qu'ils m'honorent en enseignant des doctrines et des préceptes humains. Car ayant abandonné le com-*

mandement de Dieu, ils conservent des traditions hu-
maines. (Marc. VII. 8.)

Peut-être me demandera-t-on : comment faut-il s'y
prendre pour éviter cet écueil ? comment examiner
les traditions et discerner celles qui sont authentiques
et indubitables? La règle la plus certaine en pareil
cas, nous l'empruntons à la parole même du Seigneur.
Les traditions se constatent par la parole de Dieu et
par ses commandements. Celles qui contredisent la
parole divine et nous induisent à violer un comman-
mandement de Dieu, sont fausses et purement humaines. Nous les observerions *en vain* et nous nous
exposerions par cela même, à enfreindre le commandement.

Une autre règle également sûre pour constater les
traditions, nous la trouvons dans les paroles de Saint-
Paul à Timothée : *afin que tu apprennes comment il*
convient de vivre dans la maison de Dieu, qui est
l'Église du Dieu vivant, la colonne et le fondement de
la vérité. (I. Tim. III. 15.) Si donc l'Église est la
colonne et le fondement de la vérité, c'est à elle
qu'il nous faut recourir pour apprendre ce qui est
vrai ; c'est elle que nous devons interroger sur l'authenticité des traditions sacrées ; car l'Église en est
l'unique dépositaire digne de foi. En recevant toute
tradition salutaire de la bouche et par l'autorité de
l'Église apostolique et universelle, soyons fermes, mes
frères, ne nous laissons pas ébranler par des doutes
inutiles, et conservons cette tradition avec l'espoir

d'être agréables à Dieu. *Tenons-nous en*, ainsi parle l'apôtre, *à la profession que nous avons faite d'espérer ce qui nous a été promis, et ne nous retirons point de notre réunion* (Hébr., X, 23, 25.) ; ce qui signifie, la réunion de l'Eglise universelle, *comme quelques-uns ont coutume de le faire*. Remarquez, mes frères, que, même au temps des Apôtres, il y avait certaines gens qui se retiraient de la communion de l'Eglise universelle ; il n'est donc pas étonnant que de nos jours vous rencontriez quelquefois des hommes entraînés dans cet égarement funeste. Lorsque de tels hommes vous présenteront leurs traditions partielles, sachez d'avance que quiconque a délaissé l'Eglise, *colonne et fondement de la vérité*, ne peut vous offrir qu'une tradition fausse, ou altérée, ou du moins enlevée à autrui et par conséquent sans bénédiction. Or l'erreur ne peut donner le salut, ce qui est corrompu ne saurait guérir, ce qui est enlevé à autrui n'enrichit guère et ne porte point les fruits que l'on se flatterait d'en recueillir.

Rendons gloire à Dieu, mes frères, de nous avoir appelés à être les enfants et les membres de l'Eglise véritable, au sein de laquelle la tradition sacrée, non seulement celle de la doctrine, des canons et des rites, mais encore celle qui transmet invisiblement et réellement les dons de la grâce, qui sanctifie et descend du ciel sur la terre, *pareille à la rosée d'Aermon sur les collines de Sion* ; celle qui s'écoule et s'épanche sans interruption, sur la hiérarchie et l'administration

20

des sacrements, *comme l'huile sainte répandue sur Aaron et jusqu'aux pans de sa robe pontificale.* (Ps., CXXXII.) En sorte que les saints apôtres marqués de l'onction du Saint-Esprit, la dispensent à leur tour aux saints pères, ceux-ci à leurs successeurs de siècle en siècle, lesquels revêtus de l'épiscopat donnent la consécration aux temples et aux saints mystères qui, à leur tour, communiquent une nouvelle grâce aux évêques, afin que toutes les fois que nous approchons par la foi des choses saintes, nous soyons mis en contact surnaturel avec la grâce céleste, primitivement accordée aux apôtres, par l'effusion du Saint-Esprit.

Adhérons donc invariablement à cette source de purification et de vie. Comme il sied aux enfants de l'obéissance, accueillons avec amour, de la bouche et des mains de notre mère l'Église orthodoxe, d'abord la saine doctrine de la foi et des mœurs, avec elle le don de sanctification véritable, et tous les secours qui peuvent nous conduire à la vie éternelle.

Ainsi soit-il !

HOMÉLIE

Pour le jour de l'Annonciation,

Prononcée en 1845.

———◆———

« *Le solide fondement de Dieu demeure ferme*
» *ayant pour sceau cette parole : Le Seigneur con-*
» *naît ceux qui sont à Lui ; et que quiconque*
» *invoque le nom de Jésus-Christ s'éloigne de*
» *l'iniquité.* » (II. Tim. II. 19.)

—

Il me semble que je vois en ce moment, ce solide
fondement de Dieu, que l'apôtre nous montre comme
ayant un sceau, et n'étant connu que de Dieu seul.
Qu'est-ce autre chose en effet, que ce fondement
qui supporte tout l'édifice divin, sinon Jésus-Christ,
Fils de Dieu ? *Car tout a été créé par Lui dans le ciel*
et sur la terre, les choses visibles et les invisibles,
soit les trônes, soit les dominations, soit les princi-
pautés, soit les puissances, tout a été créé par Lui
et pour Lui. Il est avant tout et toute chose subsiste
en Lui (Col., I, 16, 17). Que s'il s'agit de res-
taurer de nouveau les créatures, *nul ne peut poser*

*d'autre fondement , que celui qui est posé, et qui est
Jésus-Christ* (I. Cor., III, 11). En ce jour, mes frères,
l'Esprit-Saint nous apporte du haut des cieux cette
pierre angulaire et la dépose dans les profondeurs de
la terre ; il nous l'apporte, disons-nous, du sein de
la majesté divine et la dépose dans le secret de l'humanité, mystère ineffable scellé d'un triple sceau : le
sceau de la virginité, le sceau de l'humilité, et celui
du silence. Et en vérité qui, excepté Dieu seul, te
connaissait alors, Fils consubstantiel à ton Père ; qui
eût pu te reconnaître dans cet abaissement incompréhensible, qui cachait néanmoins *le Dieu tout en
tous*, alors que devenu le fondement de notre salut
dans le sein de Marie, par une dispensation que
même après la salutation de l'archange, nul ne saurait scruter.

Nous admirons la grandeur et l'éclat des œuvres
créatrices ; admirons également, mes frères, le voile
mystérieux qui les couvre. Essayons de pénétrer plus
avant dans les propriétés de ce solide fondement divin que l'apôtre nous signale : il est à espérer que
nous y découvrirons le trésor qui nous est destiné.

PREMIÈRE PARTIE.

« *Le solide fondement de Dieu demeuré ferme ayant pour
» sceau : Le Seigneur connaît ceux qui sont à Lui.* »

Bien qu'il soit certain : *que le principe des œuvres
de Dieu* (Apoc., III, 14), c'est-à-dire, la base uni-

verselle de la création est Jésus-Christ, Fils de Dieu,
l'on aperçoit cependant en méditant les paroles de
l'apôtre qu'il s'agit ici du *fondement divin*, dans ses
rapports avec les élus, que le Seigneur connaît spécialement, et daigne appeler *les siens. Le Seigneur
connaît ceux qui sont à lui.* Que signifie donc sous
ce point de vue ce fondement divin ? Nul doute que
cela indique quelque chose de particulier qui s'édifie
dans le sein de la race humaine, sur le fondement
du Fils de Dieu, quelque chose d'intime qui, sur
Jésus-Christ, fondement primordial, s'élève dans toute
âme véritablement chrétienne, ou, pour m'énoncer plus
clairement, ces paroles signifient l'Eglise, dont le Fils
de Dieu est le fondateur ; elles signifient le don salutaire de la grâce, déposé dans l'homme, c'est-à-dire,
cette foi, dont le chef et le consommateur est Jésus-
Christ.

C'est ce fondement divin que l'apôtre qualifie de
solide, ou d'indestructible : attendu que le Seigneur
lui-même a dit de l'Eglise en général : *je bâtirai mon
Eglise et les portes de l'enfer ne prévaudront pas contre elle* (Matth., XVI, 18), et ailleurs Il a dit en
particulier des âmes véritablement chrétiennes : *nul
ne les arrachera de ma main* (Jean, X, 28).

Il a existé de toute antiquité un usage consistant à
placer au haut des édifices des emblêmes, ou des ins-
criptions, destinées à faire connaître leur propriétaire,
leur destination, leur importance et leur inviolabilité.
Conformément à cette coutume, l'Apôtre aperçoit au-

dessus de l'édifice divin *un sceau*, c'est-à-dire, un emblême ou une inscription, servant à distinguer le solide fondement posé par Dieu lui-même, de toutes les
frêles constructions fondées par la main des hommes;
signe auguste, qui protège l'œuvre divine, contre toute
atteinte de la ruse ou de l'audace, de la démence ou
de la perversité humaine. *Le solide fondement de Dieu
demeure ferme ayant un sceau.*

Mais quel est ce sceau? Celui-ci, continue l'Apôtre,
le Seigneur connaît ceux qui sont à lui. Sceau
merveilleux, en effet! Vous voyez cependant, mes
frères, que c'est une inscription, car elle se compose
de mots. Toutefois, ce n'est pas sans raison que l'A-
pôtre l'appelle un sceau, c'est qu'elle annonce et manifeste beaucoup moins que ce qu'elle cache et dérobe
à nos regards; or, c'est là la propriété de tout cachet.

Le Seigneur connaît ceux qui sont à Lui. Mais est-
ce à dire pour cela que les hommes ignorent ceux qui
sont à Lui? — Oui, très-souvent, même le plus souvent, les hommes ne les connaissent point. Considérez
Moïse, il frappe l'Egypte, il délivre Israël, il remplit de ses miracles l'air, l'eau, la terre, les forêts, les
rochers; pouvait-on ignorer sa mission divine? Néanmoins, le peuple ne le reconnaissait qu'en partie,
puisqu'il murmurait sans cesse et se soulevait contre
lui. Joseph est conduit par l'esclavage, et par la prison,
jusqu'au pied d'un trône, il devient illustre par la connaissance des mystères, et la puissance lui est donnée.
Toutefois, ses frères furent long-temps à s'apercevoir

qu'il était à Dieu ; ce qui le contraignit à le leur révéler lui même : *Ne craignez point*, leur dit-il, *car je
suis de Dieu.* (Gen. L, 19.) Personne n'ignorait la vie
angélique et la doctrine toute céleste de Saint-Jean le
précurseur. Mais y en avait-il beaucoup qui sussent que
le Seigneur l'avait désigné par ces paroles : *Voici que
j'envoie mon ange?* (Matt. III, 1.). Sur la question de
savoir : *si le baptême de Jean venait du ciel, les prêtres, les scribes et les anciens,* tous gens plus instruits
que le vulgaire, n'eurent pas honte de confesser leur
ignorance. *Et ils répondirent à Jésus : Nous l'ignorons.*
(Marc XI, 30, 32) Et toi Verbe, consubstantiel avec Dieu
ton Père, même après que tu eus parlé, *comme jamais n'avait parlé un homme*, après les signes et les
miracles, par Toi accomplis, miracles *que nul homme
ne peut faire à moins que Dieu ne soit avec lui*, (Jean,
VII, 46.—III, 2.) Te connaissait-on ? Hélas ! toi de qui
émane toute vraie science, comme la lumière jaillit du
soleil ? Si l'on t'avait connu, l'on n'eut pas dit avec tant
d'irrévérence : *Celui-ci n'est-il pas le fils du charpentier ?* (Matth., XIII, 55.) On n'eut osé te renier avec
tant d'indifférence : *Celui-ci nous ne savons pas d'où
il est.* (Jean., IX 29.) *S'ils avaient compris, ils
n'eussent pas crucifié le Roi de la gloire.* (I. Cor,
II. 8.) Que si les hommes dans leur aveuglement
ne virent point ces lumières du monde, ni même
le soleil de vérité ; s'ils ont été assez aveugles pour
méconnaître tant d'hommes manifestement envoyés
par Dieu, et jusqu'à la sagesse offerte à leurs regards :

il n'est plus étonnant que ceux-là soient méconnus par le monde, qu'une providence spéciale ne daigne pas lui révéler, pendant que l'humilité qui leur est propre achève de les dérober à tous les yeux.

Le Seigneur connaît ceux qui sont à Lui. L'apôtre n'attribue cette connaissance qu'à Lui seul : serait-ce que ceux qui sont à Dieu, s'ignorent eux-mêmes? En effet, les paroles de l'apôtre autorisent cette conclusion. Mais il a dit ailleurs que *l'Esprit lui-même rend témoignage à notre esprit, que nous sommes enfants de Dieu,* (Rom., VIII. 16.). toutes les fois que nous sommes réellement tels; et selon un autre apôtre : *quiconque croit au Fils de Dieu possède le témoignage en lui-même.* (I. Jean, V, 18.) Mais quel est ce témoignage? *Ceci est le témoignage que Dieu nous a donné de la vie éternelle et que cette vie réside en son Fils.* (Ibd., 11.) Or, attendu que cette vie des fidèles, *demeure cachée avec Christ en Dieu, jusqu'au jour de la révélation des enfants de Dieu,* il arrive souvent que ceux-ci ne savent pas assez quel est ce trésor divin qu'ils possèdent dans le vase d'argile de leur fragile humanité. Enfin l'esprit qui rend témoignage à nos âmes, n'est-il pas ce même esprit : *qui souffle où il lui plait, et dont vous entendez la voix, mais sans savoir d'où Il vient ni où Il va.* (Jean, III. 8.) Toutes les fois *que tu ignores d'où il vient;* c'est alors qu'Il te remplit de choses divines : mais lorsque *tu ignores où il va,* tu ne retrouves en toi-même que ton humaine misère. Le Seigneur n'avait-il pas élu

Saint-Paul d'une manière toute particulière puisque dans une révélation il dit de lui : *celui-ci est pour moi un vase d'élection.* (Actes, IX. 15.) Puisque ayant posé en lui un fondement divin, il avait édifié sur cette base un temple spirituel, qui embrassait dans son enceinte une foule d'âmes fidèles, et même plusieurs grandes églises dans des contrées et parmi des nations diverses ? Néanmoins Paul, après tant de grâces, ignore s'il est parvenu à s'unir à Dieu. *Mes frères, écrit-il, je ne me crois pas encore parvenu où je tends; mais oubliant ce qui est derrière moi et marchant en avant je m'élance vers le but, qui est la marque de la vocation d'en haut en Jésus-Christ.* (Philip., III, 13, 14.) Oui, Dieu seul connait ceux qui sont à Lui. Mais à quelle fin les dérobe-t-il à la connaissance du reste des hommes, et en quelque sorte à eux-mêmes ? Pourquoi ses élus ne sauraient-ils pas clairement, pour leur propre consolation, qu'ils sont à Dieu? Pourquoi les autres hommes l'ignoreraient-ils au détriment de leur édification ? Quelquefois le mystère se manifeste, afin que le sceau divin, demeurant inaperçu, ne soit pas inutile. Remarquez, mes frères, que dans un cas semblable, il y a toujours plus de choses cachées, sous le sceau divin, que ce qui est manifesté par son empreinte.

Sous le sceau demeure caché le fondement divin de la grâce répandue sur l'homme ; et cela parce que le fondement repose dans le plus profond de l'âme, là où aucun alliage humain ne peut porter atteinte à ce fondement inébranlable. Voilà ce que l'apôtre appelle *l'homme caché dans le secret du cœur*. (I. Pierre, III. 4.) Cet homme-là vous le chercheriez vainement dans nos rues et sur nos places publiques ; nul n'en saisira l'image dans un miroir. Le fondement divin se cache aux yeux du monde, moins, par l'effet d'un dessein arrêté, que par une conséquence naturelle des formes sensibles de l'univers. Le monde ne voit pas les saints, tout comme les aveugles ne voient pas la lumière.

Le fondement divin se cache aussi dans certains hommes par la volonté de celui qui veille à leur salut : afin que les puissances ennemies, qui les menacent, n'y portent aucune atteinte. Telles les fondations de tout édifice matériel se cachent profondément dans les entrailles de la terre, pour pouvoir mieux résister au choc des éléments, et soutenir l'édifice contre les tempêtes.

Enfin le fondement divin se cache dans le plus profond de l'homme, pour son bien : *de peur qu'il ne s'imagine être quelque chose n'étant rien*, (Gal. VI. 3.) et qu'il ne soit pas séduit par son altière raison ; de peur qu'il ne s'énorgueillisse et ne renverse dans un mouvement d'orgueil, le fondement de grâce posé dans son âme et à l'abri de tout, dans les profondeurs de l'humilité.

De semblables réflexions peuvent nous aider à mieux comprendre la cause du mystère qui couvre le fondement divin d'un édifice si visible dans son ensemble ; pourquoi, dis-je, ces pierres posées en nous sont marquées d'un cachet mystérieux, en sorte que le Seigneur seul connaît parfaitement ceux qui sont à Lui.

Humilions-nous, mes frères, devant les décrets impénétrables de notre Dieu. Excitons-nous à la pieuse recherche des hommes de Dieu, et du fondement divin qu'ils possèdent. Gardons-nous des jugements téméraires sur le compte du prochain, car nous ignorons en lui ce que le Seigneur y découvre.

DEUXIÈME PARTIE.

Le solide fondement de Dieu demeure ferme ayant pour sceau cette parole : le Seigneur connaît ceux qui sont à Lui, et que quiconque invoque le nom de Jésus-Christ s'éloigne de l'iniquité. (II. Tim., II. 19.)

En étudiant le sceau ou l'inscription que l'apôtre nous montre empreinte sur le fondement de l'édifice divin dans l'homme, nous n'en avons analysé jusqu'ici que la première moitié. Suit la seconde : *et que quiconque invoque le nom de Jésus-Christ, s'éloigne de l'iniquité.*

Si l'édifice divin ne présentait à nos regards que le premier sceau et que l'on ne put y lire que ces paroles : *le Seigneur connaît ceux qui sont à Lui,* c'est-à-dire que Dieu seul connaît infailliblement ceux qui par leur foi vivante et leur amour persévérant lui appartiennent pour toujours, ainsi qu'à son Église sur la terre et à celle qui est au ciel ; une telle révélation

aurait de quoi nous consoler, mais aussi elle nous
frapperait de terreur. Elle nous consolerait, mes frères, en nous offrant l'image de ce solide fondement
de Dieu, placé hors de toute atteinte, de ce sceau
divin inviolable, de la sécurité de ceux qui sont ca-
chés dans le mystère de la face de l'Eternel; mais ces
paroles nous épouvanteraient par l'incertitude qu'elles
laissent, sur une chose que l'on ne saurait ignorer
impunément. Car si Dieu seul connait les siens, qui
sont ceux avec lesquels nous passons notre vie, ceux qui
agissent sur nous par leurs insinuations et leurs exemples? Et nous mêmes, qui sommes-nous? Sont-ils à
Dieu? Le sommes-nous? Dieu le sait! Que ce mot
en pareille occasion est terrible. Si Dieu seul connait
les personnes avec lesquelles je suis en société et qui
me servent de guides, que sais-je si ce ne sont pas des
esprits séducteurs qui m'entraînent? Ne suis-je pas associé à mon insu, à des ennemis de mon Dieu? Et, par
conséquent, ne serais-je pas en péril de rester étranger à
la grâce de la véritable adoption. Quelle redoutable
incertitude!

Seigneur tu connais ceux qui sont à toi! Ta justice
et ta sagesse les dérobent à la connaissance du monde
qui n'en est pas digne et qui pourrait abuser de cette
connaissance. Mais prends pitié de ceux, qui bien que
ne t'appartenant pas encore, aspirent à être les tiens;
accorde leur un signe auquel nous puissions dans
notre ignorance, reconnaître dans autrui ce qui est
bon, pur et sanctifié par ta grâce, en un mot, ce

qui vient de toi, afin que par dessus toutes choses nous aimions ce qui t'appartient, que nous l'étudions et l'imitions avec ardeur ; pour que nous nous y attachions de toute notre âme et qu'adhérant à ce qui est à toi , nous parvenions un jour à l'union avec toi-même et possédions la bienheureuse espérance d'être éternellement à toi.

Oui, mes frères, de même qu'un sceau royal sert à cacher un secret d'état, mais nous révèle en même temps par son empreinte, celui à qui ce secret appartient, de peur que nous ne méconnaissions ce qui émane de l'autorité souveraine. Il était nécessaire que le sceau mystérieux, dont Dieu marque ses fidèles et ses élus, en vue de lui-même, il fallait, disons-nous, que ce sceau portât en outre un emblême, facile à reconnaître et assez frappant, pour que l'on pût distinguer à ce signe ceux qui sont à Dieu, de la foule de ceux qui s'égarent et séduisent les autres, par des dehors trompeurs. C'est en quoi consiste la seconde partie de l'inscription, telle que l'apôtre l'avait lue sur l'édifice divin dans le cœur de l'homme. *Que quiconque invoque le nom de Jésus-Christ s'éloigne de l'iniquité.*

C'est pour nous une grande source de félicité sur cette terre, et un puissant motif d'espérer la béatitude céleste, que le droit qui nous est accordé *d'invoquer* en esprit *le nom du Seigneur.* Notre divin Sauveur renferme presqu'entièrement l'œuvre de sa mission salutaire ici-bas, dans la faculté qu'il a procurée aux hommes d'invoquer le nom du Seigneur. A la veille d'achever sa carrière terrestre, Jésus, dans son oraison pontificale, dit à son Père céleste : *J'ai consommé l'œuvre que tu m'as donnée à accomplir.* Qu'elle est cette œuvre ? *Je t'ai glorifié sur la terre* ; ou en d'autres termes : *J'ai manifesté ton nom aux hommes que tu m'as donné de ce monde.* (Jean XVII, 4, 6.) Ne pourrait-on pas en conclure que tous ceux à qui le nom du Père céleste a été manifesté, ceux qui invoquent le nom du Seigneur appartiennent, par cela même, au Christ, et sont à Dieu ? *Nul ne peut,* selon le témoignage d'un Apôtre inspiré, *nul ne peut nommer Jésus, Seigneur, si ce n'est par l'Esprit-Saint.* (I. Cor., XII, 3.) Or, quiconque parle par l'Esprit-Saint, doit appartenir à Dieu et à son Christ. Aussi un autre Apôtre déclare-t-il que *quiconque croit que Jésus est le Christ, celui-là est né de Dieu* (I. Jean, V, 1). Mais quiconque est né de Dieu doit être plus intimement sa propriété.

S'il en est ainsi, ne vous est il pas permis de raisonner de la manière suivante ; voilà que nous invoquons le nom du Seigneur et que nous nommons le Seigneur Jésus ; nous appartenons donc assurément au Christ, nous sommes à Dieu ; le royaume de Dieu est en nous et nous obtiendrons un jour le royaume céleste. A juger de certains hommes par leur genre de vie et leurs actions, l'on serait tenté de croire que tels sont, en effet, leurs sentimens et leurs pensées et que là s'appuie leur espérance pour le ciel et l'éternité. Mais hélas ! leur fondement spirituel n'est marqué que par ces mots : *celui qui invoqae le nom du Seigneur*, rien de plus !

Ah ! mes frères, soyons en garde contre ce prestige. Ne voyez-vous pas que ce sceau est rompu, que cette inscription est tronquée. Tel n'est pas le solide fondement. Quiconque invoque le nom du Seigneur n'est pas pour cela solidement fondé en Lui et digne de son royaume. Car le Seigneur lui-même nous l'annonce : *tous ceux qui me disent : Seigneur ! Seigneur ! n'entreront point dans le royaume des cieux*. Et la prédiction qui suit n'en est que plus menaçante : *plusieurs me diront en ce jour*, c'est-à-dire le jour où se manifestera le royaume des cieux et où les justes y seront appelés : *Seigneur, Seigneur, n'est-ce pas en ton nom que nous avons chassé les démons et par ton nom opéré beaucoup de miracles ? Alors*, continue-t-il, *je leur déclarerai : jamais je ne vous ai connus* (Matth., VII, 21, 22, 23). O mécompte funeste ! ils invoquaient le nom du Seigneur, donc ils le connaissaient et croyaient en Lui ; ils prophétisaient, mettaient en fuite les démons, opéraient des miracles ; donc ils possédaient une foi peu commune et néanmoins le Seigneur ne les reçoit pas dans son royaume, que dis-je, Il ne les connait point ! Quel inconcevable progrès du mal et de la corruption humaine ! Se peut-il que la connaissance de l'unique Dieu véritable et de Celui qu'Il a envoyé, cette connaissance qui confère la vie éternelle, soit jamais dépourvue d'esprit et de vie ? Il faut cependant le reconnaître ; attendu qu'il existe des hommes *qui déclarent connaître Dieu, mais qui par leurs œuvres le rejettent* (I. Tim., I, 16). Quoi! la foi aussi à laquelle il est réservé d'opérer le salut des hommes, peut-elle être inutile? Oui, inutile comme le dit l'apôtre Saint-Jacques. *A quoi sert-il, mes frères, si quelqu'un dit qu'il possède la foi, mais n'a point les œuvres? Est-ce que la foi peut le sauver?* (Jacques, II, 14). Se pourrait-il que les opérations de l'Esprit de Dieu dans l'homme telles que : le don de prophétie, le pouvoir d'expulser les démons, celui des miracles s'abîment dans le mélange impur des éléments et des œuvres qui constituent la nature déchue de l'homme charnel; se peut-il que ce feu céleste qui, une fois allumé dans le sein de l'homme, est destiné à lui donner un essor sublime, que ce feu s'éteigne dans la fange terrestre et réduise celui qui en reluisait déjà, à n'être plus qu'un tison obscur? Que si ce danger n'existait pas, l'apôtre ne nous eût pas donné un avertissement sévère : *n'éteignez pas l'Esprit* (I. Tess., V, 19).

Seigneur Jésus-Christ, si tous ceux qui invoquent ton nom n'entrent point dans ton royaume, qui donc parmi eux y sera admis? A cela notre Seigneur nous répond : *celui qui fait la volonté de mon Père qui est aux cieux.* Et au contraire, par quel motif plusieurs d'entr'eux n'y entreront pas? *Eloignez-vous de moi,* dit-Il, *vous qui commettez l'iniquité* (Matth., VII, 21, 23).

Chrétiens! vous croyez par le cœur, vraisemblablement votre foi *vous est imputée à justice*. Mais c'est Dieu seul qui le sait : *le Seigneur connait ceux qui sont à Lui*. Or, ceci ne peut suffire à mon édification ni à votre sécurité. Tant que le germe demeure enfoui en terre, qui sait s'il en sortira un arbre et si cet arbre portera de bons fruits ?

Frère, tu confesses de bouche le nom du Seigneur et ta foi en Lui : si ta confession, comme celle des saints confesseurs et des martyrs se faisait entendre au milieu des terreurs de la persécution et sous une menace de mort, ce ne serait plus une parole fugitive, ce serait un acte efficace, et dès-lors nul doute que ta confession ne fût *pour le salut*. Mais, à défaut de ces épreuves, qui sait si l'aveu de tes lèvres procède d'une conviction profonde, si c'est une foi vivante qui te l'a dicté ? Quand vient le printemps, nous voyons fleurir certains arbres, qui plus tard ne porteront plus de fruits et qui, mal enracinés et dépourvus de sève, sont destinés à se flétrir et à se dessécher. Mais si ton arbre ne porte que des fruits informes et sauvages, privés de toute saveur ; si ta prétendue foi qui se vante d'être orthodoxe, quelquefois même aspire à être miraculeuse, si cette foi, dis-je, s'associe à une vie sensuelle, à des œuvres d'injustice et d'iniquité ; alors c'est en vain que l'arbre de ta foi se pare de fleurs ; il reste sauvage, on ne saurait se le dissimuler. *Car on connait l'arbre à son fruit.* (Luc,, VI 43.) Tel est l'arrêt du cultivateur suprême *!* Vainement exalterions-nous notre foi, vaine-

21

ment nous appliquerions-nous à la revêtir des paroles
de la confession ; de mauvaises actions et une vie impure la démontrent, et révèlent ce que nous sommes
en réalité ; que nul ne s'abuse ni n'abuse le prochain.
Avec de telles dispositions nous n'appartenons point
aux arbres de choix de la vigne véritable, mais plutôt
à cette *plantation que n'a pas planté le Père Céleste*
et qui sera *extirpée* un jour (Matth., XV. 13.) à moins
qu'elle ne soit soumise à une seconde culture spirituelle, moyennant les œuvres de justice et de sanctification !

Veux-tu, chrétien, devenir un arbre d'élite qui ne
sera ni coupé ni déraciné? Hâte-toi de porter de bons
fruits. Aspires-tu à devenir réellement une habitation
divine, un temple vivant de l'Esprit-Saint? Ne te
borne pas *à invoquer le nom du Seigneur* par ta croyance, mais encore *éloigne-toi de l'iniquité* par ta vie.

Il n'existe qu'un seul fondement solide pour la confiance en Dieu, qu'un seul édifice du salut éternel, et
ils ont ce sceau : *que quiconque invoque le nom du
Seigneur s'éloigne de l'iniquité*, A ce signe vous connaîtrez parmi ceux qui invoquent le nom du Seigneur
ceux qui sont à Dieu ; par cet emblême, que chacun
de nous s'éprouve lui-même, pour découvrir s'il avance
dans la voie qui conduit à l'union intime avec Dieu.
Aussi Saint-Basile le Grand considère comme une marque certaine de l'état de grâce, le degré de haine
et d'horreur que nous éprouvons pour l'iniquité.
Comment est-ce qu'une âme, dit-il, peut obtenir

la certitude que Dieu lui a pardonné ses péchés? Et
Saint-Bazile répond : *toutes les fois que cette âme*
se voit-elle même dans la disposition de celui qui a
dit : j'ai pris en haine l'injustice et je l'ai détestée (a).
(Psm. CXVIII. 163.)

Édifice divin, maison de Dieu, âme chrétienne,
recueille-toi, pour t'assurer si le solide fondement dans
ton intérieur porte le sceau gardien et protecteur?
Comme on recule devant un abîme, comme on fuit le
trépas et les portes de l'enfer, ainsi doit *s'éloigner*
de l'iniquité, quiconque invoque le nom du Seigneur.

Ainsi soit-il !

(*a*) Voyez Règles Sommaires de Saint-Basile , question XII.

HOMÉLIE

Prononcée le 5 juillet 1847.

Jour anniversaire de la manifestation des reliques de Saint-Serge de Radonège, dans le couvent de la Sainte-Trinité, dont ce saint fut le fondateur. (*)

———⟨✠⟩———

« Ceux qui sont à Jésus-Christ, ont crucifié leur chair avec ses passions et ses convoitises. (Gal., V. 24.) »

———

L'ÉGLISE a coutume de proclamer ces paroles de l'apôtre, toutes les fois qu'elle célèbre la mémoire des grands ascètes, de ces hommes dont la vie terrestre, comme celle de notre bienheureux père Serge, a

---

* Saint-Serge, le plus illustre des anachorètes de Russie, après Saint-Antoine et Saint-Théodose, fondateurs du cloître et des catacombes de Kiew, vivait au XIVe siècle. Le monastère de la S.te-Trinité, qui porte son nom, est situé à 70 verstes de Moscou, et

été marquée par de pieux exercices destinés à crucifier la chair avec ses passions et ses désirs. Cette alliance de la doctrine avec les exemples est pleine de
sagesse et d'utilité. Que si les actes de mortification
de la chair dans la vie de Saint-Serge vous paraissent
étranges et inusités ; nous avons la parole de l'apôtre
qui nous apprend que ces exercices sont réguliers et
légitimes. D'une autre part, si le discours austère de
Saint-Paul nous effraie par la seule image de la mortification de la chair ; aussitôt la vie du Saint est là
pour dissiper nos alarmes et nous montrer l'heureux
accomplissement d'un précepte qui nous semble trop
rigoureux.

Il n'est pas aisé, mes frères, de dire résolument :
je crucifierai la chair. Mais il n'est pas facile non
plus, de nous décider à dire le contraire : je ne

renferme dans sa vaste enceinte une des quatre Académies ecclésiastiques, destinées aux hautes études réligieuses. Ce beau monu-
ment de la Foi est devenu historiquement célèbre ; car Saint-Serge
prêta le secours de sa parole et de ses lumières au Prince Dimé-
trius, pendant la lutte de la Russie contre les Mongols. A quelques siècles de là, les moines ses successeurs, soutinrent victo-
rieusement un long siège, pendant l'interrègne de 1611 et la domination des Polonais. Enfin, l'année 1812, après l'incendie de Moscou, un corps d'armée Française sous les ordres du vice-roi d'Italie,
s'était déjà mis en marche pour occuper militairement l'antique
Monastère, où s'était retiré le vieux Métropolitain Platon, lorsque
la défaite de Murat à Taroutine, vint déjouer une tentative, dont
Napoléon s'était promis un effet prodigieux sur l'esprit du peuple
Russe. Le cloître de Saint-Serge est demeuré inexpugnable *de fait.*
(Note du traducteur.)

veux pas crucifier la chair. Car de l'une ou de l'autre de ces résolutions, va dépendre ce qu'il y a de plus important dans notre destinée : être ou ne pas être chrétien. *Ceux qui sont à Jésus-Christ ont crucifié la chair avec ses passions et ses convoitises.*

Si nous désirons être à Jésus-Christ, force nous est de crucifier la chair, et si nous nous refusons à le faire, nous ne saurions nous promettre de lui appartenir. Or, n'étant pas à Jésus-Christ, à qui nous faudra-t-il tomber en partage? Certes, dans le royaume céleste il n'y aura personne qui ne soit à Jésus-Christ, personne, par conséquent, de ceux qui n'ont pas crucifié la chair, avec ses passions et ses convoitises.

Après de telles réflexions, nul ne saurait méconnaître la nécessité d'approfondir ce que signifie le précepte de l'apôtre, quel en est le motif impérieux, et quels sont les moyens de l'accomplir?

La chair n'est pas la même chose que le corps. C'est Dieu qui a créé notre corps avec ses propriétés et ses fonctions naturelles; et il ne l'a pas créé pour le faire mourir. Ce n'est que depuis la désobéissance au commandement de Dieu, depuis le contact au fruit défendu, que la chair se manifeste, et son partage est la mort. Saint-Paul nous représente la chair comme opposée à l'esprit, et il nous révèle son essence, par l'exposé de ses opérations et des phénomènes qu'elle produit. Il dit qu'*il est aisé de connaître les œuvres de la chair, qui sont : la fornication, l'impureté, l'impudicité, la dissolution, l'idolâtrie, les*

dissensions, les jalousies, les animosités, les querelles,
les divisions, les hérésies, les envies, les meurtres,
les débauches, les ivrogneries, les clameurs désordon-
nées et autres choses semblables. (Ep. aux Gal., V. 17,
19, 21.) — Il faut donc entendre sous la dénomination de chair : l'orgueil et la sensualité excités dans
l'homme, et se montrant au dehors par les passions
et les convoitises d'une vie fausse et perverse.

Cette notion sur ce que c'est que la chair, répand un
nouveau jour sur le précepte de la crucifixion de
la chair et fait disparaître tout ce qu'il a de redoutable. En effet, mortifier le sentiment de la rancune,
étouffer les mouvements homicides de la haine,
n'est-ce pas évidemment un effort pour conserver et
non pour détruire ? Crucifier tout penchant à la licence
des mœurs, ce n'est pas nous infliger à nous-mêmes
un supplice, mais, au contraire, nous préserver de
la déplorable extrémité physique et morale à laquelle nous réduisent tôt ou tard les voluptés. De
semblables mortifications n'ont même rien de si pénible : car la nature humaine, quoique déchue,
conserve encore le salutaire instinct qui la détourne
du meurtre et de la débauche, sauf quelques exceptions, qui annoncent la chûte la plus profonde dans
l'abîme du mal.

Il importe de remarquer ici que les paroles de
l'apôtre mettent au nombre des péchés qui nous aliè-
nent le royaume de Dieu, non seulement les délits
graves et les vices honteux, mais aussi certains défauts

et désordres assez communs parmi les hommes, tels que : *les jalousies, les querelles, les clameurs désordonnees et ce qui leur est semblable* ; remarquons en outre que l'apôtre condamne à être crucifiées non seulement les passions et les convoitises palpables et grossières, mais encore la chair elle-même, ce qui signifie le principe subtil et secret de nos passions et de nos désirs, la racine du péché au fond du cœur, qu'il est souvent si difficile de découvrir, plus difficile encore d'extirper. Là est le combat, parfois pénible, long, douloureux et réellement destiné à nous crucifier !

Le bienheureux Jérôme, ce grand anachorète, si révéré en Occident, voulut autrefois secouer le joug des passions et des convoitises ; il renonça aux richesses, à l'éclat et aux délices de Rome, se retira en Orient au désert, y mena une vie toute consacrée à l'oraison, à l'étude, au jeûne et aux privations de toute espèce. Cependant il avoue que les images impures d'une vie charnelle et passionnée, venaient l'assaillir dans sa solitude et y troublaient son repos. « Que de fois, écrivait-il, depuis que j'habite le dé- » sert, ne me suis-je pas imaginé que j'étais encore » au milieu des plaisirs de Rome ! mon corps était » déjà mort bien avant sa dissolution finale, et né- » anmoins mes passions brûlaient encore. Ne sachant » où trouver du secours, je me prosternais aux » pieds de Jésus, je le baignais de mes larmes et » je m'efforçais de dompter cette chair rebelle,

» en m'abstenant pendant des semaines entières de
» toute nourriture. Je me souviens que maintes fois
» je passai la nuit et le jour à pousser des gémisse-
» ments et à me frapper la poitrine, jusqu'à ce qu'en-
» fin, Dieu qui commande à la tempête, rendit le
» calme à mon âme? (Lettre XXII, à Eustochie.)
Voilà, mes frères, une expérience, qui certes, n'est
pas la seule parmi les hommes, mais qui, à coup sûr,
se répète fréquemment sous des formes et à des degrés
différents. Cet exemple apprend que pour obtenir l'harmonie, la pureté et la paix de l'âme, il ne suffit pas
de vaincre quelques répugnances qu'éprouve la chair
à se soumettre à l'esprit; qu'il faut de plus, selon la
saine doctrine, mortifier cette chair essentiellement
rebelle, qui vit dans les profondeurs de la nature humaine, et s'abandonne à des instincts pervers, ce qui
rend le combat plus ou moins douloureux et crucifiant.

Et cependant, l'exemple que nous venons de citer, et les conclusions qui en découlent, n'impliquent
nullement pour chacun de nous la nécessité de fuir
dans quelque désert de Syrie, ou bien dans l'ermi-
tage de Radonège où nous sommes, ni de subir à tout
prix les privations et les austérités les plus cruelles.
Ceci est une de ces vocations spéciales, qui n'obligent
pas les chrétiens, mais qui planent en secret sur
quelques-uns, et leur insinuent la parole de Jésus-
Christ : *Que quiconque en est capable le fasse.*
(Matth., XIX, 12.)

Toutefois, il importe de savoir et de nous rappeler souvent que la chair, les passions et les convoitises, sont des amis perfides dans leurs caresses, ou plutôt des ennemis, d'autant plus dangereux, qu'ils se couvrent du masque de l'amitié ; que, plus nous faisons pour ces faux amis, plus nous leur donnons de prise sur nous-mêmes ; que, plus la chair est vivante en nous, moins nous possédons de prémices de cette meilleure vie, qui doit nous accompagner et nous enlever vers le ciel ; et qu'au contraire, si nous voulons faire éclore, croître et mûrir, dans nos âmes cette vie, qui prépare à la béatitude céleste, il est indispensable de réprimer, d'affaiblir et de faire mourir en nous la vie charnelle. Car l'arrêt suivant de la parole divine s'adresse à tous : *Si vous vivez selon la chair, il vous faudra mourir ; que si vous mortifiez, par l'esprit, les œuvres de la chair, vous vivrez.* (Rom., VIII, 13.)

Cette expression de l'Apôtre : *Si vous mortifiez par l'Esprit les œuvres de la chair*, nous donne lieu de penser qu'il existe peut-être plus d'un moyen de mortifier la chair, mais que le moyen efficace consiste à la mortifier par l'esprit.

Etrange phénomène qu'il ne serait pas inutile de remarquer ici, moins à la louange du paganisme, que pour confondre la mollesse de beaucoup de chrétiens : il est certain que la nécessité de mortifier la chair était une des convictions qui avaient pénétré dans les croyances, d'ailleurs sensuelles des gentils.

Les prêtres de Baal croyaient mortifier leur chair,

sans toutefois le faire par l'esprit; *ils se tailladaient le corps avec des couteaux selon leur coutume et plusieurs se flagellaient jusqu'à verser leur sang.* (III. Rois, XVIII, 28.)

Quant à nous, chrétiens, il nous est commandé de mortifier la chair, non par des instruments de supplice, non par des tortures, ni en défigurant l'œuvre de Dieu, ni en altérant l'organe de notre âme, mais uniquement *par l'esprit*, ce qui veut dire par la loi spirituelle, par des méditations et des règles de conduite toutes spirituelles, en nous servant pour cela de la contemplation de la vie, et de la crucifixion du Christ, en nous appliquant à nous-mêmes la vertu efficace qui découle de ces sources inépuisables.

La chair veut jouir, s'abandonner à une gaité bruyante, peut-être même s'agiter et se complaire dans ces *clameurs désordonnées et autres choses semblables*, frappez et domptez-la, non à coups de couteau ou de discipline, mais par cette parole de l'esprit : *malheur à ceux qui rient, bienheureux ceux qui pleurent maintenant.* (Luc, VI. 25.) En agissant ainsi, vous modérerez les joies innocentes, vous frapperez de mort la joie du péché. La chair s'irrite contre ceux qui l'offensent, et brûle de rendre outrage pour outrage : enchaînez-là, non par des liens de corde ou de fer, mais par ceux du discernement pieux et de la crainte du Seigneur, car il est écrit : *la colère de l'homme ne justifie point la justice de Dieu.* (Jacques, I. 20.) et *quiconque hait son frère est un homicide.*

(Jean, III. 15.) Enfin celui qui lui dira : *insensé! sera passible de la Gehenne de feu.* (Matth., V. 22.)

La chair ne se contente pas du nécessaire, elle a soif de plaisirs, elle poursuit la jouissance et se montre toujours prête à en faire le but de la vie. Hâtez-vous de lui en marquer un autre, c'est la croix érigée sur le Calvaire, afin de purifier la terre de toutes les voluptés impures, par le ministère des privations et de la souffrance ; éteignez donc la soif du plaisir par celle qui brûla sur le Calvaire; déposez dans le sein des voluptés de la terre, quelque chose de ce vinaigre et de ce fiel qui furent présentés au Seigneur expirant sur la croix, et, à l'aide des instruments de sa passion, envisagés spirituellement, achevez de crucifier en vous l'amour du plaisir, le luxe, la mollesse, en leur opposant la frugalité, la continence, le jeûne et l'application au travail.

La chair, contenue dans les bornes de la décence et s'abstenant des œuvres que réprouvent eux-mêmes les hommes charnels, ne cesse pas pour cela de produire de temps à autre, et en secret, de couver en elle-même des pensées et des désirs impurs. Ah ! n'allez pas négliger ces rejetons dangereux d'une mère perverse, par cela seul qu'ils sont chétifs et peu apparents. Hâtez-vous de tourner contre eux et d'accomplir spirituellement la menace du prophète : *fille déplorable de Babylone, bienheureux celui qui saisira et brisera tes petits enfants contre la pierre.* (Psm., CXXXVI. 9.) Or, Babylone signifie et figure spirirituellement ce monde pécheur, qui nous captive et nous asservit par le péché. La fille de Babylone, c'est la chair, nourrie et développée par la vanité et les prestiges du monde. Ses petits enfants sont les mauvaises pensées et les désirs criminels; la pierre, c'est Jésus-Christ. Heureux quiconque, inspiré par la foi, la prière et l'abnégation, n'hésite pas à briser contre cette pierre tous ces nourrissons du péché aussitôt qu'il les découvre ! Car pour peu que l'on diffère, il est à craindre que ces petits enfants, devenus des géants, ne nous arrêtent dans notre marche et même ne nous rejettent dans la captivité de Babylone.

C'est ainsi, mes frères, et par de semblables efforts qu'il nous importe de mortifier sans relâche les œuvres de la chair par l'esprit; de crucifier la chair avec les passions et les convoitises, afin d'appartenir désormais à Jésus-Christ; afin qu'Il vive et habite en nous, comme nous vivrons un jour en Lui et dans les splendeurs de sa gloire éternelle, qui Lui est commune avec le Père et le Saint-Esprit.

Ainsi soit-il.

SERMON

A l'occasion des prières d'actions de grâce pour la cessation du choléra.

Prononcé le 8 février 1848, dans l'Eglise du couvent de Tchoudow.

✦

« Jésus le trouva dans le temple et lui dit :
Voici que tu es guéri, ne pèche plus, afin qu'il ne
t'arrive point quelque chose de pire. (Jean, V. 14.) »

--

Nous sommes aussi présentement, mes frères, dans l'enceinte d'un temple, et nous y sommes réunis pour confesser avec gratitude, devant Dieu, notre guérison ; les uns relevant de maladie, tous délivrés de la crainte du mal, de cette crainte qui a duré long-temps, qui a pesé sur nous tous, et qui se faisait sentir plus péniblement aux personnes que leur vocation, ou l'attrait de la charité, appelait à traiter les personnes malades, ou à les soigner sur leurs lits de douleur.

Mais le Seigneur Jésus viendra-t-il également dans ce temple? Daignera-t-il nous adresser aussi la parole du salut ? Oh! sans doute , il nous cherche et nous découvre en ce lieu , non-seulement de ce regard qui perce les abîmes, mais encore d'un œil de miséricorde. Les paroles qu'il proféra jadis, dans des circonstances assez pareilles aux notres , le Seigneur nous les adresse en ce moment, par le ministère de son Evangile : *« Voici que tu es guéri, ne péche plus désormais, afin qu'il ne t'arrive pas quelque chose de pire. »* Ceci fut dit dans Jérusalem, sous le portique voisin de la piscine de Siloam à un homme frappé de paralysie depuis trente-huit ans et qui attendait en vain sa guérison par le contact de l'eau, qu'un ange, une fois tous les ans, venait rendre curative pour un seul malade, jusqu'à la manifestation du maitre souverain des temps , des élèments et des anges, du Seigneur qui, sans le secours d'aucun temps, d'aucune eau et d'aucun ange, daigna rendre la santé au paralytique, par cette seule parole : *Lève-toi, prends ton lit et marche.*

Jésus n'avait pas consommé l'œuvre, attendu qu'évitant toute gloire humaine il s'était éclipsé dans la foule. Quelques jours plus tard, apparemment un jour de fête le malade guéri se rendit au temple , comme nous le faisons aujourd'hui et cela pour rendre grâce à Dieu de sa guérison. Ce fut alors que Jésus l'y rencontra et de même que précédemment il lui avait conféré le remède à sa maladie par une seule parole il lui conféra le préservatif contre un mal à venir :

Te voilà guéri cesse de pécher afin qu'il ne t'arrive rien de pire !

Mes frères, si nous entendions de la bouche d'un habile médecin les conseils suivants donnés au malade qu'il aurait guéri : Abstenez-vous de tel ou tel aliment ; quelle eut été notre première conjecture ? Nous eussions pensé que le malade avait fait usage de l'aliment défendu, que cet aliment était devenu la cause de son mal, que son médecin prévoyait une rechûte par la même cause, à moins que son malade ne renonçat entièrement à cette nourriture malfaisante. Il en doit être de même, lorsque nous entendons la parole du Seigneur au paralytique dont il eût pitié. Nous sommes autorisés à croire que le malade s'était rendu coupable de péchés, qui avaient causé sa maladie et que le céleste médecin prévoyait la possibilité d'une rechûte, fruit des mêmes prévarications et pouvant se déclarer sous des formes diverses et avec un redoublement de violence.

Ici une question se présente : serait-ce la destinée d'un seul individu que l'Evangile nous retrace dans ce récit, ou bien ne nous révèle-t-il pas la loi générale qui sévit contre le péché ; loi gravée en partie dans les phénomènes de la nature, en partie appliquée directement par la Providence divine sous des formes plus ou moins visibles, avec plus ou moins de lenteur, par des moyens qui varient et se proportionnent aux gradations et aux particularités du péché, tantôt léger, tantôt grave, tantôt criant vengeance au ciel, tantôt involontaires, ailleurs prémédités; le péché d'ignorance ou d'entraînement, parfois se combattant lui-même, l'emportant dans la lutte et subjuguant les âmes; tantôt haï par celui qui le commet, tantôt devenu cher au pécheur, tantôt source de regret, tantôt mortel par l'impénitence; souvent guéri par des châtiments temporels et quelquefois, hélas! réservé à un arrêt éternel?.... Ah! qui pourrait sonder l'abîme et approfondir les décrets de la justice suprême? qui de nous aurait le cœur d'envisager tout malade comme un criminel et toute maladie du corps comme une marque certaine de la culpabilité? Un mal affreux atteignit Job, l'homme juste; il endurait de cruelles souffrances. On ne saurait non plus admettre qu'un seul pécheur de la cité de Jérusalem, ait été l'objet exclusif d'un châtiment divin, infligé à cause des péchés de sa jeunesse, ni que la maladie qui pesa sur lui pendant trente-huit ans, fut un préservatif amer contre les péchés de la vieillesse.

L'on aperçoit les traces d'un jugement semblable dans les épreuves de notre paralytique, auquel le Seigneur dit en lui rendant la santé : *tes péchés te son remis.* (Marc, V. 5.) Il est évident que notre Seigneur, tel qu'un médecin habile, qui remonte aux causes du mal, daigne opérer la guérison du malade, en agissant directement sur le principe qui l'a engendré. Enfin, tout ce que ces exemples nous révèlent, n'est-il pas formulé comme une loi, par les paroles suivantes de l'Apôtre : *Le péché est entré dans le monde, et avec*

le péché la mort. Et ailleurs : *Le salaire du péché
c'est la mort.* (*Id.* VI, 23.) En effet, les maladies
ne sont autre chose que les rejetons de l'arbre de la
mort, ou bien une dose, plus ou moins forte de ce breuvage mortel. Il suit de là qu'avec la mort, les maladies
sont entrées dans le monde, par la voie que le péché
a frayée, il est donc naturel que ce soit la route
qu'elles suivent encore aujourd'hui.

Etant convaincus, mes frères, de l'existence de la
loi qui établit une affinité entre les expressions de
trépas et de péché, sans rejeter toutes fois certaines
gradations et certaines exceptions, dans l'application de
cette loi pénale; nous sommes autorisés à employer le
langage de l'Evangile à l'égard du paralytique, en disant à notre tour, à notre vaste cité délivrée du fléau :
le mal dont tu as souffert était grave et extraordinaire;
ne serait-ce pas à cause de l'énormité de tes péchés?
Maintenant te voilà guérie; prends garde d'augmenter
le fardeau du péché, de peur qu'il ne t'arrive quelque chose de pire. Quoiqu'il en soit nous pouvons
évoquer ici quelques souvenirs consolants : les enfants de l'Eglise ont manifesté généralement des dispositions, conformes au but que Dieu se proposait
en les visitant. Non contents d'accourir de toutes
parts aux litanies solennelles de l'Eglise, les fidèles
de Moscou, animés d'une pieuse ferveur appelè-
rent à leur secours toutes les ressources de la foi;
on les a vus solliciter des prières en commun et des
processions publiques, sans se laisser détourner de

ces actes de pénitence par les rigueurs de la saison et l'âpreté de l'atmosphère dans les mois de novembre et de décembre, ni par les terreurs du choléra. Le sacerdoce a eu la joie de voir toute exhortation de sa part, devancée par l'élan de la piété publique. Et pourquoi douterions-nous qu'au milieu de cette foule pénitente et recueillie, il n'y ait eu quelques âmes d'élite, ne fut-ce même qu'au nombre de dix, selon la parole de Dieu; quelques élus disons-nous, dont l'adoration et le cri de détresse sont montés à l'autel propitiatoire au plus haut des cieux et nous ont obtenu la grâce de notre guérison, en détournant de nous le bras appesanti de l'ange des justices divines? Dieu seul les connaît, rendons hommage à sa miséricorde infinie, que nos péchés n'ont pu lasser.

Mais tout en nous livrant à ces méditations consolantes, nous ne saurions dissimuler certaines réminiscences, importunes et tristes. A l'aspect du terrible fléau, qui frappait à coups redoublés l'intempérance, sommes-nous rentrés dans les bornes de la modération? Pendant ces jours de deuil, alors que parmi nos frères les uns luttaient contre la maladie, les autres assistaient les malades, ceux-ci rendaient le dernier soupir, ceux-là pleuraient leurs pertes cruelles; en de tels moments, disons-nous, où la charité pour le prochain et l'abandon à la volonté divine, conspiraient ensemble pour nous arracher à de frivoles amusements, avons-nous vu diminuer ces plaisirs insensés?... Au lieu de trouver une réponse à ces interpellations redoutables, l'on se sent dominé par des pensées lugubres, et tenté de répéter encore une fois à cette grande cité qui nous est si chère : *voici que tu es guérie, ne pêche plus dorénavant, afin qu'il ne t'arrive point quelque chose de pire.*

Ainsi soit-il !

HOMÉLIE

Sur la commisération envers les Pauvres.

———◦◦◦◦◦———

« *Et moi je vous dis : Faites-vous des amis du*
Mammon de l'iniquité, afin que lorsque vous serez
dans le besoin ils vous reçoivent dans les éternel-
les demeures. (Luc , XVI, 9.) »

——

N'A-T-ON pas déjà suffisamment raisonné et ne rai-
sonne-t-on pas encore sur la compassion envers les
pauvres ? Faut-il que nous traitions encore ce sujet.

Mais ceux à qui la miséricorde est chère , ne seront
pas importunés de nos discours : car on n'est guère
éprouvé par l'ennui, toutes les fois qu'on s'entretient
de ce qu'on aime. Que s'il est des personnes peu
disposées à entendre les leçons de la miséricorde, ne
doivent-elles pas douter de leur amour pour elle; et
dans ce cas, un nouvel appel à la charité ne sera
peut-être point superflu.

Plus ce monde est fécond en calamités et en tribulations, plus il est nécessaire que les enfants de Dieu acquièrent le trésor des œuvres et des sentiments de charité.

Or, quiconque aspire à s'enrichir, pense souvent aux moyens d'acquérir des richesses. Il en est de même de ceux qui aspirent à la miséricorde, force leur est de méditer souvent sur le moyen de s'approprier ce trésor incorruptible et inaliénable.

L'Evangile nous inculque avec force cette conviction ; tout le monde sait que ce livre est peu étendu, lorsqu'on le compare à la multitude d'objets et de vérités qui devraient y entrer s'ils pouvaient y trouver place. *Il est bien des choses*, dit l'évangéliste Saint-Jean, *que Jésus a faites, qui si elles étaient rapportées une à une, nous ne pensons pas que l'univers entier put contenir ces livres écrits* (Jean, XXI, 25). On serait tenté de conclure de ce passage, que l'Evangile renferme un petit nombre d'enseignements sur la charité, attendu que cette doctrine est simple en apparence et à la portée de tous. Néanmoins l'Evangile, ou pour mieux dire, Christ lui-même Notre Sauveur parle de la miséricorde fréquemment et sous toutes les formes ; et cela certainement à cause du besoin qu'en ont ceux qui veulent être ses disciples.

A-t-Il en vue les hommes qui commencent à chercher la voie du salut : le Seigneur se prévaut de leur aspiration au salut et à la béatitude, pour répandre dans leurs cœurs une semence de charité. *Bienheu-*

reux les miséricordieux, car il leur sera fait miséricorde.

Jésus lit-Il dans certaines âmes, capables de nourrir des sentiments élevés : Il leur révèle ce que c'est qu'une charité désintéressée, magnanime et qui embrasse jusqu'à nos ennemis. Il leur en montre le plus parfait modèle, par ces paroles : *soyez miséricordieux comme votre Père céleste est miséricordieux* (Luc., VI, 36). *Car Il fait luire son soleil sur les méchants et sur les bons et Il fait pleuvoir sur les justes et sur les injustes* (Matth., V, 45). Le Seigneur entre-t-Il sous le toit d'un homme hospitalier, Il profite de son accueil pour l'instruire dans la vraie charité. *Lorsque tu disposes un repas, invite à y prendre part les indigents, les infirmes, les estropiés et les aveugles; et tu seras heureux, puisqu'ils n'ont pas de quoi te rendre la pareille et que tu seras récompensé au jour de la résurrection des justes* (Luc, XIV, 13, 14).

Jésus aperçoit certains hommes, qui ne trouvent pas le temps de penser aux œuvres de miséricorde, parce que tout leur temps est absorbé par une oisiveté inquiète et une oisive activité; par la stricte observance des lois qu'impose le luxe en matière d'habillement, de fêtes et de plaisirs; de ces hommes, disons-nous, qui dorment d'un sommeil spirituel d'autant plus profond, que la vie sensuelle qui les anime est plus développée. De tels hommes ont besoin d'une secousse violente pour s'éveiller : c'est aussi ce moyen que le Seigneur emploie, dans la parabole, qui offre à leurs yeux le miroir du présent et de l'avenir : *un homme était très-riche et il se revêtait de pourpre, en se livrant aux amusements tous les jours* (Luc, XVI, 19). Aussi n'avait-il pas le loisir d'apercevoir devant le seuil de sa porte Lazare, gisant pauvre et malade. Voilà pour le présent ! Mais voici l'avenir ! L'impitoyable riche, en proie aux tourments de l'enfer ne peut se procurer une goutte d'eau pour raffraîchir cette langue qui jadis distinguait si bien, le goût délicieux d'une boisson recherchée.

Le divin Maître voit-Il un docteur de la loi, qui sans rejeter le précepte de la charité, s'efforce de le restreindre et de l'obscurcir par une recherche froide et subtile en demandant : *qui est mon prochain?* (Luc, X, 29). Afin de confondre ce doute imaginaire, comme n'ayant aucun besoin de solution, puisque c'est à notre cœur à le résoudre; le Seigneur a recours à une parabole, où Il nous montre un voyageur gisant sur la grande route, dépouillé de ses vêtements et couvert de blessures par des voleurs.

Il voit des prêtres et des lévites, peu empressés de secourir cet infortuné; et pour les disposer à la compassion par la honte, il leur fait voir dans sa parabole un prêtre et un lévite, qui à l'aspect de la victime passent outre, sans s'arrêter, puis un samaritain, si méprisé par l'opinion publique, qui se prend à secourir l'homme délaissé, comme s'il eut été son serviteur ou son plus proche parent.

Le divin Maître de la miséricorde n'oublie pas non

plus dans ses enseignements les « *publicains et les pécheurs, qui s'approchaient de lui pour l'entendre,* » (Luc., XV. 1. — XVI. 1.) tous gens qui ne prenaient pour guide que la prudence humaine, dans l'acquisition et l'emploi de leurs richesses, toujours habiles à faire des bénéfices, à ne rien sacrifier que pour gagner d'avantage, et à se mettre à l'abri de toute privation. Aussi se plaît-il à emprunter des motifs à leur déplorable prudence, comme il avait pris occasion d'un repas, pour instruire l'hôte qui le lui offrait et il adapte à ces circonstances sa sainte doctrine, contenue dans la parabole du mandataire infidèle, en la terminant par ces paroles : « *faites-vous des amis par le Mammon de l'iniquité, afin que, dénués de tout, ceux-ci vous accueillent dans les éternelles demeures.* »

Il semble que ceux qui entendirent cette leçon, la comprirent, non dans le sens de la prudence mondaine, que jamais n'enseigna Jésus-Christ, mais au contraire selon l'esprit de sagesse véritable. Car s'il en eut été autrement, le divin Maître qui sonde les cœurs, eut sans doute ajouté une explication quelconque pour préserver sa doctrine des atteintes de l'erreur. Et conçoit-on, après cela, qu'il y ait encore des chrétiens, qui pénètrent le vrai sens de la parole du Christ, avec plus d'effort et de peine que les publicains d'autrefois? L'on voudrait hélas, trouver la chose impossible ; et cependant il n'est pas rare d'entendre les questions suivantes : que signifie la parabole du mandataire infidèle ? que signifient ces paroles : *faites vous des amis par le Mammon de l'iniquité ?* Est-ce à dire, que celui qui amasse des richesses par la rapine, peut en les répandant en aumônes se préparer à lui-même un séjour de paix dans l'éternité ?

Nous pensons, mes frères, qu'il sera bon d'écarter ce doute funeste : mais pour y réussir il importe d'approfondir avec soin le contenu de la parabole évangélique.

Un propriétaire avait préposé à son domaine rural un intendant ; ayant appris que celui-ci dissipait la fortune, qui lui était confiée, le maître résolut de lui retirer son emploi et commença par lui demander compte de son administration. Aussitôt l'intendant prévit qu'il allait perdre sa place et sa subsistance ; il rassembla tous ceux, auxquels il avait fourni à crédit du blé et de l'huile, leur proposa de refaire les obligations qu'il leur avait données et à ne porter dans le compte qu'une partie de la dette ; de sorte qu'il céda à l'un cinquante mesures d'huile, à l'autre vingt mesures de froment, dans l'espoir de trouver un asile chez eux, lorsqu'il aurait perdu son emploi et ses émoluments. *« Et le maître de la maison loua le mandataire infidèle, parce qu'il avait agi avec prudence.* Remarquez ici mes frères que le prévaricateur n'obtient pas d'éloges pour son iniquité, qui ne saurait jamais être un objet de louange et qui avait déjà encouru une punition, mais on le loue uniquement à cause de son adresse à se tirer d'embarras. Or, pour bien saisir le sens de cette parabole, il importe de nous rappeler le principe suivant : Toute figure employée dans une parabole ne pouvant s'accorder parfaitement avec le but et l'appliaction du récit, les diverses circonstances, qui y sont rapportées, ne peuvent pas non plus correspondre en tout point au sens moral. C'est ainsi que dans la parabole du juge inique, *qui ne craint point Dieu, et n'a pas honte des hommes* (Luc, XVIII, 2.), et qui néanmoins finit par rendre justice à la pauvre veuve, qui l'obsède sans relâche, nous pouvons discerner comme figures du sens moral, d'abord le nom de juge, puis le dénouement de la narration, qui sert à nous apprendre que Dieu exauce tôt ou tard les supplications persévérantes, tandis que les autres détails de la narration, qui nous retracent un juge inique, sans crainte de Dieu, ni de l'opinion des hommes, n'ont rien de commun avec la vérité, figurée par la parabole, attendu que ces traits ne s'appliquent nullement aux attributs de Dieu, notre souverain juge. L'on doit en dire autant de la parabole du mandataire infidéle : l'injustice et la mauvaise foi ne servent qu'à compléter le récit, mais elles sont entièrement étrangères au sens intime, puisque de telles erreurs sont incompatibles avec la saine doctrine de Jésus-Christ.

Quant au sens véritable de la parabole, voici les traits qui servent à le définir : Un intendant administre les biens d'autrui, de même tout homme, durant le cours de sa vie possède des richesses, et jouit des dons de la créatiou et de la providence divine, non

comme s'il était maître absolu, qui n'est comptable
à personne de ses actions, mais, au contraire, comme
simple mandataire, responsable de sa gestion à Dieu, à
qui tout appartient de droit. Au surplus, ce mandataire
d'un jour, doit tôt ou tard, résigner ses fonctions et en
rendre compte : de même aussi chacun de nous, arrivé
au terme de sa carrière terrestre, est tenu de renoncer
à ce dont il disposait ici-bas, et à répondre de toutes
ses actions au tribunal de Dieu. L'intendant destitué
prévoit son délaissement et sa misère : De même, ap-
lés à quitter cette vie, il en est parmi nous qui, ren-
trant en eux-mêmes, découvrent de bonne heure,
pendant que d'autres aperçoivent tardivement, jusqu'à quel point ils sont dépourvus de bonnes œuvres
et de vertus, combien leur foi et leur amour envers
Dieu sont faibles, leurs oraisons débiles et languissantes,
leurs exercices de piété et de renoncement, leurs combats pour la vérité impuissants et stériles, en un mot,
ils voient avec amertume, que leurs œuvres ne suffisent point pour leur ouvrir l'entrée d'une demeure
céleste. Que fera l'infortuné mandataire ? Quel parti va
prendre cette âme plongée dans le dénuement ? Le
mandataire conserve l'espoir d'être recueilli sous les
toits de ceux auxquels il a procuré des bénéfices, aux
dépens de l'administration qui lui a été confiée. L'â-
me, dénuée de toute perfection, espère, à son tour, que
les infortunés et les affligés, qu'elle a secourus et consolés, avec ce qu'elle possédait sur la terre, lui prête-
ront le secours de leurs prières et de leur foi, pour

lui ouvrir l'entrée du séjour éternel, préparé à la fidélité et à la persévérance dans le bien.

Sans doute, la parabole que nous étudions ne confond nullement la prudence humaine, avec cette sagesse d'en-haut, pour laquelle il lui faut un emblême : *Les enfants de ce siècle sont plus sages, que les enfants de lumière dans leur génération* ; ce qui signifie : il est à regretter que les disciples de la prudence mondaine, fassent preuve de tant d'habileté, dans l'emploi des moyens illicites, pour garantir leur prospérité temporelle ; pendant que les enfants de la lumière, les disciples de la sagesse divine, se montrent parfois, si peu attentifs à se frayer la route qui peut les conduire au salut éternel.

Reste à éclaircir l'expression *de Mammon de l'iniquité,* qu'emploie la parabole évangélique, de peur que ces paroles mal interprêtées, ne portent atteinte à la pureté de la doctrine.

Les Syriens avaient une idole, appelée Mammon, à laquelle la superstition attribuait le patronage de la richesse. Voilà pourquoi la richesse elle-même fut qualifiée de Mammon. Et ce n'est pas sans motif que notre Seigneur désigne ici non seulement et simplement la richesse, mais bien aussi cette opulence que l'on poursuit avec ardeur, dont on jouit avec passion et qui, par conséquent, devient l'idole de notre cœur.

C'est ainsi que nous pouvons définir le sens précis de la locution entière : *Mammon de l'iniquité*. Ces paroles indiquent ce genre de richesse que la passion

a souillé et rendu criminel : car dans la langue sa·
crée, l'iniquité peut signifier en général le vice, de
même que le mot de justice y est employé comme
l'équivalent de vertu.

D'après l'ensemble de ces notions que veut dire
l'exhortation du Seigneur : *faites-vous des amis par le
Mammon de l'iniquité?* En voici le sens; ces mêmes richesses que la convoitise peut aisément transformer
en Mammon de l'iniquité, en aliment du vice, en idole,
faites-en un bien légitime par la charité envers les
pauvres et conciliez-vous par ce moyen des amis, des
intercesseurs zélés.

Quant à ces autres riches, qui déjà coupables d'attachement passionné à leur opulence, le sont encore
d'iniquité dans les moyens qu'ils emploient pour l'acquérir; c'est en vain qu'ils cherchent un expédient
facile pour déguiser leur iniquité, en s'appuyant sur la
parabole du mandataire infidèle. Que si ces hommes
de fraude ou de rapine cherchent dans la parole de
Dieu un remède qui leur soit directement applicable,
ils le trouveront dans l'histoire de Zachée le publi-
cain. En effet, ce pécheur repentant essaie d'abord
d'effacer la souillure de sa cupidité par l'aumône :
*voici la moitié de mon bien Seigneur que je donnerai
aux pauvres ;* mais en même-temps il s'efforce d'expier le crime bien plus grand de sa richesse illicite,
en dédommageant ceux qu'il a lésés : *et si j'ai fait tort
à quelqu'un je le lui rendrai au quadruple* (Luc,
XIX, 8).

Le fils de Sirach attribue à l'aumône l'efficacité du sacrifice et du culte divin. *Celui qui fait l'aumône est comme celui qui offre le sacrifice de louange* (Sag. de Sirach, V, 2). Mais toute offrande à Dieu doit être pure, exempte de souillure et de bassesse. *N'offre point*, dit l'ancienne loi, *le prix d'un chien dans la maison du Seigneur ton Dieu* (Deuter., XXIII, 18). Jugez après cela mes frères, combien il importe que nos aumônes découlent d'une source pure.

A cela on est tenté de demander : est-ce une très-bonne action que de nous exhorter les uns les autres par ces paroles : donnez de l'argent pour un spectacle ou pour tout autre amusement frivole ; donnez, hâtez-vous, car la moitié de votre offrande vous procurera du plaisir, pendant que l'autre moitié sera consacrée à l'aumône. Qu'arrivera-il ? sera ce l'aumône qui purifiera la vanité ? Ou bien la vanité enlèvera-t-elle à l'aumône sa vertu méritoire ? Est-il une réponse à cette question qui puisse nous satisfaire ? Quoiqu'il en soit, il n'est pas douteux que si de pareilles contributions n'avaient pas l'amusement pour but et n'en supportaient pas les frais, la charité en profiterait d'autant, et le sacrifice resterait pur et sans mélange. Le grand apôtre nous apprend : *à pleurer avec ceux qui pleurent* (Rom., XII. 15.) et non à nous égayer en pensant au malheur ; à ne point faire déborder la coupe de la joie, afin que la lie du vase revienne à l'infortune.

Au demeurant nous espérons, mes frères, que nul

d'entre vous ne nous saura mauvais gré de notre sollicitude, qui nous porte à souhaiter ardemment qu'une
bienfaisance ingénieuse et louable par l'intention,
s'élève à un plus haut degré de dignité chrétienne
par le choix des moyens et l'emploi des ressources
de la charité.

Arrêtons ici l'essor de la pensée et de la parole et
reposons-nous sur le fondement d'un précepte à jamais
incontestable : *rends hommage au Seigneur du fruit de
tes justes travaux.* (Prov. III. 9.) Et cela en exerçant
la piété et en pratiquant la charité envers le prochain.

Ainsi soit-il.

HOMÉLIE

Sur les Scandales.

« *Ne nous condamnons plus les uns les autres,
mais pensez plutôt à ne point donner à votre frère
occasion d'achoppement et de scandale.* (Rom. ,
XIV, 13.) »

Nous trouvons dans l'histoire de la vie de Saint-Serge,
notre guide spirituel, qu'étant superieur de la commu-
nauté, fondée par lui dans cette solitude , il entendit
un jour de la bouche de son propre frère, Stéphane,
ces paroles hautaines : *Qui donc est abbé de ce lieu ?*
N'est-ce pas moi qui suis venu m'y retirer le premier ?
Aussitôt l'humble Serge quitta le cloître, et s'en alla
habiter une solitude lointaine et ignorée. Ce fut une
preuve de la patience, de la douceur et de l'humilité du Saint. Mais voici une difficulté : Pourquoi ne
voulut-il pas reprendre et ramener son frère, en l'ex-
hortant comme son supérieur ? Comment un propos in-

23

considéré, échappé à un seul homme, le détermine-t-il à délaisser ses confrères et le ministère sacré dont il était revêtu? Il est, mes frères des voies réservées aux Saints, que nous ne devons envisager qu'avec respect, attendu que c'est la grâce divine qui les trace et les justifie dans leurs conséquenses directes, voies mystérieuses, que chacun de nous n'a pas le droit de suivre, parce qu'il serait téméraire de nous attribuer une mesure égale de grâces venant d'en haut. Tel est l'incident que nous étudions et méditons aujourd'hui.

Toutes les fois qu'un fils manque de respect à son père, ou un subordonné à son chef, gardez-vous, mes frères, de préférer le silence et de laisser le coupable sans reproche de sa faute et sans redressement. Rappelez-vous alors la terrible menace et le châtiment que le Seigneur infligea au grand-prêtre Héli, à cause de sa négligence. *J'exercerai mon jugement contre sa maison, à cause des iniquités de ses fils, parce que connaissant leur indigne conduite, il ne les en a point repris* (Rois, I, 3, 13.)

Lorsqu'une tentation ou une tribulation vous fait éprouver le désir d'abandonner le poste, où vous a placé l'autorité légitime, mettez-vous en garde contre vous-mêmes, car, en cédant à ce mouvement de votre cœur, vous pourriez encourir la punition de votre emportement. Hélas ! l'on ne saurait échapper au mal que l'on redoute par un élan de propre volonté, ni atteindre à la tranquillité dont on poursuit en vain le fantôme.

Que si Saint-Serge ne s'est point conformé en pareil cas aux règles de conduite ordinaires; quels sont les principes qu'il a suivis? Car enfin ce pieux serviteur de Dieu, doit avoir pris pour guide des préceptes de sainteté. Or, nous comprendrons, mes frères, les motifs de sa conduite, en lui appliquant les paroles de l'Apôtre : *Pensez plutôt à ne pas donner d'achoppement ni de scandale à votre frère.* Le saint vieillard reconnut l'inconvénient qu'il y aurait à confondre un ambitieux, puisque l'objet de la contestation était une primauté, et que la dispute semblait personnelle entre le supérieur de la confrérie et son adjoint, qui était en même temps son propre frère selon la chair, nouveau motif de scandale pour les faibles de la congrégation.

Au sein de telles perplexités, Serge trouva le moyen non-seulement d'éviter pour sa part, toute occasion de scandale, mais encore celui de le faire cesser. Il ne se plaignit à personne du procédé de son frère, et, se retirant de tout pouvoir, il donna par cela même, une leçon salutaire à l'esprit de domination. Et Dieu, se plaisant à justifier la conduite de son serviteur, daigna raffermir la confiance et le dévouement de tous les frères envers Saint-Serge, qui bientôt fut ramené au milieu d'eux, par l'autorité du Saint évêque Alexis.

C'est bien là, mes frères, une preuve éclatante de l'importance que nous devons attacher au précepte de l'Apôtre; que l'exemple de Saint-Serge nous excite à nous y conformer fidèlement durant le cours de notre vie.

Mais, dira-t-on, qu'est-ce qu'un achoppement, qu'est-ce qu'un scandale ? Lorsque en marchant nous nous heurtons du pied contre une pierre, il en résulte pour nous un faux mouvement et un danger de chute ; en pareil cas la pierre est un achoppement et l'apôtre se sert de cette image sensible pour nous prémunir contre tout faux pas dans la région de la moralité et de la vie spirituelle. Il établit une distinction entre l'achoppement et le scandale, sans doute pour nous avertir que ce dernier est plus grave. En effet, nous nous heurtons à nos propres pensées, mais nous tombons par nos œuvres. Nous sommes ébranlés par le doute, par les opinions fausses, par le trouble et le désordre de nos amusements ; mais notre chute se fait par le péché accompli. Toutes les fois qu'en présence de notre prochain, nous proférons des paroles et commettons des actions propres à lui inspirer de mauvaises pensées et à lui troubler l'âme ; c'est une occasion d'achoppement que nous lui donnons. Que si par nos paroles ou par nos œuvres nous le sollicitons ou l'encourageons au péché ; c'est alors que nous lui donnons occasion de scandale. Ainsi mes frères, l'exhortation figurée de l'apôtre : ne point mettre d'achoppement ni donner de scandale à nos frères, nous interdit tout ce qui, par notre faute dans nos paroles comme dans nos actions, serait susceptible d'exciter le prochain à de mauvaises pensées, de soulever dans son âme l'orage des passions, et de l'entrainer aux œuvres de péché.

Afin de mieux nous pénétrer du sens de cette doctrine, hâtons-nous mes frères, de distinguer les diverses espèces de scandales selon leur objet. Or remarquez que ce ne sont pas uniquement les œuvres de péché, qui peuvent occasionner le scandale, mais encore qui le croirait, les œuvres permises et jusqu'aux œuvres pieuses et saintes.

Quoi, direz-vous, les œuvres saintes peuvent-elles occasionner le scandale? Oui, sans aucun doute et l'infaillible parole de Dieu nous l'atteste. Y a-t-il, mes frères, quelque chose de plus sacré, que de prêcher aux peuples le dogme salutaire de Jésus crucifié? Eh bien! ce fut un objet de scandale, comme l'apôtre nous l'apprend lorsqu'il dit : *nous prêchons Christ crucifié, objet de scandale pour les juifs* (I. Cor., I, 23). Ici le scandale ne provient pas de ceux qui trouvaient matière à scandale, dans la doctrine de la croix salutaire aux croyants ; et cela parce qu'une prudence charnelle, nourrie d'orgueil et d'incrédulité, les rendait semblables à l'araignée qui emprunte ses poisons à la même fleur dont l'abeille extrait son miel. L'exemple que nous venons de citer nous fournit une règle de conduite certaine pour tous les scandales du même genre. Si de peur de scandaliser les juifs, les Apôtres eussent renoncé à prêcher le Christ sur la croix, le monde privé de la doctrine salutaire, serait demeuré plongé dans la perdition. Il est donc évident que les Apôtres étaient obligés d'accomplir l'œuvre du salut du monde, sans tenir aucun compte de ceux qui courent par le scandale à leur perte. Mais le scandale causé par la croix, n'a pas entièrement cessé mes chers frères ; hélas ! encore aujourd'hui ne voit-on pas les disciples du monde et de la chair se troubler à l'aspect de tout élan des âmes pieuses, vers la vie spirituelle et la sagesse selon Christ. Ce n'est donc pas à ce genre de scandale que peut s'appliquer l'avertissement de l'apôtre. Non, non, persévérons sans crainte dans les œuvres de sainteté et de salut; que la chair ne s'érige plus en arbitre de l'esprit et que le monde n'ose point dicter des lois à l'opération divine.

Q'une action légitime et permise, peut devenir une occasion de scandale , c'est ce qu'il est aisé de comprendre , en prenant pour guide les paroles suivantes de l'apôtre Saint-Paul : *Ce n'est pas le manger qui nous rend agréables à Dieu : car si nous mangeons, notre condition ne sera pas meilleure, et si nous ne mangeons pas, elle n'en sera pas pire.* (I. Cor., VIII. 8.) Il serait superflu de discuter ici le motif et la qualité des aliments qui ont donné lieu à cette assertion de l'apôtre ; qu'il nous suffise de remarquer que Saint-Paul considère ici la nourriture comme un fait qui n'a rien de très-méritoire ni de très-reprochable devant Dieu, par conséquent comme une action permise. Cependant il ajoute plus bas, à propos de la nourriture : *Si ce que je mange scandalise mon frère, je ne mangerai jamais de chair, pour ne pas scandaliser mon frère.* (Ib., 13.) Quel mélange merveilleux de force et de condescendance dans cette exhortation ? Que Saint-

Paul est sévère pour lui-même, lorsqu'il s'interdit pour toujours une action innocente, de peur de scandaliser son frère une seule fois ; que cette dureté envers lui-même, le rend puissant et persuasif lorsqu'il nous met en garde contre le scandale ! Mais aussi que sa parole est douce et mesurée, lorsque loin d'appliquer sa défense à ses disciples, il se borne à leur montrer la privation qu'il s'impose, comme un modèle que notre charité doit s'efforcer d'imiter.

Quant aux œuvres de péché, il n'est besoin d'aucune preuve pour nous convaincre, qu'elles sont une source de scandale, un germe funeste et contagieux. Mais nos âmes sont si peu attentives, qu'il est bon de nous rappeler l'intimité de tout péché avec le scandale, qui sert à le propager à l'infini ; il est bon, disons-nous de dérouler à nos yeux cette longue chaîne de scandales ; de nous signaler le cercle pernicieux dont un seul péché devient le centre, et qui s'élargit au loin et en tout sens. Voici un exemple mémorable de cette importante vérité. Ouvrez mes frères, le livre des juges d'Israël ; vous y trouverez qu'un homme nommé Micha se prit à sculpter une idole pour lui-même et pour sa maison ; puis il engagea à prix d'argent un lévite à venir sous son toit lui offrir des sacrifices ; ce qui fut divulgué par ce même lévite, parmi les guerriers de la tribu de Dan, lesquels dérobèrent l'idole. Ce fut ainsi que l'idolâtrie d'un seul, confinée dans une seule maison, ne tarda pas à infecter une cité, une tribu tout entière. Telle est d'ordinaire

la progression effrayante que le scandale imprime au
péché. Une seule mauvaise pensée suffit à forger une
idole d'abord imperceptible, le désir impur l'introduit
aussitôt dans le sanctuaire de notre âme; l'action met
en évidence l'idole et la découvre; le secret du péché
qu'on dissimule se dévoile et se répand; le scandale
naît et le péché se multiplie. Aussitôt les faibles se
laissent entraîner, et une foule d'autres pèchent par
la médisance et la condamnation du prochain. Et que
nous reste-t-il à dire, mes frères, de tous ces péchés
qu'il est difficile d'envelopper de mystère, de ceux
que l'impudeur étale à tous les regards; que dire de
ces prévarications, qui empruntent une puissance toute
particulière, à la haute position de ceux qui les com-
mettent et se répandent sur la foule comme un torrent destructeur? O que la semence jetée de si haut
est féconde, et que d'ivraie dans cette vaste moisson!

Ce n'est pas tout; quelle tristesse menaçante les
paroles de notre Seigneur ne respirent-elles pas, lorsqu'il parle des scandales! *Malheur au monde à cause
de ses scandales! malheur à l'homme, par qui vient
le scandale.* (Matth., XVIII. 7.) *Il vaudrait mieux
pour lui qu'on lui mît au cou une de ces meules qu'un
âne tourne, et qu'on le jetât dans la mer, que de scandaliser un de ces petits.* (Luc., XVII, 2.) O notre
Sauveur miséricordieux! Tu parles des péchés et des
pécheurs avec une douceur inexprimable: *je ne suis
point venu pour appeler les justes, mais les pécheurs
à la pénitence.* (Matth., IX. 13.) Mais en signalant

les scandales et ses auteurs, ta parole devient lugubre et menaçante!... *J'ai compris, Seigneur, que
tes décrets sont pleins de justice.* (Psm., CXVIII. 75.)
Oui le péché est un mal déplorable et terrible ; mais
le scandale l'est encore plus. Car avec l'assistance de
ta grâce, je puis cesser de pécher, je puis réparer
mes fautes par la pénitence, mais il en est autrement
du scandale que j'ai donné au prochain. Il n'est plus
en mon pouvoir d'en arrêter le cours, ni de l'expier.

Craignons donc mes frères, et fuyons tout scandale ; que notre vigilance à l'éviter nous serve d'arme
défensive contre le péché, bien qu'il faille s'en abstenir, non-seulement à cause du danger de scandaliser
nos frères, mais encore par horreur du mal et pour
l'amour de Dieu, ainsi que David en parlant de lui-
même nous le déclare : *j'ai pris en haine et détesté
l'iniquité, mais j'ai aimé ta loi.* (Ps., CXVIII. 163.)

Redoutons également mes frères, toute occasion de
scandale, soit que nous le donnions, soit que nous
en recevions la souillure du dehors ; car le péché
que nous comettons sous l'influence des scandales extérieurs, n'en est pas moins criminel pour cela, ni
moins fécond en nouveaux scandales. Ah gardons-nous
de multiplier par notre faute cette race de vipères ;
hâtons-nous plutôt d'écraser la tête du serpent, ce
qui signifie toute pensée criminelle, par la puissance
victorieuse de l'Agneau sans tâche, qui est le Christ.

Ainsi soit-il.

HOMÉLIE

Sur la pauvreté spirituelle.

———◦•◦———

« *Bienheureux, vous les pauvres en esprit, car le royaume de Dieu est à vous.* (Luc, VI, 20.)

—

Telle est la doctrine primordiale que notre divin Maître et Seigneur Jésus-Christ se plut à enseigner, *lorsque s'étant arrêté dans une plaine, il se vit entouré d'une foule de disciples et d'un grand rassemblement de peuple, qui était venu de toute la Judée et de Jérusalem, et de la côte de Tyr et de Sydon, afin de l'entendre et pour être guéris de leurs infirmités.*

Et nous aussi, mes frères, nous sommes en ce moment dans une plaine ; puisque dans ce lieu saint, l'homme puissant est au niveau de tous les autres, l'homme du peuple n'est point au-dessous de son prochain, en présence de Dieu qui habite la haut et abaisse ses regards sur les humbles. De même ici se presse *une foule de disciples;* car tout chrétien est disciple de Jésus-Christ; toute cette multitude est accourue dans ce temple, afin d'approcher autant que possible et de participer à la sainteté et à la puissance divine, source de guérison pour toutes nos langueurs spirituelles et corporelles : enfin nous l'espérons, tout ce peuple est venu dans le dessein d'écouter et de recueillir la parole du Christ.

N'allez pas vous croire offensés, vous tous, anciens disciples, vous qui pour ainsi dire, êtes nés les disciples de Jésus, si nonobstant votre prérogative, nous tentons de vous exposer les premiers rudiments de la doctrine chrétienne : redoublez plutôt d'attention pour accueillir les enseignements qu'il importe depuis longtemps de mettre en pratique, et qu'il serait aussi honteux que dangereux d'ignorer.

Bienheureux vous les pauvres en esprit; car le royaume de Dieu est à vous.

Béni soit notre Maître bien-aimé, de nous avoir offert de telles prémices de sa doctrine ! En effet, si s'apprêtant à prêcher le royaume de Dieu à tout un peuple indistinctement, notre Seigneur lui eut tenu le même langage qu'à certains hommes qui passaient pour docteurs en Israël : *Quiconque n'est pas né d'enhaut ne saurait voir le royaume de Dieu.* Ne voyez-vous pas, mes frères, combien d'innombrables questions et de doutes insolubles fussent venus se rattacher à celle de Nicodème : *Comment un homme peut-il renaître étant vieux? Est-ce qu'il lui est possible de rentrer dans le sein de sa mère, et de naître une seconde fois ?* (Jean, III, 3, 4.)

Qu'il eut éte difficile d'y répondre en parlant à des hommes charnels ! ou bien si le Christ avait révélé, dès le début, le mystère de la croix, à des auditeurs non préparés à le recevoir, ce mystère que les Apôtres avaient tant de peine à comprendre : *Ils n'entendaient point ce langage; il leur était tellement caché qu'ils n'y comprenaient rien, et appréhendaient de l'interroger.* (Matt., IX, 45.) N'eut-il pas été difficile de l'écouter, et d'accueillir ses divines paroles !

C'est pourquoi, nous le voyons ici condescendre à la débile intelligence de ceux qui l'écoutent ; il ne les atterre point par la sublimité , il ne les épouvante point par les difficultés de sa doctrine ; mais il a soin de la leur rendre aimable, en attendrissant les cœurs, par ces noms si doux et si suaves de béatitude et de royaume céleste.

Quel est celui, mes frères, qui n'aspire point à la félicité, selon la mesure de ses lumières et de ses moyens? Qui ne désire point le royaume de Dieu ? Où est l'homme insensé, l'homme insensible qui peut demeurer froid et indifférent à l'aspect de la béatitude, à la promesse du royaume de Dieu ? Soyez donc attentifs. Voici le chemin de la béatitude ; voici la porte qui introduit dans le royaume céleste : — *la pauvreté d'esprit. Bienheureux les pauvres en esprit; car le royaume de Dieu leur appartient.*

N'est-il pas vrai qu'il vaut la peine de renoncer au monde entier, pour obtenir en échange cette pauvreté, source de béatitude et gage certain de notre admission au royaume de Dieu ?

O chrétiens ! qui que vous soyez, disciples de la béatitude, disciples du royaume éternel ! ces premiers accents de la doctrine de Jésus frapperaient-ils en vain votre oreille? Vos cœurs ne se dilatent-ils point avec avidité pour les accueillir ! Et votre intelligence n'a-t-elle pas soif de comprendre ce que c'est que la pauvreté en esprit? L'esprit qui est en vous ne s'éveille-t-il pas au son de ces divines paroles, et ne se préoccupe-t-il point de la pensée salutaire, qui tend à nous ranger parmi ces bienheureux pauvres d'esprit? S'il en est ainsi, écoutez et instruisez-vous : *Bienheureux vous les pauvres en esprit, car le royaume de Dieu est à vous.*

Encore une fois, mes chers frères, béni soit le Christ, le Maître souverain de toute sagesse, puisqu'il a daigné revêtir sa doctrine de paroles si simples, que leur sens caché aux sages et aux prudents de ce monde, se révèle aux enfants et aux petits. En effet, qu'y a-t-il de plus énigmatique que le bonheur, auquel tous aspirent en tous lieux, et qu'aucun n'obtient nulle part ? Enfin, qu'y a-t-il de plus incompréhensible que le royaume de Dieu, de ce Dieu, en qui tout dépasse notre intelligence ? Ce n'est donc pas chose facile que de mettre à notre portée le moyen d'atteindre à la béatitude et au royaume céleste; mais en revanche il n'est rien de plus connu et de plus ordinaire, que la pauvreté qu'à chaque pas nous rencontrons parmi nous, en traversant la vie. Or, c'est précisément ce phénomène vulgaire de la pauvreté, que notre incomparable Maître fait servir à nous expliquer le mystère de la béatitude et de la gloire divine. Contemplez attentivement les misères de l'indigence corporelle, méditez la dessus, et vous comprendrez enfin ce que c'est que la pauvreté d'esprit.

L'indigent ne possède rien, attend toutes choses de la part d'autrui et demande comme une grâce tout ce qui est nécessaire à la vie : de la nourriture, des vêtements et une demeure. Chrétien, si ton âme, gardant le souvenir du séjour en paradis, interdit à nos premiers pères, celui du vêtement radieux dont le péché l'a dépouillée et de l'aliment céleste que donnait l'arbre de vie, si elle se sent dénuée de tout bien et sous le coup de la mort éternelle ; si, pénétrée de son délaissement ton âme a recours à Dieu sans relâche, et l'implore pour obtenir le pain spirituel dans le sein de son Eglise et le vêtement de justice par la grâce de Jésus-Christ, afin qu'ayant reçu le baptême, elle se revête de son Sauveur ; si elle aspire à l'aliment spirituel renfermé dans chaque parole qui émane de Dieu : c'est alors, ô mon frère ! que le Seigneur voyant ce qui se passe en toi d'un œil de miséricorde, daigne t'accueillir comme pauvre en esprit, répand sur toi les biens que tu sollicites et qui renferment en eux-mêmes le royaume de Dieu. Oui, il nous faut être convaincus que nous ne possédons en nous-mêmes ni ne saurions acquérir dans l'univers entier aucun bien spirituel ; il faut nous tourner vers Dieu avec ardeur pour obtenir une aumône spirituelle du suprême Dispensateur de tout bien : telle doit être la tâche du pauvre en esprit. L'humble oraison et l'humilité en prières, voilà ce qui constitue la pauvreté d'esprit.

Si nous réfléchissons à la privation où nous sommes des biens du paradis, privation qui est l'héritage commun de tout ce qui respire sur la terre, nous devrions tous, à ce qu'il nous semble, être sans exception des pauvres en esprit. D'après ce principe, il n'existe pas, à proprement parler, de riches en esprit parmi les enfants des hommes ; mais ce qui est déplorable, c'est qu'il en est parmi nous qui se croient riches, c'est-à-dire des pauvres honteux qui affectent les dehors de l'opulence. Celui-ci a pratiqué quelques œuvres de bienfaisance, et croit s'être enrichi de toutes les vertus. Un autre a recueilli des éloges et déjà il se persuade qu'il touche à la perfection. En voilà qui ont réussi à dissimuler et à colorer leurs vices ; c'en est assez pour qu'ils se dispensent de toute vertu. En voici d'autres, uniquement occupés à satisfaire les convoitises de la chair, ignorant les besoins de l'esprit, couvrant leur indigence du voile des plaisirs terrestres et qui émoussent le goût des choses divines à force de jouissances sensuelles. De tels hommes, pourvu que leur habitation regorge de biens, que leurs vêtements soient recherchés, leurs corps rassasiés ou surchargés de nourriture, se déclarent entièrements satisfaits. Semblables au riche superbe, qui fixe le mendiant avec dédain, ces heureux du monde regardent avec mépris tous ceux qui leur parlent de faim spirituelle, de la nudité du pécheur et des misères de notre exil dans cette vallée d'épreuves, loin de la demeure incorruptible de notre Père qui est au ciel. *Que celui qui a des oreilles entende ce que dit l'Esprit; vous dites : je suis riche, je suis comblé de biens, je n'ai besoin de rien, et vous ne savez pas que vous êtes malheureux, misérables, pauvres, aveugles et nus* (Apoc., III, 13, 17). Apprenez aussi quelle est la destinée que Dieu réserve à tous ceux qui, faussement se croient riches.

Il a rempli de biens ceux qui étaient affamés, et il a renvoyés à vide ceux qui étaient dans l'opulence. (Luc, I. 53.) En effet peut-il nous arriver autre chose! Quiconque se croit riche n'éprouve aucun besoin, ne demande aucun secours; qui ne prie pas n'en obtient aucun, selon la parole 'de l'apôtre Saint-Jacques : *vous n'avez rien, parce que vous ne demandez point;* car le suprême dispensateur de tous les dons, qui nous défend de jetter nos perles aux pourceaux, fait de même ; attendu que d'une autre part, quiconque ne demande pas à Dieu sa grâce, par cela même devient incapable de la recevoir dans son cœur fermé à toutes les inspirations d'en haut. C'est pourquoi, mes frères, il est écrit : *celui qui demande reçoit, celui qui cherche trouve et à celui*

qui frappe s'ouvrira le royaume de Dieu caché au dedans de nous.

Chrétiens ! celui qui dans son évangile nous enseigne
la pauvreté spirituelle, *étant riche s'est rendu pauvre*
pour l'amour de nous, afin que nous devinssions riches
par sa pauvreté. (II. Cor., VIII. 9.) Si par esprit d'obéissance et de gratitude envers Lui et dans l'espoir de
participer aux immenses richesses que le Christ a
acquises pour nous, richesses qui consistent dans l'infinie béatitude du royaume de Dieu, si, disons-nous,
il nous fallait devenir pauvres, de riches que nous
sommes ; alors même aurions-nous quelque chose à
regretter ? Mais hélas, aussi longtemps que la grâce
de Jésus-Christ ne nous a point enrichis, nous n'avons
absolument rien à perdre selon l'homme intérieur. Devenir pauvres en esprit, ce n'est autre chose que reconnaître clairement et avec sincérité, l'affreuse indigence
qui est née avec nous, et qui règne au-dedans de nous-
mêmes. Peut-on rester indifférent à tant de misère ?
Peut-on se raidir, contre cette triste nécessité ? Que si
nous pensons quelquefois posséder quelques vertus :
Qu'avons-nous que nous n'ayons reçu? N'est-ce pas de
Dieu que nous tenons la loi de Justice, les lumières
de la raison, qui nous ont servi à apercevoir cette loi,
les sentiments du cœur qui nous ont induits à l'ai-
mer, le témoignage de la conscience qui ne vous a
pas permis d'abjurer ou d'oublier cette loi divine, le
ressort de la volonté qui nous a aidé à l'accomplir,
enfin tous les moyens extérieurs qui ont secondé notre

24

obéissance ? *Que si vous avez reçu, pourquoi vous en glorifiez-vous, comme si vous n'aviez point reçu* (I. Cor., IV. 7.) Oui, mes frères, déduisons des richesses spirituelles par nous revendiquées, tout ce que nous avons reçu de Dieu, puis regardons-y de près et vous découvrirez qu'il ne nous reste rien que notre pauvreté héréditaire. Et que dirons-nous, si les fruits de notre propre justice se trouvaient atteints du ver rongeur des intentions et des motifs impurs ? Que dirons-nous, si pour quelques deniers que nous comptons avec complaisance dans notre trésor spirituel, Dieu et le prochain en pouvaient réclamer de notre part des milliers, comme dettes contractées par nos péchés et nos fautes ? Ah ! chacun de nous à cette vue ne confessera-t-il pas toute l'étendue de sa triste mendicité !

Mais si, reculant devant cet aveu, nous ne songeons qu'à étouffer le sentiment douloureux de notre misère, en courant après les plaisirs ou les richesses périssables, ou bien en alourdissant nos cœurs, par la bonne chère, le vin et autres jouissances réservées à la brute ; ne marcherions nous pas alors sur les traces de l'enfant prodigue, qui, selon l'Evangile, se voyant privé de la nourriture naturelle à l'homme aspirait *à être rassasié des carrouges que mangeaient les pourceaux* (Luc, XV, 16.)

Nous participons tous à ces misères universelles ; prenons donc à cœur, mes frères, chacun en particulier, l'extrême dénûment de tout bien spirituel qui désole l'intérieur de nos âmes et humilions-nous ;

cessons de méconnaître notre culpabilité et faisons pénitence ; tournons-nous fréquemment vers la maison
de notre Père céleste et supplions-le de nous accorder
des secours spirituels, en considération de Christ son
Fils unique, qui s'est appauvri pour l'amour de nous
et nous a acquis, au prix de son sang, tous les trésors de la grâce ! Il est hors de doute que, par cette
médiation, *Dieu conférera son Esprit à ceux qui l'im-
plorent* (Luc. XI, 13.) *avec foi* : en sorte que le consolateur, sans autre discours, nous apprenne par expérience ce que c'est que la béatitude des pauvres en
esprit et qu'en toute vérité c'est à eux qu'appartient
le royaume de Dieu.

Ainsi soit-il.

SERMON

Sur la nécessité de l'Incarnation.

Prononcé le jour de l'Annonciation de la très-sainte Vierge.

———⋙✦⋘———

> « *Sans doute, il est grand le mystère de la piété*
> *Dieu s'est manifesté dans la chair ; il a été justifié en*
> *Esprit, manifesté aux anges, prêché aux nations,*
> *cru dans le monde, reçu dans la gloire.* (I. Tim.
> III, 16.) »

———

En ce moment nous célébrons avec dévotion la mémoire de ce jour, unique dans la succession des
temps, de cet instant solennel, où le grand mystère de
la piété, *Dieu dans la chair*, fut révélé à la terre,
non seulement par les paroles de l'archange, mais
aussi par la vertu du Très-haut; le jour, disons-nous,
et l'instant où ce mystère déposé dans les cœurs purs
et dans le sein virginal de Marie, fut marqué du
sceau de son silence et de son humilité. Puis, *ce mys-*

tère caché aux siècles et aux générations (Col., I, 26.),
se transforma par une effusion de gloire universelle,
sans toutefois cesser d'être un mystère profond. Oui,
il est grand le mystère de la piété, car Dieu s'est ma-
nifesté dans la chair.

Certes, ce mystère fut admiré avec stupeur jusque
dans les cieux, alors que Jésus-Christ ressuscité, et
allant s'asseoir, par son ascension, à la droite de Dieu
le Père, *fut montré aux anges* dans toutes les splendeurs de la gloire du Dieu-Homme. L'admiration dans
les cieux est belle, comme tout ce qui vient du ciel.
Les anges contemplèrent la gloire de Jésus avec étonnement, mais sans trouble. Ils s'interrogeaient ainsi :
Qui est ce Roi de gloire ? Mais il n'y avait là
ni doute, ni curiosité ; les anges voulaient connaître pour adorer ; et, avant qu'on eut répondu à
leur question, ils s'écriaient déjà : *Rehaussez vos por-*
tes, princes de la terre, et que les portes de l'éternité
s'ouvrent pour faire entrer le Roi de gloire. (Ps..
XXIII, 7, 8.) Plus le mystère est incompréhensible,
plus les esprits bienheureux le trouvent digne de la
majesté divine, et plus ils rendent gloire à Dieu, se
pénètrent de sa lumière et reçoivent un surcroît de félicité. Là-haut, mes frères, la science et la gloire ne
sont point en opposition avec le mystère, et ne lui en
veulent point : aussi le mystère, de ses profondeurs
infinies, fait jaillir au loin la gloire et la clarté.

Mais hélas ! est-ce ainsi que la terre accueille le sublime mystère du Dieu manifesté dans la chair ? Cette

terre, disons-nous, pour le salut de laquelle le mystère fut conçu, puis effectué; d'abord environné de ténèbres; ensuite révélé et donné au monde, puis exalté sur une croix, mis en spectacle et livré à l'opprobre, puis enfin glorifié? Bénie soit, en vérité, entre toutes les femmes, la sainte et bienheureuse Vierge, qui fut jugée digne d'accueillir et de garder fidèlement ce grand mystère, descendu du ciel, afin qu'il ne fut pas retiré à la terre, tel qu'un navire, chargé de trésors sans prix, s'éloigne du rivage inhospitalier, qui ne lui présente aucun port. Bénie soit celle qui, se voyant appelée au plus sublime mystère maternel, ne permit à aucune de ses pensées de s'élever au-dessus des profondeurs de son humilité. Elle enfin, qui sut étreindre et accueillir le Verbe divin, par une simple parole : *Me voici la servante du Seigneur et qu'il me soit fait selon la parole.* (Luc, I, 38.) Après elle, bénissons aussi, mes frères, tous ceux par qui le mystère de Dieu fait chair fut *cru* et propagé *dans le monde*; ceux qui l'accueillirent avec foi, le conservèrent avec fidélité, allèrent le prêcher à toutes les nations; ces hommes élus qui nous ont transmis ce mystère dans sa pureté inaltérable, et dans la plénitude de son efficacité, parvenue jusqu'à nous.

Mais ce sont des hommes qui, bien que *dans ce monde* (Jean, XVII, 11), *ne sont pas de ce monde* (Ibd., 14), et celui-ci? D'abord il ne voulut pas accueillir le divin mystère de son propre salut : au seul bruit de son avènement, il se soulève et s'agite, pour l'étouffer dans son germe, pour l'obscurcir par des mensonges, le couvrir de ses fictions, de ses mépris et de ses calomnies, pour lui barrer le chemin de son glaive, l'inonder du sang des témoins, l'ensevelir dans leurs tombes, le consumer par le feu, le submerger dans les flots, enfin le détruire par tous les moyens d'extermination. Vains efforts ! nonobstant le déchaînement de ce monde, le mystère du Dieu manifesté dans la chair se transforme, comme nous l'avons dit, en lumière universelle. Cependant combien d'hommes de nos jours ignorent ce mystère, ou bien n'ont appris à le connaître que pour le répudier ? Et en ceci, ce qu'il y a de plus affligeant c'est que parmi ceux qui ont hérité de la foi de leurs ancêtres, il en est beaucoup qui ne savent que faire de ce mystère incompréhensible et qui demandent tantôt curieusement quel est le motif qui fit choisir pour le salut des hommes une voie aussi étrange que l'incarnation de la Divinité ; tantôt s'écrient avec l'accent du doute : sans ce moyen le salut de l'homme était-il donc impossible ? Or partout où domine la curiosité, il n'est point de science parfaite ; et là où le doute règne, la foi entière ne saurait habiter.

Tout mystère repousse loin de lui la curiosité, parce qu'elle aspire à le détruire en le pénétrant. Il appelle à lui la foi, sans toutefois lui interdire l'usage passager et le secours de ces réflexions modestes et religieuses qui ne tendent qu'à écarter les écueils que le doute entasse sur notre chemin.

Si donc nous nous permettons de méditer sur la nécessité de l'incarnation du Fils de Dieu en faveur de
l'homme et pour notre salut ; ce n'est qu'en invitant
ceux qui croient à prendre pour fondement et pour
guide de leurs réflexions les paroles suivantes de Jésus-
Christ lui-même.

Première vérité : *nul ne connait le Fils, si ce n'est
le Père ; et nul ne connait le Père, si ce n'est le Fils
et celui à qui le Fils veut bien le révéler* (Matth.,
XI, 27). Or que le salut et la béatitude sont impossibles, sans la connaissance du vrai Dieu, c'est ce dont
nulle intelligence saine ne peut douter. Mais attendu
que le trésor de la connaissance de Dieu repose dans
le sein même de la Divinité et par conséquent nous est
inaccessible ; attendu que nul n'y peut puiser ce qui
est nécessaire au salut à moins que le Fils de Dieu ne
daigne le lui révéler, tandis que ce suprême Dispensateur de toute lumière divine ne saurait être manifesté à l'homme que par la charité du Père, comment
s'accomplira la révélation de la vérité salutaire? Il
faut pour cela que le Fils de Dieu sorte pour ainsi
dire des profondeurs infinies de sa Divinité supérieure
à toute conception et se revête de certaines formes
saisissables, car Il a été appelé : *l'image du Dieu invisible* (Col., I, 15). Cependant quelles sont ses
formes? Sans doute elles doivent tenir de la Divinité
et de la nature spirituelle. Admettons que cela soit
ainsi. Là commence à s'éclaircir le mode de révélations
qui s'opère dans les cieux, dans les régions des es-

prits purs et des anges. Mais la terre n'est point le ciel, ni l'homme une créature angélique. Dans l'état présent de la terre et de l'homme, les choses célestes lui demeurent cachées, si bien que toute révélation de la vérité divine appropriée au ciel et aux anges, ne serait pas telle pour cette terre que nous habitons. Il est donc nécessaire que la divinité, voulant se révéler à l'homme, s'abaisse encore et descende plus bas; il lui faut revêtir des formes rationnelles plus à la portée de l'homme, au moyen desquelles le verbe de Dieu sans changer de nature puisse devenir accessible à l'intelligence humaine, il faut que l'image du Dieu invisible, sans s'altérer se rende perceptible à nos facultés terrestres; il est nécessaire, disons-nous, que le verbe Dieu se manifeste, tantôt par des formes et des images passagères; et telles sont les révélations et les visions accordées aux saints; tantôt et définitivement par une image réelle et immuable et voilà l'incarnation du Fils de Dieu.

Seconde vérité : *nul ne vient au Père si ce n'est par moi.* (Jean., 14. 6.) Que signifie cette expression : venir à Dieu? *Lui qui habite dans une splendeur inaccessible, lui que nul n'a vu entre tous les hommes, ni ne peut voir* (I. Tim., VI. 16.) Certes, aborder la substance divine, c'est chose impossible à l'homme, soit qu'il se traîne sur la terre; soit qu'il s'élance plus haut sur les ailes de l'esprit. Que signifie donc ce mystère, venir à Dieu? L'on vient à celui dont on est éloigné : mais comment serait-on loin de Dieu qui

est présent partout ? *Dieu est esprit* (Jean., IV. 24.) ;
pour aller à lui il faut donc se mouvoir spirituellement.
Soit qu'on s'éloigne de lui, soit qu'on s'en rapproche,
le mobile qui nous fait agir réside essentiellement
dans la volonté. C'est par sa volonté criminelle et
perverse que l'homme s'éloigne de Dieu, ainsi que
la sainte Ecriture l'atteste : *vos péchés font sépara-*
tion entre vous et Dieu. (Isaie, LIX. 7.) C'est au
contraire par sa volonté droite et repentante que
l'homme se rapproche de son Dieu et c'est là précisément ce qui ne peut s'accomplir sans l'incarnation du
Fils de Dieu, comme il nous le déclare lui-même :
nul ne vient au Père que par moi : Que si vous demandez : pourquoi l'homme ne pourrait point aller
à Dieu par un acte de sa volonté qui est libre?
Je vous répondrai à la bonne heure, essayez. Or,
pour peu que vous soyez attentifs, vous ne sauriez
tarder à découvrir et à reconnaître ce que d'autres
meilleurs que nous ont confessé : le vouloir est à ma
portée, mais faire le bien c'est ce que je ne puis atteindre; car *je ne fais point le bien que je désire,*
et je fais le mal que je ne veux point. (Rom., VII.
18, 19.) Quelque étrange que soit ce phénomène
contradictoire aux yeux de la raison humaine, il n'en
a pas moins été observé par des hommes dépourvus
des lumières du christianisme. Aussi plus on appro-
fondit la question, plus on se persuade qu'il en doit
être ainsi sous de certaines conditions. Dieu est l'unique source de tout bien et de toute puissance. Tant

— 367 —

que l'homme demeure affermi dans le bien et par
cela même en communication avec Dieu, rien ne l'empêche de puiser à cette source la faculté de faire le
bien; et de même qu'il est libre de vouloir le bien
il obtient de plus la puissance de l'accomplir. Que si
l'homme a consenti au péché et s'est ainsi séparé de
Dieu; dès lors à mesure qu'il s'en éloigne, il perd la
faculté de puiser à la source du bien. Dans cet acte
d'isolement, toutes les fois que la volonté de l'homme
en vertu de sa liberté native tend au retour vers le
bien et vers Dieu, elle se sent trop faible pour répondre à l'attrait qu'elle éprouve; ce qui fait que
l'homme essaie en vain d'aller à Dieu par ses propres
forces, sans un secours extraordinaire de la puissance
divine. Aussi sans une intervention qui vienne combler
la distance entre Dieu et l'homme, anéantir la séparation et rétablir entre eux une communication incessante; sans un principe médiateur qui touche aux deux
extrêmes avec une parfaite identité, tout retour de
l'homme à Dieu est impossible, et ce principe média
teur, mes frères, n'est autre que Jésus Christ lui-même.

Troisième vérité : *C'est ainsi que Dieu a aimé le
monde, jusqu'à donner son Fils unique, afin que quiconque croit en lui ne périsse point, mais qu'il ait la
vie éternelle.* (Jean III, 16.) Dieu ne fait rien de superflu, ni qui soit inutile, car ce serait déroger à son
infinie sagesse. Puisque Dieu a donné son Fils unique
pour le salut du monde, il y avait donc nécessité : laquelle? C'est ce que nous déclare le Fils de Dieu lui-

même : *Pour que ceux qui croient en lui ne périssent point, mais aient la vie éternelle.* Mais le monde eut-il péri sans cela ? Oui, et pour rendre cette vérité plus intelligible, élevons nos pensées vers l'origine des créatures. Dans le Livre de la Sagesse, il est écrit : *Dieu n'a point créé la mort.* (I, 13.) Ces paroles du Livre de la sagesse divine devraient être transcrites sur celui de toute sagesse humaine, pour peu qu'elle conserve la notion d'un Dieu créateur, et souverainement parfait. Dieu est en effet le principe et la source la plus pure de toute existence, les créatures, au contraire, commé telles sont sujettes au changement ; mais ces changements, sous l'empire du Créateur infiniment parfait, peuvent s'opérer d'après un ordre qui mène à la perfection, sans souffrance, sans le secours mortel de la destruction, par des gradations faciles et douces, qu'un exemple servira à éclairer, autant que le comporte l'état d'imperfection actuel des créatures. Je dis, mes frères, que ces mutations seraient semblables à la décomposition d'une huile pure, par la lumière, ou à celle de l'encens qui se dissout en suaves parfums. D'où vient donc tout ce désordre, cette difformité, ces souillures, ces douleurs, cette putréfaction, la mort, en un mot ? Nous pensons que la raison naturelle, elle-même, ne saurait expliquer autrement ces phénomènes redoutables, qu'en adoptant et en répétant les paroles de la révélation divine : *Le péché est entré dans le monde, et par le péché la mort.* (Rom., V, 12.) Oui, le péché qui nous détache et nous sépare de Dieu nous

sèvre, en même temps, *de la vie divine* (Eph., IV,
18.), et, par une conséquence nécessaire, soit prématurée, soit tardive, la mort frappe l'être naturel et
destructible dans le temps, l'être spirituel et incorruptible dans l'éternité; car jamais il n'y aura hors de
Dieu de source quelconque de la vie. C'est ainsi que
le péché et la mort sont ici-bas solidaires l'un de l'autre. Voyez-vous dans l'univers dominer le péché? Aussitôt vous pouvez affirmer qu'il est dans la voie de la
mort. Que si vous y découvrez les symptômes de la
mort, vous pouvez en conclure également que ce
monde doit avoir péché, et qu'il marche à la perdition. Quiconque n'est pas assez aveugle pour méconnaître l'empire du péché et de la mort sur ce monde
comprendra, sans effort la nécessité d'une délivrance,
et d'une nouvelle effusion de la vie éternelle sur le
séjour de la perdition. Et c'est pour cela que Dieu
nous a donné son Fils unique. Car la mort et la destruction atteignent l'humanité, d'abord par une suite
naturelle de notre éloignement de Dieu, puis comme
un acte de la justice divine, qui s'accomplit sur le péché. Aussi le salut de l'homme exige-t-il première-
ment : que la justice de Dieu soit satisfaite ; attendu
qu'aucun des attributs de la divinité ne saurait être
privé de son action, et, en second lieu, par la raison
qu'une soumission absolue de tous les péchés, avec impunité du coupable, conduirait assurément le prévaricateur, non dans le port du salut, mais à sa ruine ;
le salut de l'homme exige, en outre, que l'homme re-

couvre la vie divine seule capable de triompher de
la mort et de l'anéantir. Que de conditions ardues
et naturellement impossibles! En effet, satisfaire à la
justice divine, c'est livrer le pécheur à la mort éternelle, qui fait disparaître toute chance de régénération.

D'ailleurs par quel moyen faire participer le pécheur à la vie du Dieu infiniment Saint? L'incompa-
tibilité de ces deux extrêmes, mise en contact, me-
nacerait d'anéantir la créature indigne comme l'herbe
des champs au contact du feu, loin de lui ouvrir aucune perspective de salut. Or que fait le Dieu des miracles? Il introduit sa propre substance, son Fils unique et bien-aimé dans le sein d'une portion choisie
de l'espèce humaine, qu'Il a préparée de loin et mys-
térieusement, en la préservant de la contagion du péché; Il unit la Divinité à la nature humaine dans la
personne du Dieu-Homme; Il abaisse et fait descendre
la Divinité revêtue de l'humanité à toutes les conditions de la vie humaine, hormis le péché, jusqu'à l'a-
bandonner aux langueurs, aux souffrances et à la mort.
Et voici que la justice divine est satisfaite entièrement,
parce que, dans la personne du Dieu-Homme, l'humanité a subi sa sentence de mort et l'a subie avec
plénitude, attendu que l'instant de la mort du Christ
en qui la Divinité était présente, équivaut seule à toute
l'éternité. C'est sur cet acte de satisfaction à la suprême justice, que se fonde le droit du Rédempteur,
de faire grâce au pécheur repentant, sans l'exposer

au danger de l'impunité réservée à l'impénitent. Ce n'est pas tout; en même-temps la vie divine descendue dans le gouffre de notre mortalité, mais ne pouvant servir de proie à la mort, resplendit aussitôt du fond de cet abîme et répand sa lumière sur toute l'humanité *morte par les péchés*, fait pénétrer des rayons de vie éternelle dans toutes les âmes qui s'ouvrent à sa bénigne influence par la foi et ne la repoussent point par leur incrédulité et leur endurcissement. *Ainsi Dieu a aimé le monde.*

Ces réflexions nous amènent aux questions suivantes: comment l'homme existait-il, pratiquait-il le bien, connaissait-il Dieu, avant l'incarnation de la Divinité? Comment les peuples qui, jusqu'à nos jours sont privés des fruits de l'incarnation, existent-ils et possèdent-ils une connaissance de Dieu? Ceci mérite attention. Pour tous ceux qui n'ont point approfondi le mystère du Dieu fait chair et ne peuvent par conséquent contempler sa lumière ni éprouver son efficacité, la solution de ces difficultés leur révélera du moins, les dehors majestueux de ce grand mystère qui fait de l'humanité un édifice harmonieux, unique malgré la diversité de ses parties, embrassant dans ses dimensions le temps et l'espace et cachant dans les cieux sa cîme radieuse; édifice immense, hors de l'enceinte duquel le genre humain ne présente plus qu'un amas de ruines, qui ne s'élèvent que de loin en loin, brisées pour la plupart, éparses çà et là et se montrant à peine à la surface d'une terre désolée.

Comment l'homme existait-il avant la venue du Christ? Il vivait à l'abri de son innocence primitive, en communication avec le Verbe-Dieu, *en qui était la vie et la vie était la lumière des hommes* (Jean, I, 1, 4). Puis après la séparation opérée par le péché entre Dieu et l'homme, jusqu'à l'avènement du Christ, l'humanité déjà *morte par les prévarications* (I. Eph., II, 5) selon l'homme intérieur, vivait encore, il est vrai, extérieurement; quelques faibles lueurs de vie divine se manifestaient encore dans son sein; mais l'homme ne continuait de vivre que de quelques restes de cette vie reçue de Dieu au commencement, pareil à un rameau détaché du tronc nourricier qui végète tant qu'il conserve un peu de sève, ou bien jusqu'à ce qu'on le greffe de nouveau sur un arbre plein de vie. L'homme conservait en outre une vie anticipée et empruntée à Jésus-Christ; car les prémices de cette vie nouvelle remontent bien au-delà de la crèche de Bethléhem et de l'annonciation dans Nazareth, qui en furent l'accomplissement. Aussitôt, en effet, que la vie primitive de l'homme fut viciée par le péché, il devint nécessaire de commencer sa guérison par le Christ; et ce remède divin fut appliqué à la blessure, par le moyen de la première promesse relative à l'incarnation : *le descendant de la femme brisera la tête du serpent.* (Gen., III, 15.) Dès lors, ce germe de vie commença d'être fécond par la grâce, ainsi que nous le prouve l'exemple des patriarches et des prophètes. Quant à

ce qui concerne la vie purement naturelle de l'humanité pécheresse, peut-on ne pas découvrir dans les
temps les plus reculés comme de nos jours, les signes
manifestes de sa décadence, qui l'entraînent à la destruction et à la mort! Ne la voyez vous pas, mes frères,
devenue toujours moins longue pour les individus,
moins cohérente pour les nations et se brisant en frag-
ments informes, que nous qualifions de peuples et
de tribus; ne voyez-vous pas enfin, cette vie primitive dans le sein de toutes les races étrangères à
Jésus-Christ, sans cesse plus dégradée et finalement
déchue jusqu'à la condition du sauvage et de la brute.

De quelle manière l'homme a-t-il eu et possède-
t-il maintenant la connaissance de Dieu, comment
a-t-il pratiqué le bien et le fait-il encore en dehors du
christianisme? A tout cela je n'ai qu'une réponse : si
l'homme connaissait Dieu, ce n'était que par les lumières primitivement données à son intelligence, et
par le secours d'une pieuse tradition; s'il pratiquait
le bien dans un certain sens, ce ne pouvait être que
par certains restes de bonté primitive, conservés dans
son libre-arbitre. Par une suite de la déchéance de
l'homme, l'image de Dieu fut brisée en lui, mais
non détruite ni anéantie; le soleil de l'éternité descendit à l'extrême horizon de son âme; cependant
quelques uns de ses rayons reposent encore, comme
un crépuscule sur les points les plus élevés. Et à la
lueur de ces clartés mourantes, *les choses invisibles
et divines, dès l'origine du monde entrevues par les*

25

créatures se manifestent, de même que la puissance
immuable de Dieu et de sa divinité. (Rom., I, 20)
Les gentils n'ayant point de loi, pratiquent naturel-
lement les préceptes de la loi ; ils manifestent l'œuvre
de la loi gravée dans leurs cœurs. (Ib., II, 14, 15.)
Peut-être, dira-t-on, s'il existe réellement dans l'espèce humaine une certaine connaissance de Dieu et
un degré d'aptitude à faire le bien : pourquoi serait-
il impossible à l'homme de se régénérer lui-même
par l'exercice de ses facultés naturelles et par le concours soutenu de ses propres efforts? La réponse à
cette objection n'est point difficile; car l'expérience
est là et il suffit de l'appeler à témoin. En effet le
genre humain antérieurement à l'ère chrétienne, a
eu pendant quelques milliers d'années toute latitude
pour essayer ses propres forces. Or, qu'a-t-il fait?
Après les antiques traditions sur l'unité de Dieu, sur
l'innocence du premier homme dans le paradis terrestre, autrefois désigné sous le nom d'âge d'or par
les païens — quel triste spectacle ! polythéisme,
culte des idoles, vices effrayants par l'outrage fait à
la nature, tels que l'infanticide, le parricide, et l'an-
thropophagie !... Hélas ! le monde païen, objet de
pitié dans son ignorance, inspire toujours plus d'horreur à mesure qu'il s'avance vers une civilisation, qui
a pour compagne inséparable la corruption, dont elle
se constitue l'instrument et l'esclave. Mais que fesait
alors la philosophie païenne? Réussit-elle jamais à con-
vertir une seule ville, un seul village, à la croyance à

un seul Dieu? N'est-ce pas elle au contraire qui enfanta le premier doute, sur l'existence de Dieu et de la vertu? — Certes après l'avènement du christianisme cette même raison, jusque-là si stérile, n'eut pas grand peine à rallumer plusieurs foyers de religion naturelle, grâce au rayon du soleil de la révélatiou divine. Mais que dis-je? jusques dans les temps où nous vivons, l'orgueilleuse raison humaine, ayant conçu le dessein d'agir et de créer, sans l'assistance de Jésus-Christ, ne s'est-elle pas dépouillée elle-même des derniers restes de cette lumière qui vient d'en-haut, n'est-elle pas tombée dans un honteux délire, ignoré du paganisme même, lorsqu'elle osa proclamer l'athéïsme, sous des formes politiques, en présence de la société? Que l'on ne voie dans tout ceci qu'un accès de fureur, un désordre partiel, et un abus de la raison, commis par un petit nombre d'hommes passionnés, comme une manifestation passagère et purement extérieure : c'est ce que nous ne voulons pas contester. Mais puisque tout ceci est abus, désordre et maladie mentale, où est donc le bon usage, l'ordre, l'harmonie de la raison naturelle, toutes les fois qu'elle est privée du secours de la révélation et de l'assistance du Christ réparateur? Que l'on nous montre enfin, s'il se peut, dans une sphère plus vaste, ou du moins, d'une égale étendue, les progrès bienfaisants de cette raison, livrée à elle-même, et néanmoins travaillant au perfectionnement et au bonheur du genre humain! D'ailleurs, qui nous garantira que les mêmes écarts monstrueux, ne se ré-

péteront plus sous des formes différentes, avec un redoublement de violence, pour peu que notre pauvre
raison demeure soustraite à tout modérateur suprême,
et devienne seule arbitre de ses actions; surtout si vous
anticipez sur ses progrès chimériques, en lui attri-
buant d'avance le salut de l'humanité? Nous possédons
hélas! une expérience assez longue et assez douloureuse,
pour nous convaincre que le salut de l'homme par des
moyens naturels et par les seuls efforts de sa raison
n'est autre chose que le rêve sinistre et le délire de
l'humanité spirituellement malade. La seule tâche
efficace et féconde de l'esprit humain aspirant à la
perfection et à la félicité se borne à connaître et à
mesurer les facultés données à l'homme et les moyens qui lui manquent pour atteindre ce but; la
tâche de la raison, disons-nous, est de concevoir la
possibilité de reconnaître la nécessité de la révélation
divine; il faut que la raison se tourne vers le grand
mystère de la piété, pour déposer devant ce sanctuaire
ses armes et sa couronne; pour subir volontairement
une servitude glorieuse, et entrer dans la voie de l'o-
béissance à la foi, qui nous révèle Dieu manifesté dans
la chair.

Chrétiens, enfants de la foi, héritiers de la révélation, gardiens de l'ineffable mystère! unissons-nous
pour bénir le Dieu des mystères et des révélations;
rendons gloire à l'Homme-Dieu, qui est le chef et le
consommateur de la foi; conservons religieusement le
grand mystère qui nous est confié avec tant de con-

descendance. Souvenons-nous en même temps qu'il serait criminel de renfermer le mystère de la piété dans une âme et une vie pleine de souillures. Il faut garder ce trésor sacré et divin dans un vase d'or pur ; en d'autres termes le mystère de la foi dans une conscience pure. (I. Tim., III. 9.)

Ainsi soit-il.

F I N.

TABLE DES MATIÈRES.

Pages.

AVERTISSEMENT DU TRADUCTEUR............................ v

Discours prononcé dans la cathédrale des Saints Archanges, à
Moscou, devant le cercueil d'Alexandre I.er, empereur de
Russie... 1

Sermon sur la Transfiguration de N.-S. Jésus-Christ, prononcé
en 1820, dans l'église cathédrale de Twer, dédiée à la
Transfiguration...................................... 15

Sermon sur la Transfiguration de Notre-Seigneur, prononcé le
6 août 1814, dans l'église du couvent de Béthanie, près
de Moscou... 30

Sermon pour le jour de Noël, prononcé en 1811.......... 42

Sermon prononcé le jour de Noël....................... 41

Sermon pour le second jour de Noël, prononcé dans la chapelle du palais impérial, à Saint-Pétersbourg, en présence
de l'Impératrice-mère, et de leurs Altesses Impériales.... 61

Sermon sur l'Obéissance, prononcé le jour de la fête de l'Annonciation de la très-sainte Vierge Marie............... 80

Sermon sur le Silence, prononcé le jour de l'Annonciation de
la très-sainte Vierge................................. 94

Sermon sur la Grâce, prononcé le jour de l'Assomption de la
Vierge, dans l'église métropolitaine de Moscou......... 110

Sermon sur la vie cachée, pour le jour de l'Assomption de
la très-sainte Vierge Marie........................... 125

Sermon pour le dimanche des Rameaux. Explication de la
prophétie et du mystère qui se rapportent à ce jour solennel. 139

Sermon pour le Vendredi-Saint, prononcé en 1846, dans la
grande église du couvent de Saint Alexandre Newsky...... 151

Sermon pour le jour de Pâques, prononcé en 1815........ 170

Sermon prononcé le jour de Pâques, sur la leçon de l'Evangile
du jour et sur la sainte joie.......................... 184

Sermon pour le jour de la Pentecôte, prononcé à Saint-Pétersbourg, en 1814.................................. 194

Sermon pour la consécration d'une église, prononcé le 18
septembre 1830, après les prières solennelles pour que
Moscou fut préservé du choléra....................... 207

Sermon pour le dix-huitième anniversaire de la délivrance de Moscou, prononcé le 12 octobre 1830, vingtième dimanche après la Pentecôte, à la suite des prières solennelles pour la cessation du choléra............................... 213

Sermon pour la consécration du Temple annexé à la maison de détention des condamnés à la deportation en Sibérie, et placé sous l'invocation de la très-sainte Vierge secourable à ceux qui périssent, prononcé le 23 décembre 1843.... 220

Discours adressé à Monseigneur Joseph Dmitroff, après la cérémonie de son sacre, prononcé dans l'Eglise Cathédrale de Saint-Alexis, le 29 décembre 1842.................. 230

Discours adressé à Monseigneur Cyrille, évêque de Dmitroff, coadjuteur du diocèse de Moscou, après le sacre de ce prélat, dans l'église cathédrale de l'Assomption, prononcé le 26 octobre 1824................................. 235

Oraison funèbre, prononcée le 5 juillet 1817, dans la grande église du monastère de Saint-Alexandre Newski, à Pétersbourg, en présence de Sa Majesté l'empereur Alexandre I.er et de la famille impériale, à l'occasion des obsèques du comte Paul Stroganoff, lieutenant-général..................... 241

Homélie sur la Renaissance d'en-Haut.................... 256

Sermon après la consécration du Temple de l'Annonciation de la Vierge, dans l'enceinte du monastère de Tchondowo, à Moscou, prononcé le 3 décembre 1844.............. 268

Sermon sur les Traditions, prononcé le 13 décembre 1838, après la consécration de l'église de la Sainte-Trinité, dans l'enceinte du monastère de Danilow, à Moscou.......... 284

Homélie pour le jour de l'Annonciation, prononcée en 1815. 295

Homélie prononcée le 5 juillet 1847, jour anniversaire de la manifestation des reliques de Saint-Serge de Radonège, dans le couvent de la Sainte-Trinité, dont ce saint fut le fondateur. 312

Sermon à l'occasion des prières d'actions de grâce pour la cessation du choléra, prononcé le 8 février 1848, dans l'église du couvent de Tchondowo..................... 322

Homélie sur la commisération envers les pauvres.......... 329

Homélie sur les scandales............................. 341

Homélie sur la pauvreté spirituelle.................... 350

Sermon sur la nécessité de l'incarnation prononcé le jour de l'Annonciation de la très-sainte Vierge................. 360

FIN DE LA TABLE.

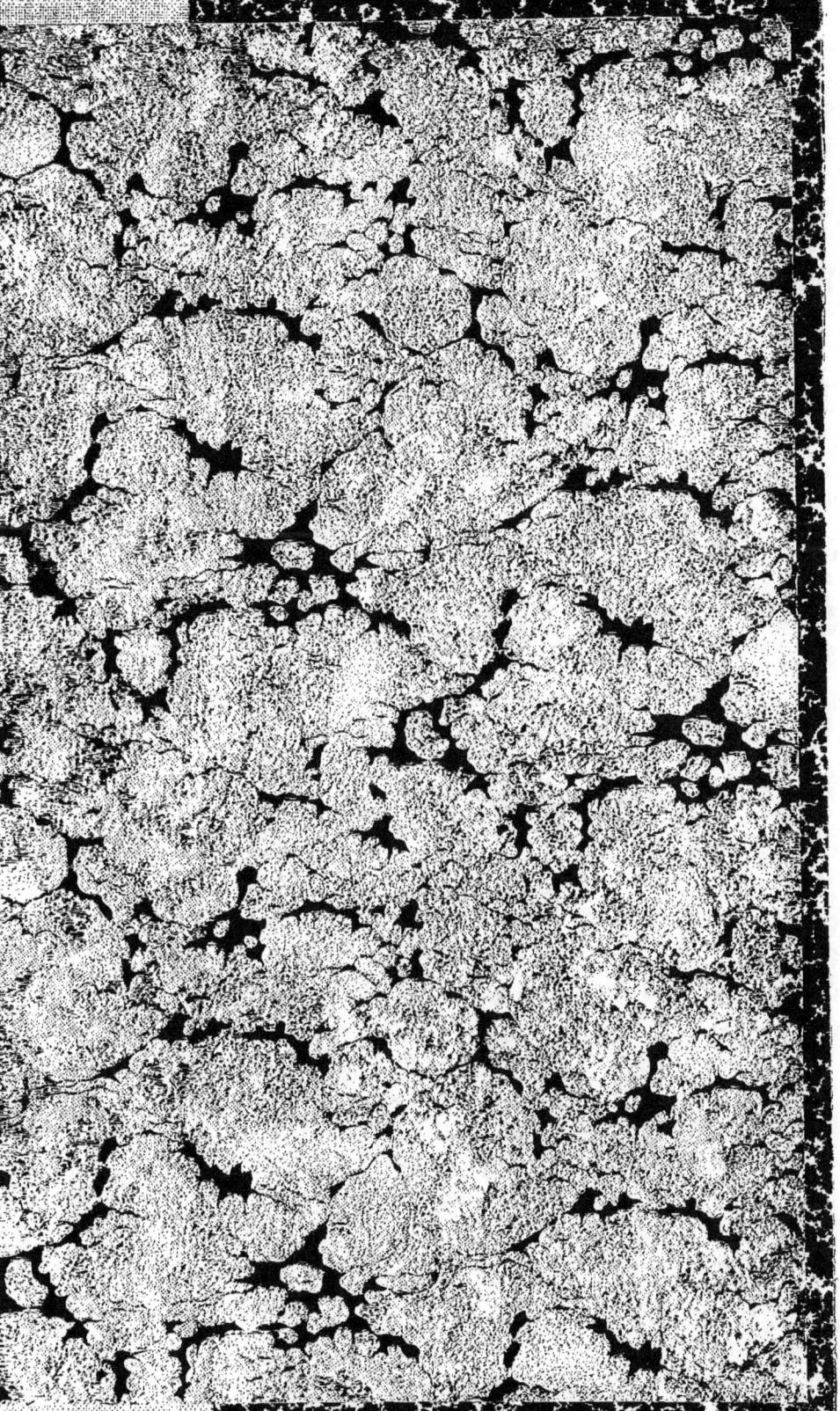

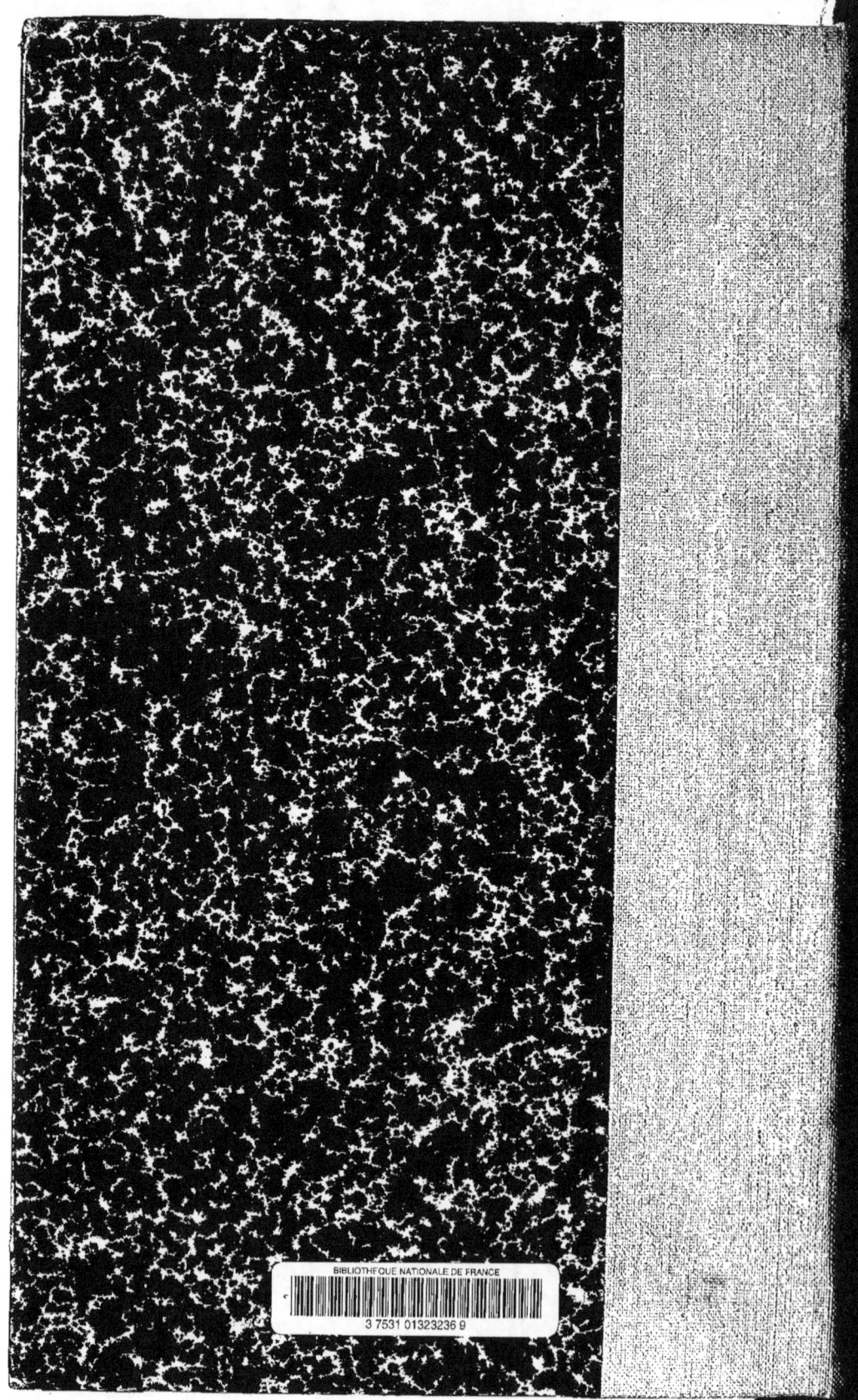

www.ingramcontent.com/pod-product-compliance
Lightning Source LLC
Chambersburg PA
CBHW050302030726
47505CB00003B/540